数学者の夏

藤本ひとみ

講談社

目次

カバー写真　photo by nico_blue/E+/
Getty Images
装丁　坂川事務所

数学者の夏

第一章　伊那谷《いなだに》の怪

1

「次は、伊那谷《いなだに》です」

　夕方にも、明け方にも似た薄い闇《やみ》がゆっくりと広がる中、電車は谷の底を走る。先ほどまで車窓の両側《りょうがわ》には田や畑が広がり、遠くに目をやれば地層をくっきりと浮き立たせた段丘が屏風《びょうぶ》のように連なっていた。

　だが線路が大きく曲がり、山で視界が閉ざされてから数分、その陰《かげ》を抜け出した時には、景色はすっかり変わり、電車は川を見下ろす断崖《だんがい》の中腹を、虫のようにはっていた。

　眼下にはダムがあり、澄んだ水の下に駅舎やトンネルが見えている。思わず身を乗り出すと、目の前の小さなテーブルに体が当たり、計算中だったノートの数字がわずかに弾んだ。

　先ほど急なカーブを切ったのは、このダムに水没する旧路線から枝分かれしている橋梁《きょうりょう》に入るためだったのだろう。床から伝わってくる振動が背筋を揺さぶる。かつて多くの大人や子供でにぎわっただろうその駅が今、無人でひっそりと水の下にたたずんでいる様子は、水葬された死体のようだった。

心に迷いが浮かぶ。これでよかったのか。

ここに来ようと決意した時には、孤立も気にならなかった。問題に集中できず解決法を見つけられないのは周りのせいだ、環境が悪いからだ、場所を変えれば没頭できる。そう考えていたのだった。

だが皆の意見に同調し、一緒に行動していた方がよかったのかも知れない。自分は水に沈むあの駅舎やトンネルのように、時代を超えられない道を選択してしまったのではないか。そう思えてきて気持ちが乱れた。

電車はいくつもの無人駅に停《と》まり、誰も乗らないドアを開け、また閉めて、入りこんできた夏の空気と共に重そうに走り出す。ネットには、秘境駅と出ていた。時おり線路脇《わき》にカメラを構えた人影が見えたが、同じ車両には、小さな合切袋と杖《つえ》を持った老婆しか乗っていない。

一時間に一本の電車がこれでは、かなりの赤字路線だろう。線路脇のバラスには、赤い錆《さび》が散っている。金を落とさない「撮り鉄」から撮影料を取って保守点検の費用にすればいいのにと思いながら、再び計算に取りかかった。

「間もなく伊那谷です。お降りの方々は、ご準備ください」

機械音のアナウンスを聞き、開いていたノートを片付けテーブルを戻す。網棚からスリングバッグを下ろし、肩に回して留めた。最後に、パテントレザーのスニーカーの紐《ひも》を締め直す。間違ったにせよ、今さら引き返せなかった。計算用のコピー紙がぎっしり詰まっているキャリーバッグの取っ手を握りしめる。今日から半月はここで暮らす。

開いたドアから外に踏み出すと、コンクリートのホームには熱が立ちこめていた。セミの声がかまびすしい。ホーム横にある桜の樹《き》にかなりの数が留まっているらしく、樹全体が鳴り響いているかのようだった。ふと、素数ゼミもこんなふうなのかなと考える。

素数ゼミは北米のセミで、十三年と十七年の周期で大量発生するといわれていた。二つあるその周期が、それぞれ素数、つまり一とその数自身でしか割り切れない整数であるため、それに仮託した名前が付けられている。

生態は謎《なぞ》が多く、今後の一番近い発生は、二〇二一年と予想されていた。広大な平原の大きな木に、びっしりと留まって鳴き続ける何千匹ものセミを想像しながら、生物オタクの友人、小塚《こづか》の話を思い浮かべる。

「そもそもセミって生き物自体、まだよくわかってないんだよ。研究が難しくて実態がはっきりしない。地中で七年過ごすって言われてるけど、種類によって違ってて、長くても五年くらい。ツクツクホウシなんか一年から二年だよ。地上に出て一週間で死ぬって説も、間違ってる。天敵に捕食されなければ、三週間から一ヵ月は生きるんだ」

儚《はかな》い命の象徴のように言われながら、実態はそれよりずっとたくましいのだった。現実の生物世界は、人間の思いを託した夢想世界とは温度差があるのだろう。

滞在先の稲垣《いながき》家を検索するつもりで、ポケットからスマートフォンを出す。もう一方の手で切符を機械にくぐらせた。見れば、自動販売機の脇にベンチがあり数人の老人が座っている。和典《かずのり》が改札を通過するなり、次々と腰を上げた。

「上杉《うえすぎ》和典君ずらか」

複数の視線に射止められ、体が硬くなる。最近、見知らぬ相手から見られると、緊張するようになった。こちらを向いている目にとらえられた自分の姿が、まるで複眼にでも映っているように脳裏で増殖していき、頭を埋めつくして言葉を奪うのだった。

これまでは初対面の相手でも、さり気なく対応できていた。原因はわかっている。数学でつまずいているからだ。

もうずっと長い間、教師からも友人からも家族からも数学の成績をほめられ、特別扱いされてきた。逆に言えば、数学でしか認められた事がない。数学と自分が一体だと感じられていた時には、それでもよかった。成績をほめられるのは、自分自身を評価されるのと同じで、おそらくアスリートも同様だろう。

だが数学上で立ち往生したとたん、一体感がなくなった。数学が分離していってしまい、残された自分を残渣《ざんさ》のように無意味なものに感じる。いい所は、もう何もないのではないか。そう思えてきて自己不信が臆病風《おくびょうかぜ》を吹かせ、他人の目が異様に気になるようになった。

そんな自分をダサいとも、少し変なのではないかとも思っている。こんなところは誰にも見せられない、早くこのつまずきを乗り越え、元の自分に戻らなければ。ここに来たのは、そのためだった。

「はれ、違うのかな」

声をかけてきた小柄《こがら》な老人が、極まりの悪そうな顔をする。あわてて言葉を見つけ出した。

「いえ、上杉です」

老人はほっとしたように微笑《ほほえ》み、前かがみになっていた背骨を心持ち伸ばす。

「ようおいでたなぁ。儂《わし》は伊那谷《いなだに》学生村協議会の運営委員長で、伊那谷村の村長の原《はら》であります」

出迎えがあるとは思ってもみなかった。面食らいながら、中高で品のいいその顔を見つめる。どことなく知的な感じがした。

「さっきから皆で、お待ち申しておったに」

それまで笑みを浮かべていた老人たちが次々と口を開き、協議会内やこの村での役職名を告げる。

「学生村の中でもはずれにある、こんな田舎《いなか》までおいでいただけて、おかたしけなぁ」

「儂ら、どえらぇ喜んどるに」

皆が二つ以上の役職を兼務していた。人口が少ないからだろう。確か村全体で、和典の学校の生徒数とさして違わなかった。それにしても重鎮総出の感があり、あせるほどの丁重《ていちょう》さだった。

「さ、行かまいか。稲垣さのとこまで送るでなぁ」

感謝しつつ、これが最初だけであってほしいと願う。ここに来たのは、一人になれる環境を求めてなのだ。放っておいてもらいたい。

「あっちの白い車に乗っとくんな。あれがこの辺じゃ一番の高級車だで」

全員が、ごく自然にそれぞれの車の運転席に乗り込む。

「おい惣一《そういち》さ、今日はお客様だでな。重々気をつけてな。何しろおまえさ、今、世間の注目が集まっとる高齢者ドライバーだでなぁ」

笑い混じりの言葉に、運転者は音を立ててシートベルトを引き出す。

「何を言うてけつかる。御年九十二のおまえさより、まだえらい若いずら」

和典としては、どうか事故がないようにと祈るしかなかった。

「伊那谷は、初めてかな」

いつもなら頷《うなず》いてすませる所だが、運転に集中してもらうためには、はっきりと耳に入るように返事をした方がいいだろう。大きく口を開き、声を前に出した。

「さよか。ほんじゃ着くまでの間、案内でもするに」

強張《こわば》り、曲がっている背中は、運転席の背もたれから浮き上がっている。ハンドルにしがみ付いているような姿に、大丈夫かと思わない訳《わけ》にはいかなかった。心でつぶやく。案内は不要だ、安全運転以外の何も望んでない。

「このあたりは田切《たぎり》ちゅうてな、天竜川《てんりゅうがわ》や支流に削られた崖状《がけじょう》の地形な。原村長によりゃぁ、昔は流れが激しかったんで、たぎると言っとったとこからついた名前で、日本屈指の田切ちゅうことだに」

景観の由来には興味がなかった。正確に言うなら、数学以外に興味を持たないようにしている。すべての関心とエネルギーは、数学に注《つ》ぎ込《こ》みたかった。

「原村長は小学校の先生だったでなぁ、故事来歴にゃ詳しいで。支流の名前も与田切川《よだぎりがわ》、古田切《ふるたぎり》川《がわ》、中田切川《なかたぎりがわ》、小田切川《おだぎりがわ》、太田切川《おおたぎりがわ》、酒田切川《さかたぎりがわ》と、皆、田切が付いとるに」

聞き流しながら、窓から入り込む風に草の匂《にお》いを感じ取る。道の両側の水田では、ふくらんだ稲の茎から色付いた穂先が顔をのぞかせ、硬くなった葉とこすれ合っていた。そこから緑の香りがほとばしり出て、水流のように空中を漂っている。

「村花は、花桃《はなもも》だでな。バラ科の低木で、ここら辺のは一本に赤白桃の三色の花が付くで、そりゃぁかわいいに。土地柄《とちがら》は穏《おだ》やか。びっくりこくような事は何も起こらんでな。最初で最後の事件は、昭和二十二年ずら」

数字を耳にし、思わず計算する。西暦に直し、経過時間を出した。七十三年も前になる。それ以降、現在まで何も起こっていないというのは、確かに驚嘆に値する長閑《のどか》さだった。

「そん時ぁ、満州《まんしゅう》乞食《こじき》と呼ばれとった男が殺されたんな。犯人は、いまだにわかっとらん」

満州というのは、確か中国の東北部の旧称で、かつて日本が国を創《つく》っていた場所だった。そこに満蒙開拓団《まんもうかいたくだん》と呼ばれる民間人二十七万人以上が送りこまれたと授業で習った気がする。

第二次大戦末期、日ソ不可侵《ふかしん》条約を破ったソ連が突如として侵攻してきたため、入植者たちはソ連兵や地元民の襲撃を受け、多くの被害を出した。駐留していた日本軍は民間人を見捨てて撤退し、犠牲者数は沖縄戦や広島・長崎の原爆、東京大空襲よりはるかに多いといわれている。だが満州乞食とは、何だろう。

「わからんずらなぁ」

老人は、ちらっとこちらに視線を流す。ハンドルが一瞬ぶれ、車が横に動いて用水路の縁にかかった。思わず目をむくが、運転者は気にする風もない。

「満州からの引揚者を、そう呼んどるんな。ここいらの衆も、二十町歩の地主になれるちゅう国の喧伝《けんでん》にだまされて、田畑や家屋敷《いえやしき》まで手放して大陸に渡ってってったでなぁ。帰ってきても無一文ずら。国は北海道《ほっかいどう》や岩手の山林を払い下げて開墾させようとしたんで、そっちに移動した衆もおるが、もう乞食でもいいから故郷の近くにいたいちゅう人間もおってなぁ、さすがに生まれた村で顔が知れとっちゃ乞食はできんから、ちょっと離れた村に居ついたんな。この村にも、そういう乞食が一人いたずら。当時は人権なんかねぇで、乞食ちゅやぁ村の厄介者《やっかいもの》だった。そんでもこの村の衆は気の毒がってなぁ、飯や着るもんを与えて養っとったんな。ところが死体で発見された。ちょうど儂が十歳の頃で、皆と見に行ったもんな。血の付いた石がそばに落ちとったのを覚えとる。警察も当時は威張《いば》っとったでなぁ。乞食を殺した人間の捜査なんぞさして熱心にせんかったようで、犯人はわからずじまい、とうに時効ずら」

今なら科学捜査で犯人を特定しやすくなっているし、警察が手を抜くこともない。そもそも殺人に関しては、時効自体が廃止されていた。何のかんのいいながらも、世の中はいい方向に向かっているのだろう。

「お、こらいかん。いよいよ暗くなってきおった」

和典が電車に乗っている頃から、空は薄暗かった。四方を山に囲まれているせいで、この時間はこういうものかと思っていたのだが、どうも違っていたらしい。

「さて、どっかで雨宿りずらが、この辺にそんなとこがあったかやぁ。原村長は、どうする気ずらな」

　前を行く車の様子をうかがっているうちに、ボンネットに最初の一滴が落ちた。目を上げれば、空はもう黒煙が充満しているかのようで、その動きも恐ろしく速い。直後、雲の間に閃光《せんこう》が走ったかと思うと、大粒の雨が一気に雪崩《なだれ》落ちてきた。ワイパーの動きが間に合わないほどの量で、窓の向こうは一面、白濁し始めている。前の車が左のウィンカーを出すのが、わずかにわかった。

「そういや、あそこがあったなぁ。ほいじゃあ儂らもそうするかな」

　路上にあふれた水を勢いよく撥《は》ね上げる車の後を追い、細い坂道を上る。前車から噴水のように飛び散る飛沫《しぶき》と、空から叩《たた》き付《つ》ける雨が一緒になり、不透明なラップに包まれた気分だった。振り返れば、後ろの車も付いてくるらしく、にじんだライトが瞬《またた》いている。

　坂道をしばらく上り、やがて開けた空き地に出た。奥には、大きな屋根を構えた平屋が見える。塀と門はあったが門扉はなく、そばにブルーシートを被《かぶ》せた建材が積んであった。紫色の光が空を突っ切り、あたりが真昼のように照らされる。門柱に埋めこまれていた看板が読めた。満蒙開拓団歴史資料館。文字にかぶせるように開館準備中とのシールが貼《は》ってある。

　先ほど聞いた満州乞食の話を思い出しながら、その看板を見つめた。背後の暗がりの中に、着の身着のままで満州から引き揚げてきてこの地に居ついたという男のうらぶれた姿が見えるような気がした。

「降りて、あそこまで走るずら」

運転者に急《せ》かされ、車のドアから飛び出す。門を通り抜け、軒下にかけ込んだ。先にそこにいた原村長や、後続車から走り降りてきた老人たちと肩を並べ、バケツを引っくり返したような雨をただ見つめる。轟音《ごうおん》と共に稲妻が走り回り、繰り返しきらめいては、あたりを不思議な色に染め上げた。

「ほういやなぁ、今年の風祭りにゃ、豊田《とよた》さは顔出すんか」

老人の一人が言い出し、和典の隣で原村長が首を傾ける。

「わからんな。あの乙《おつ》っ子《こ》も、参議院にいってもう二期目だに、ずだい二枚舌ずら」

苦笑が漏れた。

「誰か、言ってやらんとな、地元を大事にせんと次は危ないって」

まだ選挙権を持たない和典としては、拝聴するしかない。だが参議院議員なら国民の代表であり、地方の代表ではないはずだった。地元大事の指導で、いいのか。

「立候補した時の政見放送を聞いたがな、しきりに言っとったのは、自分がいかに親孝行な息子かって事だった。母親の声まで吹きこんどったずら。それが政見とはなぁ、アホンダラとしか言えん。それとも儂らをバカにしとるのか」

「まぁ今の政治家全体がそうなもし。自民党の長期政権になっとるんは、ひたすら野党に甲斐性《かいしょう》がないからずら。自民の代議士の失言や失態を取り上げて鬼の首でも取ったかのような勢いで追及しとるが、そんな事ばっかに時間使って政策議論が低調、法案なんかほとんど審議せんとスルッと通しちまっとるでなぁ」

「支持できるような人材がどこにもおらんで、結局、自民が無難《ぶなん》ずら、ちゅう事になるに」

「日本の政治家だけじゃねぇな。トランプ見てみぃ。欧州でもジョンソンしかりずら」

「政治も問題だし、健康保険も問題、環境も問題、加えて地銀は弱っとるし、天候はこんなだし、これからどうなってくんずらなぁ」

「ま、儂らの生きとるうちは、大丈夫ずら」

会話は、笑いで終わる。その気楽な軽さ、無責任さが突然、腹立たしくなった。年金を充分に享受《きょうじゅ》し、安定した生活を送っている高齢者に、ねたみに近い憤慨《ふんがい》を感じる。成長が期待できない現代日本を生きねばならない三十代以下の世代が、高齢者への憎悪をＳＮＳに投稿しているのは知っていたが、実感したのは初めてだった。

自分の荒々しい怒りに驚きながら、それをねじ伏せる。くだらない事に気持ちを乱していてもしかたがなかった。こんな所で時間をつぶしたくないと思いつつ、ショーのような目の前の光景に目を奪われる。地面に噛《か》みつかんばかりの稲光と、大気をつんざく雷鳴、突き刺さるような雨、路上に満ちあふれる濁流は、人知を超えた存在がこの世を粛清しているかのようだった。

「さて、そろそろ上がるずらな。稲垣さには連絡しといたでな、待っとるに。行きまいか」

2

「はれ、うっかりこっちの道を来ちまったに。こっちだと一方通行だでなぁ。悪いがこの先、歩いてくんな」

真《ま》っ直《す》ぐに続く街道の途中の水車小屋の前で、降ろされる。地面に立つと、湿った土の臭《にお》いが体を包んだ。

「その小屋の角を曲がって坂下りてったら右手に見える家だに。この辺じゃ一番大きいで、すぐわかるら。当代の稲垣さは先達《せんだつ》て工場長の内示を受けてもう実務についとるっちゅうでな。この一帯で一番大きい工場だに、地元に就職しとる若い衆の羨望《せんぼう》の的だで。おまえさもよく話を聞くがいいに。何かの参考になるらでなぁ」

通り過ぎる風が樹々《きぎ》の緑をそよがせる。様々な方向になびく枝葉を見ながら聞き過ごした。

「ま、今夜はゆっくりしとくんな。夕食ん時に歓迎会があるでな、公民館で会いまい」

坂道は、浅く小さな川に沿っている。歩きながら目をやれば、細い水藻の間にメダカが数匹泳いでいた。尖《とが》った鼻先は、一様に下流に向けられている。水槽の中でしか見たことのない光景だった。

しゃがみこんでそっと手を入れ、すくい上げる。指の間をヌラッと通り抜けて逃げた。水の波紋が胸に流れ込んできて輝き、透明な模様を描く。おもしろくて繰り返していて、自分が時間を無駄にしている事に気がついた。数学に取り組まねばならない。立ち上がると、水面に顔が映っていた。痩《や》せていて青白く、憂鬱《ゆううつ》そうだった。

急に不安になる。一人になれば没頭できると考えていたのは正しかったのか。壁にぶつかり、ただ逃げたかっただけではないのか。

自己不信が膨らみ、セミの声に重なる。次第に大きくなり、響き渡って体に共鳴した。揺さぶられるにつれて心が虚《うつ》ろになっていき、セミがいっそう鳴き立てる。ますます心細くなりながら、そんな自分に舌打ちした。弱気になってんじゃねーよ。今突き当たっている壁を突破すればいいだけの話じゃないか。やってやる。

太陽は西の空にあり、赤く染まりながら空中に放った熱気を震わせていた。それを仰ぎ見ながら、小川に沿ったゆるやかな坂道を下る。やがてイチイの生け垣が現れ、その先に木の門が見えた。門前に中年の女性が立っている。和典の姿をとらえると、歩み寄ってきた。

「はれ、上杉和典さんずらか」

肩に力が入るのを感じながら、短い返事をする。女性は、日に焼けた頬《ほお》をほころばせた。

「まぁようおいでたなもし。儂ぁ、上杉さんを預からせていただく稲垣の家内で、孝枝《たかえ》であります。稲垣は、勤めがありましてなぁ、今は出とりますもんで。さぁさ、入っておくんなんしょ」

門の内側は広い庭で、灯籠《とうろう》や氏神を祭った小祠《しょうし》、土蔵が並び立ち、鹿威《ししおどし》のある池や野菜を作った畑が広がっていた。土地は南に傾《かし》いでおり、その方向に母屋が見える。

「よう来とくれて、ほんにありがたいに」

伊那谷の過疎地域の村では、高校、大学、予備校生を対象に伊那谷学生村を開設していた。全部で九つの村が参加しており、応募者は好きな村を選べる。期間は七月から九月半《なか》ば、その間ならいつ行っていつ帰っても自由だった。

歴史は古く、始まったのは昭和三十五年、若い人々を呼び込んで地域の活性化を図り、村への理解を得たいと意図して企画されたらしい。三食付きで農家に泊まり、涼しい環境で学習したり、地元の人々や学生同士で交流を持って見聞を広める事ができる。そう書かれたポスターが、和典の通う中高一貫男子校の掲示板に張り出されていた。

古い歴史があるのだからおそらく去年も告知されていたのだろうが、まるで印象に残っていない。進学を考えている高校生にとって、夏は大学のプレセミナーや塾の夏期講習など受験イベントが盛りだくさんだった。休み前の掲示板には、そのすべての案内がひしめいている。

今年になって初めて、その前で足を止めた。ここなら一人になれそうだと感じたのだった。ちょうど部室から引き返してきた時で、ドア越しに聞いたOBの声が耳に残っていた。

「上杉はさぁ、センス悪くないし、証明なんかさせると超セクシーでいいんだけど、数学に取り組む姿勢が残念だよな。要領がいいのはまぁ許すとしても、計算をショートカットするのは許せん。愚直に計算すべきだろ。一番悪いのは、何でも一人でやろうとする事だ。それって時代遅れだよ。学生のうちはよくても、研究者になったらまず通用しない。今のうちに数学を通して人間関係を築く能力を身に付けとかないとダメなんだ」

確かに今、数学の研究者たちは課題を共有し、皆で解決していく形をとっていた。一九九五年にワイルズがフェルマーの最終定理の証明を再発表した時には、その業績は評価されたものの、それ以前に一人で問題を抱《かか》えこみ、さも何もしていないかのように振る舞いながら裏でこっそり作業を進めていた姿勢が顰蹙《ひんしゅく》を買った。それは正々堂々としていない、いわゆる抜け駆けと思われたのだった。

だが研究者は、自分の学問とだけ向き合っていればいいのではないか。ミレニアム懸賞問題のような世紀の難問を完璧《かんぺき》に解き、数学界に名前を轟《とどろ》かせれば、周りは自然と付いてくるだろう。それはまぁ追随という形かもしれないが、人間なんてそんなものだ。

「なんでも今年は」

前を歩いていた孝枝が振り返る。

「うちの村に来る学生は、えらい少ないっちゅう話でなぁ。とにかく数人しかおらんくって、ほいで高校生は、二人こっきりだそうだに」

学校の事務室では、交通の便利な村から予約が埋まっていくと言っていた。確実に一人になりたいと考えて一番遠くのここを選んだ和典は、希少種なのだろう。

「その一人が上杉さんでなぁ」

重鎮総出で迎えてくれた理由は、それらしい。二人こっきりとは、二人だけという意味だろう。自分の他《ほか》にも希少種がいるとは意外だった。やはり一人になりたくて、ここを選んだのだろうか。

「村の衆は皆、これじゃ来年はどうなるずらって心配しとる」

孝枝は蔵と池の間を通り、玄関口に向かう。

「うちの村が学生村協議会に参加したのは、若い衆にこの村を知ってもらって、好いてもらうためだに。田舎は今、土地の者だけじゃ立ちゆかんくなっとるでなぁ。外から人を呼んできて住んでもらわんと、今後の発展はないちゅうのが村議会の結論ずら。学生村は、その第一歩として位置付けられとるんな。他にも農家の企業化とか色んなことを試しとるが、なかなかでなぁ」

玄関の戸口の上には、古いツバメの巣がそのままになっていた。修復した跡があるところを見ると、毎年通ってきているのだろう。高い敷居《しきい》をまたいで中に入る。

ひんやりとした空間が広がっていた。二十畳以上もありそうな広い三和土《たたき》で、右手に古い厩《うまや》らしきスペースや井戸、引き戸が半開きになった風呂場《ふろば》が並んでいる。左手には数段の階段があり、その上に黒い格子の付いた板戸が閉まっていた。突き当たりは一間の戸以外は壁で、農作業に使う道具が積み上げられている。わずかに開いた左手の板戸の間から小さな顔が二つのぞいていた。

「これ、行儀の悪い。出てきて挨拶《あいさつ》しなんやれ」

孝枝の声に、戸が動く。男子が二人姿を見せ、前後して階段を降りてきた。まだ首がほっそりしているところを見ると、小学校の高学年くらいか。

「息子の望《のぞむ》と歩《あゆむ》であります。中一でな。ほい、このお兄さんは上杉和典さんだに。挨拶しにゃ」

階段下に立った一人は神妙な表情、もう一人は恥ずかしげな笑みを浮かべて体をくねらせた。それぞれに消え入りそうな声で名前を名乗るなり、サッと駆け上って奥に姿を消す。

「はれぇ、いきれとって。かんなぁ」

どうも謝っているらしいと感じ、首を横に振った。子供は苦手で、特に動物と未分化のような時期のクソガキには関《かか》わりたくない。早々に退散してくれて助かったと思いながら、自分の中学時代を振り返った。

クラスメイトの中には、小学校の高学年まで自分の頭はナマコだったと言っている生徒がおり、賛同者も多かったが、和典は違う。頭が一番冴《さ》えていたのは幼稚園時代だった。もしあの時期に優秀な指導者にめぐり合えていたら、人生は違ったものになっていただろう。

「さぁさ上杉さん、お上がりて。乱極《らんごく》しとるけんどなぁ」

案内されたのは、机と椅子《いす》が置かれた六畳間だった。開けられている障子《しょうじ》の向こうは板張りの入り側と庭で、ナンテンやカキの樹、苔《こけ》むした岩、それに蓋《ふた》をした井戸がある。地面には真黒が敷かれ、イチイの垣根《かきね》が廻《めぐ》らされていた。

「布団は、押し入れに入っとります。風呂は、夕方には沸かしとくでな。三食は村の公民館ずら。場所は、表の坂をもうちょっと下ったとこで、行きゃぁすぐわかるでな。今夜の夕食は歓迎会と聞いとりますが」

歓迎会はパスしたかったが、それでは夕食抜きになる。そこそこに参加するしかなかった。

「ほんじゃ、ごゆっくり」

出ていく孝枝を見送ってからスマートフォンを手にし、メールで送られてきていたスケジュール表を呼び出す。時計とにらみ合わせ、風呂は夕食後、戻ってからにしようと決めた。

キャリーバッグからノートと、Ａ４サイズのコピー用紙の束《たば》をいくつか取り出し、梱包《こんぽう》を破って机上に山のように積み重ねる。スマートフォンをアラームにして出発の時間をセットした。数学をしていると、どれほど長い時間も一瞬で過ぎる。アラームをかけておかなければ、絶対に現実世界に戻ってこられなかった。一秒でも惜しい。先ほど電車でしてきた計算を急いでコピー用紙に引き写し、その続きから始めた。

和典の所属する理数工学部では、今年からリーマン予想の証明に取り組んでいる。部室にあるホワイトボードに、部員たちそれぞれが自分の思う数式や解き方を書き込み、皆で議論しながら進めていた。

リーマン予想は、アメリカのクレイ数学研究所がミレニアム懸賞問題に指定し、百万ドルの賞金を出した七つの難問の中の一つで、「ゼータ関数の非自明なゼロ点の実部は2分の1である」というものだった。

ゼータ関数とは$\zeta(s)=\sum_{n=1}^{\infty}\frac{1}{n^s}$で定義される関数を指す。ゼータ関数が複素平面上のどこでゼロになるのかを突き止めれば、リーマン予想は証明できるのだった。世界中の数学者が今、必死になってそれをやろうとしている。

先月になり理数工学部では、その証明につなげるためのテクニックとして、F_1上の幾何学を学ぼうという事で合意した。今はそれにかかり切っている。

だが和典は、それよりも非可換幾何学をマスターする方が武器になるし、近道ではないかと考えていた。そのために非可換なC^*《シースター》代数を空間と見なして理論をスタートさせている。皆のやり方からは離れるが、自分の考えに没頭したかった。

それで部室でその計算をしていたところ、後輩指導にやってきたＯＢに見つかり、色々と批判されたのだった。

「僕は、僕のやり方でやります」

そう宣言した瞬間、部室内の空気が一気に凝固した。ＯＢは顔をつぶされたと感じたようで苦々しい表情になり無言だったし、部員たちはこの場をどう収拾していいのかわからなかったらしくただ息を呑《の》んで、やはり無言だった。いつまで経《た》ってもそのままで、結局、和典が部室を出たのだった。ＯＢの毒づく声がドアの外まで聞こえてきた。

確かに、多くの知恵を集めた方が解決は早いかも知れない。世界中の数学者やアマチュアがチームを組み、こぞってこの問題に取り組んでいる事を考えれば、一人で突き進むのは無謀といえなくもなかった。数学の証明は早い者勝ちで、一度なされてしまえば、その問題自体が消滅し、どれほど積み上げた努力も灰燼《かいじん》と化す。

だがチームを組むためには、自分の方法を皆に話して説得しなければならなかった。一を聞いて十を知る部員ばかりではない。千差万別の全員を引きずっていくのは、面倒で億劫《おっくう》な作業だった。その重さを考えると辟易《へきえき》する。そんな事に時間をかけるくらいなら、目の前の問題に注《つ》ぎこむ方がいいし、一人で思うがままに進めていけば間違いに気付いた時の方向変換もたやすく、何といっても自由だった。

自分だけの数学を極めたい気持ちもあり、この問題を解決する最初の人間になりたいとも思う。そもそも数学に限らず他の学問でも、高みに到達しようとするなら誰もが一人で歩いていかねばならないし、またそうあるべきではないのか。

自分の信じるやり方で証明に成功してみせる。そのためには徹底して没頭しなければならなかった。一人きりになる時間が必要で、「リーマン予想をやっつける夏」と題された部活のキャンプに行く代わりに、この村に来る選択をした。

今頃、部員とＯＢたちは、那須《なす》の高原にホワイトボードを立てているだろう。夏が終わった時に笑うのは、どっちか。

「ああ、ちきしょう、ほしい答えが出てこねっ」

非可換幾何学の難しさは、外延的な対象がない事だった。計算用紙として使っているコピー紙をキロ単位で消費した結果、その解釈部分は何とか打開した。だが今度は非可換トーラスの分類問題につまずき、乗り越えられずにいる。

「なんでこれが出ないんだ、くっそ。条件をつけて計算するとか、か」

このところずっと取り組んでいるのだが、いくら繰り返しても、どこから突っこんでも突破できなかった。今もまた、こうして突き当たっている。

「差なんかいらねーよ、平等にしたいんだ」

シャープペンの端《はし》に嚙みつき、しばし考えていたものの、戻って別の方法を試すしかなく、またそれが一番早そうだった。

書き込んだコピー用紙の山を引き寄せ、手早くめくって戻るべき箇所を捜す。何とか見つけ、その用紙を引きずり出した。続きを書き始めたとたん、紙の山が崩れかける。まだ書き込んでいない白紙にしなだれかかり、一緒に机から雪崩落ちた。畳に広がり、風にあおられて入り側から庭に落ちていくのが目の端に映ったが、頭に浮かんでいる計算式を書く手を止められない。

「あのぅ、上杉さん」

自分を呼ぶ声が耳に入ると同時に、鳴り続けているスマートフォンのアラームに気が付いた。あわてて止めながら見れば、予定の時間をもう三十分ほども過ぎている。やべぇと思いながら声がした方向に目を向けた。庭に舞い落ちたコピー用紙を望と歩が拾っている。

「だだくさもねぇこの紙、何書いてあるんずら」

「記号じゃね。下手クソだで絵に見えるけどな」

勝手な話をしながら集め回っていた。それを横目で見ながら大急ぎでキャリーバッグを開け、着替えを取り出す。肘《ひじ》が机に当たり、乱れていた用紙が再び滑《すべ》り落《お》ちた。風に乗り、流れるように畳の上を移動して入り側から庭に向かう。

「あーあ、何やっとるずら」

「同じ間違いを二度するかなぁ、アホだに」

小生意気なガキに、ひと言言っておく気になった。

「それは、宝のありかを示す暗号だ。解ければ、アメリカのクレイ数学研究所から百万ドルもらえる。日本円にして、ほぼ一億円だ」

二人は動きを止め、顔を見合わせる。

「すげぇ。俺、ゲーム買う、死ぬほど買う。もらったのしか持ってねーもん」

「俺、宇宙行く、宇宙」

「アニメのＤＶＤもほしい。どっちがいいずら」

「両方いけ、両方」

余りにも盛り上がっているので、それを解けた人間は世界中に誰一人としていない、この百六十年間ずっと同じ状態だ、と言うのは止めておくことにした。ガキには、夢も必要だ。

二人が入り側に集めた用紙を取り上げ、机上に戻してから手早く身繕《みづくろ》いを終える。部屋を出ようとして襖《ふすま》に手をかけると、それが向こう側から開き、孝枝が姿を見せた。手に朱塗りの盆を持っている。

「はれ、今からお出かけずらか。さっき運営委員会の役員さが、これ持ってみえたに」

盆の上に載っていたのは、折詰めだった。長方形の箱に、焼き魚や煮物が詰め合わせになっている。

「上杉君は歓迎会にお出《い》でにならんようだで、夕食だけでもお届けしとくって言ってなぁ」

律儀な態度に頭が下がった。

「どうされますな。お出かけなら、これ、持ってった方がいいずら」

歓迎会に行こうと思ったのは、夕食の確保のためだった。それが入手できたとなれば、わざわざ足を運ぶ意味もない。余分な時間を使わずにすんで、むしろ助かった。

「もう遅いし、これはここで頂きます」

盆を受け取り、先ほどの続きをしながら食べようと考える。家で夕食時にダイニングに行かなければ、母がうるさいし、教室でも部室でも誰かの目があり、堂々と数学をしながら食べられる環境は、意外に少なかった。それだけでもここに来た価値があったと思える。

「ほいじゃぁ、お茶と漬物を持ちますでな」

そう言ってから孝枝は、思い付いたように付け加えた。

「儂ぁらも、これから夕飯だで、よかったら一緒にどうずら」

思い描いていた至福がしぼんでいく。頰が強張るのを感じながら、何とか抑えた。厚意で言ってくれているだけに、断れば角が立つ。ここには半月も滞在せねばならず、今ぶつかっている壁が乗り越えられなければ、更に長くなる可能性もあった。自分のメンタルがストレスに弱く、すぐに集中力を欠く事はよくわかっている。家族との関係は円滑にしておくしかなかった。

「ありがとうございます。じゃ、お邪魔させてください」

数学に関わる時間以外は、すべて無駄としか思えない。早々に食べて切り上げてこようと思った。

3

その夜、稲垣は、なかなか帰ってこなかった。孝枝は、成長期の子供の夕食をこれ以上遅らせる訳にはいかないと思ったらしい。

「悪いけんど、三人で先にすませてくれんかなぁ」

ガキ二匹を相手に、どういう話題で場を持たせればいいのか。いささか身構えながら折詰めを持って部屋を出た。玄関の広い三和土を右手に見下ろす廊下を歩き、突き当たりの腰高障子を開ける。そこは次ノ間で、その向こうが台所だった。壁に沿ってL字型に調理台やシンクが並び、テーブルの上にはすでに夕食が出ている。調理台に向き合っていた孝枝がこちらを振り向いた。

「よかったら、うちのお膳《ぜん》も上がらんかな。今日は、うちの人が工場長になった辞令が出るで、お祝いだに。前の工場長が定年でな」

テーブルの上には紅白の蒲鉾《かまぼこ》や、焼いた鯛《たい》、煮染めた昆布巻《こぶま》きや蒟蒻《こんにゃく》などが並んでいる。

「ご昇進おめでとうございます」

一応、型どおりの挨拶をしてみた。孝枝は恥ずかしそうに手を横に振る。

「大したこたぁねーに。ちんぶくさい会社だでなぁ。名古屋工業ちゅうに」

なぜ社名に名古屋がつくのだろう。この村は長野県下伊那《しもいな》郡にあり、一番近くの市は飯田《いいだ》だった。地理的には東京と名古屋の中間に位置している。名古屋に親会社でもあるのだろうか。

「そこそこやっとったずらが、本社が構造改革をするとかで、従業員を十五パーセント減らすちゆうてなぁ。ほんで子会社の工場をいくつか整理するちゅう話が流れたもんで、その対象になるんじゃないかってヒヤヒヤしとったんだに。そんでも本社からは何も言ってこん。ほんじゃもう大丈夫ずらって事になって、ちょっと安心しとるとこな」

祝《いわ》い膳《ぜん》となれば、断る訳にもいかないだろう。自分の手にある折詰めを見下ろし、せっかくだからこれと一緒にいただくと告げる。

「ほんじゃ、おこわをチンしますで」

おこわというのは何だろう。戸惑いながら折詰めを差し出すと、孝枝は箸《はし》で赤飯だけ小鉢に移し、電子レンジに入れた。

「お父ちゃ、いねーら」

「おお、やりぃ。チャンスだに」

二人がけたたましく雪崩《なだ》れ込《こ》んできて、真新しい大型テレビに駆け寄る。スイッチを入れ、画面の正面まで椅子を移動させた。

「終わりまで帰って来んといいけどな」

「ああ神様、俺らにお恵みを」

神は恵まず、孝枝の声が上がった。

「これ、どざえとっちゃいかん。食べる時は見んに」

あっさりスイッチを切られる。今生の終わりでもあるかのような力の落とし方を見ていて、自分がテレビ番組に一喜一憂していた頃を思い出した。一瞬、笑うと、望ににらまれる。

「ほれ、いただきます、せにゃ」

孝枝の声に続いて二人が手を合わせ、すぐに食事が始まった。孝枝は料理を盛り付けてあった白い高坏《たかつき》や高皿を盆に移し、その脇に酒を注いだ徳利《とっくり》を二つ添える。これも白い陶器だった。何だろうと思いながら、台所を出ていくその姿を見送っていると、望が素早くそれに気づく。

「今は、お祖父まらが来とるでな」

誰かが泊まっているのだろうか。

「ノゾ、そんじゃ都会の人にゃわからんで。わかるように話しな」

歩に言われ、望は頬が変形するほど口に突っこんでいた野菜を噛みしだきながら、和典に顔を向けた。真正面から向き合うのは、それが初めてだった。吊《つ》り上《あ》がった目に、強い光がある。体中からエネルギーが蒸気のように立ち上っていた。隣り合っている歩は、夢見るような目をしている。体つきや雰囲気も、どことなく柔らかかった。

「お盆だでな、ご先祖様が帰って来とるんだに」

どうやら孝枝は、盆棚に供える供物を運んでいったらしい。

「明日にゃ、もうお帰りになるでな。ああ俺、牛を作らんと。明日の朝、畑にナス取りに行くずら」

「そんじゃ俺、オガラ編むで。けんどアユ、牛より豚の方がいいずら。足の遅いのに乗せて、ゆっくり帰ってもらわんか。名残《なごり》惜《お》しいで」

「ん、来年までもう会えんしなぁ」

「地獄に帰るんじゃ、ちっと可哀想だけんどな」

「え、極楽じゃねぇの」

「和尚は、盆にゃ地獄の釜の蓋が開くって言っとったずら」

「知らんかった。送るの止めんか」

そこから肩を寄せ合い、神妙な顔で内緒話を始める。片手に箸を持ったまま、祖先の霊をこの世に留《とど》めるべく、真剣に語り合っている様子が何ともおかしかった。いったいどんな話をしているのか聞きとろうと耳を傾けていると、突如、望の箸が伸びてくる。折詰めの中のエビフライを突き刺した。

「これ、おくんな」

「あ、こすんぼ。半分、寄こすら」

争奪戦が始まり、しだいに過熱、飯粒の付いた箸を放り出してのつかみ合いになった。エビフライの持ち主である和典の意志は、完全に無視される。所有権を主張すべきかとも思ったが、ここで自分が参戦して参加者の平均年齢を極端に上げ、かつ事態を複雑にするのもどうかとためらわれた。エビフライは衣がはがれ、尻尾《しっぽ》が千切れ、見るも無残《むざん》な状態で望の口に入る。それを歩が、食べさせてなるかとばかりに指でかき出した。望が咳《せ》き込《こ》み、飯を噴《ふ》き出《だ》す。

「これ、何しとる」

戻ってきた孝枝が、床に散乱した飯粒と箸、油を含んだパン粉をあきれたように見回した。

「二人とも、上杉さんに恥ずかしくないんか。さっさと何とかしなんやれ」

二人はしかたなさそうに床を片付け、椅子に戻る。そそくさと食べ終わると、手を合わせ、形ばかりの終了の挨拶をした。

「終わったで。テレビ、いいら」

孝枝が返事をする前に、望は椅子から飛び降りテレビに走り寄る。スイッチを入れ、画面に釘《くぎ》付《づ》けになったまま片足で椅子を引きずり寄せた。それに続こうとしていた歩が、ふとこちらを向く。

「あ、上杉さん、さっき部屋でばらまいた紙なぁ、足りんかもしれんに。何枚か、垣根の向こうに舞ってってたずら」

　テレビ画面はコマーシャルに切り替わり、望が急いで立ち上がった。部屋から飛び出しながら口を開く。

「ありゃ下屋《したや》のババアんとこに落ちたな。容易にゃいかん。ほかっといた方がいいずら」

　孝枝の怒声が上がった。

「ノゾ、なんな、その言い方は」

　遠くでトイレの水の音がする。

「全くあの子は、もう」

　腹立たしげな目を向けられた歩が、ケロッとした顔で眉《まゆ》を上げた。

「俺、ノゾじゃねーし」

　走って戻ってきた望が椅子に飛び付く。そのまま吸い寄せられるように画面に見入った。もう微動もしない。孝枝は溜《た》め息《いき》をついた。

「躾《しつけ》の悪いことで、かんなぁ」

　いや普通です、ガキというのは人間より動物に近いんですから、と言うに言えず、あいまいに微笑みながら疑問を口にした。

「下屋というのは、どこの家ですか」

他人の敷地《しきち》に入り込んだとなれば、回収しない訳にはいかない。和典の学校のある東京二十三区内なら、相手によっては、ゴミを投げ込まれたと役所に通報するだろう。

「下屋ゆうんは、隣の屋号でな。苗字《みょうじ》は小野《おの》。このあたりは、苗字より屋号で話しとるで。うちは上屋《かみや》ゆうでな」

先ほどこの家の庭に入った時、土地が若干、傾いていたのを思い出す。察するに隣の小野家は、この家より低い位置にあるのだろう。

「これから行って、謝って、落ちた用紙をもらってきたいんですが、いいですか」

孝枝は、わずかに首を傾げた。

「もう寝とるかもしれんなぁ。なんしろ翠《みどり》さは、はぇ九十四になるでなぁ」

それが望の言うところの、下屋のババア、なのだった。

「一人暮らしだし、明日の方がいいら。六畳の外の垣根を越えたんなら、間違いなく下屋の庭に落ちとるで、無くなりゃせん。心配いらんで」

明日でも問題はない。ただ気になるのは、容易にゃいかん、ほかっといた方がいい、と言った望の言葉だった。ひょっとして下屋の老女は、ひどく扱いが難しいのだろうか。自分のミスが、二つの家のトラブルの発端になっては申し訳がない。

「じゃ、行くのは明日にします」

そこで言葉を切り、孝枝の様子をうかがった。

「下屋の小野翠さんは、気難しい人なんですか」

孝枝は困ったような顔付きになり、口をつぐむ。

「伺っておいた方が、僕も適切な対応ができます」

しばし迷っていたものの、和典の耳に入れておかない訳にはいかないと判断したらしく、声をひそめて身を乗り出した。

「そんな事はありゃせん。人柄《ひとがら》は、いいに。ただ耳が遠いんで話が伝わらんくって、子供らには億劫《おっくう》がられとるんな。もう一つ、気の毒な事に顔にえらい傷があってなぁ。満蒙開拓に行っとったもんで、満州で戦に巻きこまれたちゅう噂ずら」

その資料館の軒下で、雨宿りをしたと思い出す。

「なんしろ顔ずら、おっかながる子もおってなぁ」

すかさず望が、テレビに見入ったまま声を上げた。

「俺、おっかなくなんかねぇずら。ただ話に時間かかるで、面倒くせぇだけだに」

孝枝が、口を真一文字に引き結ぶ。望に歩み寄り、その目の前に立ちはだかった。

「思いやりを持たにゃいかんに。年が寄りゃ、誰でもそうなるら。自分は、ジジイにならんとでも思っとるのかな」

母のにらみと言葉が胸に刺さったらしく、望は体を強張らせる。直後に立ち上がり、顔を背けて飛び出していった。板の廊下を駆け抜けるけたたましい音が、空気を尖らせる。和典は苦笑した。かなりの利《き》かん気らしい。自分にも覚えのあることだった。

「あの子は、もう手《て》四股《しこ》に負えん」

憂鬱そうな溜め息をつく孝枝に、歩が声をかける。

「いつものことずら。ほかっときゃ直るに。気にせんでもいいら」

孝枝は笑みを浮かべた。この家の平穏は、こういうバランスで保《たも》たれているらしい。

「それより、そこ、退《の》いてくれんかなぁ。見えんで」

あわてて孝枝はテレビの前から移動し、和典に目を向けた。

「翠さは高齢だけどなぁ、頭も達者だし、みやましいに。ゆっくり話しゃぁ充分通じるし、きっとすぐ庭を捜してくれるら。案じゃあないでな」

4

風呂に入って部屋に戻る。障子を開けると、来た時には猛然と鳴いていたセミの声も途絶え、夕焼けも終わって、耳元を吹き抜ける風が涼やかだった。沓脱石《くつぬぎいし》の上にサンダルが置いてあるのを見て、庭に出る気になる。あたりには薄い闇が立ち込め、どんな音もせず、まるで無音という音が響き渡っているかのようだった。群青《ぐんじょう》色の空に浮かぶ月は大きく、圧倒的な光を放っている。

垣根に寄ると、その向こうは崖で、底の方からかすかに水の流れる音が聞こえてきた。どうやらこの家は、田切の上部に位置するらしい。先ほど車を降りた街道に立つ街灯の光が辛《かろ》うじて届いており、一、二メートルほど下にある小野家のヒイラギの垣根を照らしていた。内側にはクリやカキの樹が茂っており、緑色のトタン屋根と雨樋《あまどい》がわずかに端をのぞかせている。落ちたコピー用紙が見えないものかと身を乗り出した瞬間、光が瞬き、家の中に電気が点《つ》いた。寝ていた老婆が、トイレにでも起きたのだろうか。

「あの、上杉さん」

襖の外から男性の声がした。そういえば風呂から戻った時、庭で車のドアの音が響いていたと思い出しながら、部屋に入る。

「遅くに申し訳ない。ただ今、戻りまして」

襖を開けると、そこに中年の男性が立っていた。がっしりとしていて背丈《せたけ》もあり、出た腹を除けば、ラガーマンといっても通じそうだった。

「孝枝の亭主の稲垣兼雄《かねお》であります」

笑みを浮かべていたが、どことなく青ざめて見える。ひどく疲れているように感じられた。新任の工場長は、激務らしい。

「ようおいでたな。なんもない所だが、どうぞ、ゆっくりお過ごしくださんしょ。儂《わし》は明日も工場だでなぁ」

ちょっと息をつき、申し訳なさそうな表情になる。上げた手を後頭部に回し、なでるような掻《か》くような仕草《しぐさ》を見せた。

「なんせ今まで事務畑だったもんで、わかるのは数字だけ、工場の事は何もようせんでなぁ。泡《あわ》食っとる最中ですに。まぁ何かありましたら家内に言っとくんな」

　和典が礼を言うと、稲垣はすぐ引き返していった。やがて足音が消える。スマートフォンを手に取り、検索サイトを開いて名古屋工業、伊那谷村と入力してみた。すぐ画面が変わり、ページタイトルがずらっと表示される。公式ホームページに入るまでもなく、矢作製鋼所の子会社であるとわかった。今年初め、中学時代に所属していたサッカーチームのメンバーから電話が来たことを思い出す。

「レッドインパルス、売られちまったぜ」

　矢作製鋼所が、Ｊリーグのチームで年商七十億と言われるレッドインパルスの経営権を手放したのだった。買ったのはＩＴ企業で、新聞には近年の日本経済を象徴する電撃売買、世界的な競争の激化による素材産業の経営不振かと書かれていた。子会社の整理という孝枝の話は、それと合致する。

　矢作製鋼所をクリックすると、国内でビッグ5と言われる大手鉄鋼メーカーの一つとあった。創業は明治、資本金は二千五百億、売上高は二兆に迫る勢いで、全国に十の支社と十一の工場を持ち、アメリカに統括会社本社と支社、東南アジアや中国にも展開している。この伊那谷には、厚板加工品の工場をメインとする子会社があった。それが稲垣の勤務先なのだろう。皆が社長と呼ばず工場長と言っているのは、社内における工場の重要さを示すものだった。

　せっかく長に就任したその工場が、今後も閉鎖対象にならないといい。そう思いながら潮のように押し寄せてくる静寂を呼吸した。部屋の中に満ちるそれをかき分けながら机に近寄る。

計算の続きに取りかかろうとして、白紙と入り交じった用紙の山を整理し、書き込みのあるものを計算順にそろえた。途中の二枚が欠けており、最後の紙もなかった。その続きから始めたかったと考えると、恨めしい。もう一度同じことを繰り返す気になれなかった。集中できず、立ち上がって部屋を歩き、庭に出る。垣根から下を見下ろせば、先ほどの明かりはまだ点いていた。

庭を歩き回り、部屋に戻って再びコピー用紙と向かい合う。何の音も響いてこず、無音があたりを支配していた。それが気になり、集中できない。髪を掻《か》き上《あ》げ、頬杖《ほおづえ》を突き、頭を抱えこみ、天井を仰ぐ。こんなにも一人なのに、なぜ気が散るのか。飛び散る意識をまとめようとして躍起になったが、無駄だった。

書きかけの、あの用紙がほしい。今夜はもうどうしようもないとわかっていたが、未練がましくまた庭に出た。明かりはまだ消えていない。いつまでトイレなんだ。

しばしそこにたたずんでいたものの、小野家の電気は点いたままだった。やがて羽音に気付く。我に返って見回した時には、大型の蚊が体のあちこちにたかっていた。

バサバサと払いのけ、部屋に飛び込む。床ノ間にあった電気蚊取り器を見つけて電源を入れ、忌々《いまいま》しく思いながら机に向かった。今度は、かゆみで集中できない。今日はもう諦《あきら》めて、寝るしかないようだった。

布団を敷きながら、無駄が多く何の進歩もなく、くだらない一日だったと思う。移動日だからと自分を慰めつつ、床《とこ》を整えた。明日、今日の分までやればいい。それにしてもこの時期にエアコンも点けずに過ごせるのは、やはり信州ならではだった。信じられないほど涼しく、肌寒いといってもいい。

布団を出し押し入れを閉めようとして、床柱にしがみ付いているセミの抜け殻に気付く。こんな所で脱皮したのか。相当切羽詰《せっぱつ》まってのことだろうと同情した。自分も、今はまり込んでいるこの状態から、いつか脱皮できるのだろうか。

机の上でスマートフォンが鳴り出す。取り上げて画面を見ると、黒木《くろき》が電話をかけてきていた。普通ならメールですませる。何か急ぎの用事でもできたのだろうか。

「何」

黒木とは小学校の時に塾で知り合い、同じ中高一貫校を受験した。中学の頃は、かなりの頻度で会っていたが、今はそうでもない。お互いに忙しくなったし、たぶん男は、年を重ねるにつれて孤独になる生き物なのだ。スマートフォンから艶《あで》やかな声が流れ出る。

「俺たちの人生のピークって、高三らしいぜ」

まぁそうかも知れなかった。高三になれば学校に先輩はおらず、自由にふるまえる。その一方、まだ未成年で親から庇護《ひご》され法的にも守られていて、いいとこ取りの状態だった。だが大学に入るや就活が始まり、その後は様々な問題を抱える日本社会に出て行かねばならない。

「俺、留学委員会のサポート申し込んだ。大学はアメリカ行って、そっちで永住権取って帰ってこないかも。上杉先生はどうすんの。やっぱノーベル賞狙《ねら》うの、数学か物理で」

数学にノーベル賞はない。賞を創設したノーベルの恋敵が数学者で、あいつにだけは自分の金をやりたくないと言ったという説が有力だった。

「さぁ、どっちだろ」

ノーベル賞に匹敵するような数学の賞はいくつかある。それを目指し、数学界の頂点に輝きたいと思っている学者も少なくないと聞いた。和典には、そんな野望はない。ただ好きで、得意で、そして難問が存在しているために放置できない、解かずにいられないだけだった。

「俺が決めてやろうか」

声に、低い笑いが入り交じる。

「よく聞けよ。俺は仮説を立てている。三十坪前後の小さな一軒家に住む五、六十代の男は大抵、態度がデカいって説だ。毎朝、ランニングする時、そのくらいのサイズの建て売り住宅が七、八軒並んでる所と、お屋敷通りと言われる広い敷地の家が十数軒並んでる所を通るんだけど、それらの家の前に出ていたり、そこでタバコを吸ってたりするのは、たいてい五、六十代の男だ。通りすがりに俺が、お早《はよ》うございますと挨拶すると、小さな一軒家の男は、ほとんど上から目線の対応をする。はいお早うとか、ああお早《は》よ、とかさ。何も言わない奴《やつ》すらいる。大きな家になると、ほとんどがお早うございます、だね。おまえ、俺のこの仮説を証明するとしたら、どうやる」

しばし考えてから答えた。

「サンプル数が少なすぎるから、もっと集めてもらって、その後、統計を取って分析、結果の数字から判断する」

かすかな溜め息が伝わってきた。

「おまえは数学者体質だね。物理学者向きの奴なら、まず自分なりの仮説を立てちまう。その後、現場行ってランダムに聞いて回り、仮説が合ってるかどうかを判断して結論を出す」

物理学者の仕事場は実験室、もしくは実験ができる場所、それに対して数学者の仕事場は、本人の脳内といわれていた。和典としても、そういう所が気に入っている。自分の中だけで処理できるのがいい。部活でチームを組みたくないのもそれが一因で、人とかかわらずに没頭したかった。

「けど俺的には、物理を勧めるね。つぶしが効く。教授や研究者になれなかった場合、数学だと就職先に苦労するだろ」

まぁ言えなくはない。

「今の三菱《みつびし》ＵＦＪグループの社長兼ＣＥＯは、東大の数学科卒だけどさ、例外だよ。これで数学から金融トップってルートが確立するとは思えない。物理なら流体力学や電磁気学を専攻しとけば、航空機メーカー、家電系、総合化学メーカーと多彩だ。去年のノーベル化学賞なんかは、企業研究者だったし、環境に貢献しつつ利潤が上がり、コストパフォーマンスがいいものを企業で研究して世に出せば、世界を変えられる。ダイナミックでおもしろいじゃないか」

物理に進む道も、少し前までは視野に入っていた。新たなコンピュータとして注目を浴びている量子に興味がある。スーパーコンピュータが一万年かかるとされている計算を、二百秒で終わらせる驚異の力を持ち、世界中が巨額の費用をかけて研究開発していた。日本でも遅ればせながら今年度、三百億円の予算が組まれ、将来性は充分、金融機関から化学産業までが期待をかけている。

「物理も数学もさして変わらないと思うぜ。数学者体質を、ちょっと曲げればいいだけだ」

物理は、自然界の現象を数式で表そうという学問だった。数学と深く交錯し、物理学者が数学を学んでいる事も多いし、その逆もある。

だが物理において、数式は説明ツールとして使われるのであり、式の奥に展開されている数理の追究まではなされない。和典としては、数式の規則正しい美しさの解明に興味があり、一生向き合うなら数学の方がよかった。

「ま、物理学者っていうと、ロシアじゃ核兵器研究者、核ミサイル開発者の隠語だけどね」

黒木は幅の広いコネクションを持ち、その維持継続に心を砕《くだ》いている。インテリジェンスと呼ばれる情報収集、分析活動が根っから好きなのだ。アメリカのアイビーリーグあたりに滑《すべ》り込《こ》み、その後ＣＩＡかＦＢＩにでも入れば適材適所だろう。意外に出世できるかも知れない。

机に積み上げた計算用紙に目をやり、自分はどうなのだろうと考える。小中高を通じて学校や仲間内では数学好きとして知られ、成績もよく、天才と言われた時期もあったが、今はリーマン予想の証明の裾野《すその》あたりでこれほど手こずっている。自分のピークは、高三を待たずに終わってしまったのだろうか。

「今、どこにいんの」

伊那谷と答えると、一瞬の間が空いた。観光地という訳でも、何か有名なものがある訳でもなく、場所の把握に時間がかかったのだろう。

「また渋《しぶ》いとこだね。俺は長岡京《ながおかきょう》だ」

奈良時代と平安時代の間のほぼ十年、都が置かれた場所だった。伊那谷も、後醍醐天皇《ごだいごてんのう》の第三皇子宗良親王親子が居住して足利幕府《あしかがばくふ》との戦いの拠点としており、その期間は三十年にわたると村の案内に書かれていた。十年間の都と三十年間の本陣。渋さでいうなら、いい勝負なのではないか。

「帰ったら遊ぼ。じゃね」

切られそうになり、あわてて聞いた。

「おまえ、何でかけてきたの」

いたずらっぽい含み笑いが響く。電話の向こうで笑みを浮かべている黒木の潤《うる》んだ目が見えるような気がした。

「コネのメンテ」

切れた電話に視線を落としながら、高二に進級してから黒木と一度も顔を合わせていなかったと気付く。毎日があわただしく、昔の友人の出番はそうそうなかった。たまには会うのもいいかも知れない。だがそれも、この壁が突破できたらの話だった。またも机上の用紙に目をやる。見通しは全くついておらず、ただ立ち往生しているだけの自分に溜め息が出た。

5

朝まで眠る予定だったが、突然、顔に湿ったものが貼りつき、目が覚めた。続いて耳のあたりから、もっと大きな湿り気が額に移動してくる。振り払い、飛び起きて電気を点けると、部屋の隅《すみ》に大小のヤモリが合計三匹いた。

急に灯《とも》った明かりにあせったらしく、走り回り、壁に這《は》い上《あ》がる。爬虫類《はちゅうるい》は嫌いではないが、夜中に家族そろって顔に落ちてくるのは勘弁してほしかった。庭に面した障子を開けて追い出す。頬や額に、吸盤の感触が残っていた。

時計を見れば、まだ三時前で、庭には一面、霧が立ち込めている。学生村の広告ポスターに、日本でも有数の霧の名所と書かれていたのを思い出した。深い谷間だからだろう。

霧の中を歩いてみたくて庭に出る。ひんやりとした空気と共に、煙のような湿気がまつわってきて体がしっとりとした。目の前は白く閉ざされており、歩み寄ればそれが自然に開けて、さらに先が閉ざされる。いくら近づいても捕らえ所がなく、陽炎《かげろう》に似ていた。こんな中をさまようミステリー映画を見た気がしたが、ストーリーははっきりしない。ただひたすら霧の中を逃げ惑う姿が記憶に残っていた。きっとその映画の中でそれだけが真実のように思えたのだろう。

垣根に寄り、木々の間を流れていく霧を見下ろす。信じられない事に、小野家にはまだ明かりが点いていた。おい嘘《うそ》だろ、一晩中トイレか。

納得できず、しばし見つめ入る。明かりが消える気配はなかった。継続して点きっ放しだったのではなく、今、点いたばかりかもしれないと思い付く。こちらが庭に出るタイミングと同じだとすれば、気が合っているのかも知れなかった。翠という老婆に多少、興味がわく。

部屋に戻り、寝床にもぐり込んで気が付いた時には庭の樹でセミが鳴いていた。この部屋で脱皮したセミだろうか。寝転んだまま、床柱の抜け殻を見上げる。小塚に送ってやろうと考え、枕元《まくらもと》にあったスマートフォンを引き寄せた。室内であるとわかるようなアングルで撮影する。

「災害の事前対策をすれば、多くの命が救えます。ところが地方自治体はやろうとしない。なぜか」

どこからかラジオ放送が流れてくる。噂に聞く有線だろうか。

「事前にそれをしようとすると、費用の四十パーセントを負担しなければならないからです。災害が起きてからなら国の金が期待できるから、負担額は一・七パーセントですむ。この仕組みを何とかしない限り、私たち庶民がしなければならない事が増えるばかりです。昨年も盛《さか》んに言われたでしょう、自分の命は自分で守れって」

小塚に画像をメールで送り、寝床から這《は》い出《だ》す。入り側の突き当たりにある洗面所に行き、身繕いを整えた。脳が目覚めたばかりで疲労物質が溜《た》まっていない今、計算に取りかかろうと机に向かう。

ところが失われた用紙が、やはり気になった。手元で確認できる部分から再スタートを切ればいいのだが、昨日と同様にやる気になれない。あれさえあれば。そう思う一方で、もしあっても飛躍的に進む訳ではないという事もわかっていた。

　気が散るのは、ここに来る前からなのだ。壁に突き当たっているからだ。それが堅牢《けんろう》過ぎて、上ることも突破する事もできない。どうすればいいのかさえ、とらえられなくなっていた。

　だがこのまま手をこまねいていたのでは、事態は変わらない。挑戦しなければ、成功もしないのだ。とにかくやるしかない。ここに来たのは、そのためだった。やる前から逃げ腰で、どうする。非可換トーラスの分類問題を乗り越えるんだ。

　無くした最後の用紙の一枚手前から計算をスタートさせる。絶対に間違わないように、完璧を心がけながら進んだ。数理工学部の方針に背を向けているこの状況で、目指す所にたどり着けなければ侮蔑《ぶべつ》されるだけだろう。そんな羽目になってたまるか、制覇してやる。

　玄関の方で、望の大きな声が上がる。柱にかけられた時計に目をやれば、まだ六時前だった。ガキの割には早起きだなと思いながら再び計算に戻ろうとしたが、集中できず腰を上げる。

　部屋を出て廊下を歩き、黒い格子の付いた板戸を開けると、階段の下の三和土に望が立っていた。腕にナスを入れた籠《かご》を抱えている。

「お早う。いつもこんなに早く起きてんの」

　望は、広げたビニールシートの上で籠を逆《さか》さにした。

「今日は特別だに。お母ちゃより早く畑に行かんと、皆取られちまうでな。お母ちゃときたら、なんでかんで全部取って、味《み》噌《そ》汁《しる》や漬物にしちまうんな」

　シートの上に広がったナスを見下ろしながら、そばにしゃがみこんで選別を始める。

「牛らしいのが、いいなぁ。お祖父まらが帰る時に乗るんだで」

三和土の右手にある板戸が音を立てて開き、納戸の中から歩が姿を見せた。白く長い棒の束を小脇《こわき》に抱えて出てきてシートに投げ出す。重量感のまったくない束で、音も立てずにフワッと転がった。

「それ、何だ」

歩はシートの上に座り込み、一本を引き抜く。

「オガラずら。牛の足にするんだに」

パキパキ音を立てて折り始めた。

「送り火を焚《た》く時にも、燃やすしな」

昨日の話では、送るのは止めようという事になっていたはずではなかったか。

「やるのか、送り火」

望が、両手にナスを持ったまま歩の方を見た。

「こいつが、牛だけは作っとかんと、お祖父まらが肩身が狭いんじゃないかって言うもんでな。村の衆は皆、作ってもらっとるに、儂らだけないのかって。だけど乗り物作っちまったら乗るし、帰るずら。ほいで考えたに」

望の視線を受けた歩は、丸い頬をほころばせる。

「えらく脚の短いのを作りゃ、なかなか帰れんずら」

二センチほどに折ったオガラを、和典の目の前に差し上げた。

「雀《すずめ》の脚くらいずら。こんでしばらくは、家の周りにおってくれるに」

望が勢いのいい声を上げる。

「ほれ、これ見。反《そ》り具合が、どえらぃいいずら。あ、こっちのもいい」

歩も目を輝かせ、ナスに見入った。

「すげぇ。これほど牛にピッタリのナス、今まで見たことがねーずら」

「俺が作るで。アユ、おまえは脚作ったら、オガラ編みな。焙烙皿《ほうろくざら》の大きさ見てきて、それに載るようにしにゃいかんに。わからんとこは、お母ちゃに聞くずら。俺は彫刻刀持ってくるで」

サッと姿を消した二人が戻ってくる頃、台所から孝枝が顔を出し、朝の挨拶をしてから送り火の準備に加わった。あれこれ話しながら作業を進める三人を、そばで見つめる。

大した事をしている訳でもないのに目が離せなかった。移り変わる三人の表情がそれぞれに楽しげで、精彩を放っているからだろう。あたりにはにじみ出すような和やかな喜びが満ち、皆がそれを共有していた。

和典は、喜んで季節の行事に参加した覚えがない。行事に限らず、どんな事もこんなふうには楽しまなかった。面白かったのは、いつも数学だけだ。小学校の頃から夢中になり、何もかも忘れて没頭していた。だが今はどうなのだろう。それほど好きだった数学を、自分は楽しんでいるだろうか。ＹＥＳと言い切れない気がした。

「ああ上杉さん」

孝枝が、しゃがんだ姿勢のままこちらを振り向く。

「朝飯は公民館で、七時からちゅう事は聞いとるら。場所は昨日も言ったが、この坂を下ったとこだでな。看板もあるし、何より玄関前に大きな桂《かつら》の樹があるで、すぐわかるずら」

桂を知らなかった。村の公共施設を描いた地図は、運営委員会から事前にメールで送られてきている。何の心配もしていなかったが、せっかく教えてくれているのに無視するのはまずいと思い、黙っていた。困惑しているように見えたのか、望が口を開く。

「目、つむって行きゃあいいずら。桂は甘い匂いがするでな、一発だに」

歩が説明を補足した。

「手前の近藤《こんどう》さんちで、今は薔薇《ばら》が咲いとる。こんが超甘いで、間違えんようにな」

鼻も、それほどよくはないし、説明を聞けば聞くほど判断に自信がなくなっていく。不甲斐《ふがい》ない都会者は、やはりスマートフォンに頼るしかなさそうだった。

6

「翠さなら、朝はえらい早いに。夏でも冬でも、四時頃には必ず起きとるでな」

孝枝からそう聞き、七時前に家を出る事にした。小野家に寄ってコピー用紙を回収していけばちょうどいい時間になるだろう。

戸口を開けると、昨日は見かけなかった車が庭に停まっている。シルバーグレーのセダンで、五ナンバーのトヨタだった。かなりくたびれた様子で、窓ガラスにも車体にもはねた泥がこびりついている。稲垣が通勤に使っているのだろう。思い出してみれば、駅に迎えに来てくれた村の重鎮たちの車も皆、トヨタだった。

スマートフォンで伊那谷の地図を呼び出す。道路的には高速で名古屋と結ばれており、一時間半強で行ける。東京都心に出るには、それよりずっと時間がかかるようだった。このあたり一帯は名古屋市の経済圏に入るのだろう。

門を出てなだらかな坂道を下っていく。稲垣家のイチイの垣根が途絶えた所からヒイラギの垣根が始まり、その半ばあたりに古い門があった。小野という表札が出ている。チャイムも門扉もなく、雑草の生えた敷石《しきいし》が玄関先まで続いていた。

「お早うございます」

声をかけても返事がない。戸惑いつつ、わずかに玄関の引き戸を開けると、手前に三畳ほどの三和土が広がり、階段が二段あって、腰高のガラス障子《しょうじ》が閉まっていた。耳を澄ませるものの、人の気配は全くない。ただ湿った畳の臭いが漂ってくるばかりだった。しかたなく戸を閉め、家を出る。

帰りに寄るしかなかったが、それにしても九十を超える老婆が、朝早くからどこに行ったのか。これまで見かけなかったが、どこかにコンビニでもあるのだろうか。

道の両側に広がる水田を見渡しながら歩く。朝の風が渡り、ふくらみながらなお茎の中に収まっている稲穂をなでていた。稲の根元に溜まった水に山々が映り、小波《さざなみ》に揺られている。スズメがしきりに飛び回り、さえずってうるさいほどだった。

昔は嫌われ、カカシなどで追われていたが、今は虫を食べる益鳥という事になっているらしい。メダカ同様、数が減ってきていると小塚が言っていた。スズメが絶滅危惧種に選定される事もあるのだろうか。日本の田園風景も変わっていくのかも知れない。

「ほうかい、またやられたずらか」

道端《みちばた》に立っていた老人が、水田に入っているもう一人と交《か》わしている会話が耳に入ってくる。

「今度は、小木曾《こぎそ》さとこだに」

何やら問題が起こっているらしかった。

「しょうもねぇ悪さしくさりおってなぁ」

「村ん中でも、ここら辺ばっかじゃねーか」

「まぁ夜寝とる間にやられちまったら、どうしようもねぇら。寝ん訳にゃいかんずらでなぁ」

こちらに背を向けている老人の後ろを通り過ぎる。

「はれ、上杉君かな」

声をかけられて足を止めた。よく見れば水田の中にいるのは、昨日出迎えてくれた老人の一人だった。長靴をはき、ゴム手袋をした両手から泥を滴《したた》らせている。何をしているのか聞いてみると、腰を伸ばして空を仰ぎ、だるそうに笑った。

「タンボの声を聴いとるんな。再来月になりゃ、はぇ稲刈りっちゅう時期だでなぁ、最後の肥がほしいとか、田の草を取ってくれとか、虫が多くてかなわんとか、タンボは色々言うんだに。ここは下田《げでん》ちゅって作柄《さくがら》の悪いタンボだで、余計に手をかけてやらんといかんのな」

そういうものかと思いながら、小野翠について聞いてみる。

「翠さなら、たぶん山際《やまぎわ》先生のとこじゃねぇかなぁ」

汚れた指を上げ、坂の先の方を指した。

「ここを下ってくと、山際ちゅう医院があるでな。開くのは八時からだが、皆、早くから順番待ちしとるで、翠さもきっとそこだに」

スポーツジムに行く代わりに医者に通う高齢者は都会にも多く、待合室が老人サロン化しているという話はよく聞く。あの爺《じい》さん、今日は顔が見えないね、具合でも悪いんじゃないの、という笑い話があるくらいだった。

高齢者人口は今後ますます増え、確実に国家の財政を圧迫するといわれている。ツケを回される若い世代の一人としては非常に不満であり、不安だった。日本経済が疲弊している時に、年寄りだけ元気でどうすんだ、と思う。

「山際先生は、この村自慢のお医者様ずら。誰もが尊敬しとる。縁もゆかりもねぇのにこんな田舎に来てくれとるでなぁ。それに東大出だに」

思わず姿勢を正した。受験体制に組み込まれている高校生としては、難易度の高い大学に合格し、かつ卒業した人間に敬意を払わずにいられない。疑問なのは、せっかく東大を出ながら、なぜこんな田舎村の医師になったのかという事だった。研究者になるとか教授になるとか、栄達の道がいくらでもあるだろう。高徳の志の持ち主で無医村に来たのか。聞いてみたいと思いながら礼を言い、坂を下った。後ろから、声が追いかけてくる。

「山際医院は、公民館の真ん前だでな」

つまり公民館の位置は、薔薇の咲く近藤家を通り越した山際医院の向かい合いで、前には桂の樹があるのだった。入った情報を整理し、その量の多さに安心しながら足を進める。

勾配《こうばい》は次第に急になり、道の両側から水田が消えて灌木《かんぼく》の茂みになった。和典の目には区別がつかなかったが、望や歩なら、個々の樹の名前を言えるのだろう。自然の中で様々な事を覚えながら生きている。うらやましくもあったが、自分にはできそうもなかった。夜中に蚊や、ヤモリの一族に襲われる生活には耐えられない。

やがて水音が聞こえ始める。左手の茂みが開け、崖が露《あら》わになって下に川が見えた。坂は蛇行《だこう》しながらその川に向かっていく。下り切った所に広い舗装道路が通っていた。

後方を振り返り、地層の浮き出した崖を見上げる。稲垣家があるのは、あの上あたりだろう。位置を確認しようとして仰ぎ見ながら目的地と反対方向に舗装道路を進んでいくと、突然、崖の一部が真っ黄色になった。目を凝《こ》らせば、一面にヒマワリが群生している。目の底に焼き付きそうなほどあざやかな蛍光イエローの中に、昨夜、目にした緑色のトタン屋根が埋もれていた。どうやら小野家らしい。

徐々に力を増す朝の陽射《ひざ》しを浴び、ヒマワリの群れは活気づいていく。見つめていると、その一本一本がゆっくりと回り出すような気がした。回転を速めるヒマワリに引きずられ、地面自体が回り出す。目をつぶり、首を振って錯覚を追い払った。まぁ地面が回っても不思議じゃない、地球は自転してるんだからな。苦笑しながら薔薇の咲く近藤家の玄関先を通り過ぎ、道なりに曲がる。右手に山際医院の立て看板、左手に公民館の横看板が見えた。

まず山際医院をのぞいてみる。普通の和風の家で、玄関が開け放されており、布靴やスニーカーが外まではみ出していた。奥は板張りの待合室で、長い椅子がいくつか置かれ、十数人の老人や子供を抱いた母親が座っている。突き当たりに小さな窓口があり、八時開診と書かれた手書きのカードがぶら下がっていた。

この中に、小野翠がいるのだろうか。見回すものの老女は何人もおり、区別がつかない。孝枝の話では、顔に戦争中の傷があるとの事だったが、和典の位置から容貌《ようぼう》が見える者は少なかった。名前が聞こえるかも知れないと考え、話し声に耳をそばだてる。

「今度は、小木曾さのとこだっちゅうら」

「誰がやっとるらなぁ」

「物が物だけに、おっかないに」

水田付近にいた老人たちの話題と同じだった。のどかに見えるこの村で、何が起こっているのだろう。

「ほい、おまい様」

声に背中を突かれ、振り返る。干し上げたように小さな老人が立っていた。禿頭《とくとう》で垂れ下がった白い眉をし、杖に体重を持たせかけている。その通り道をふさいでいる事に気付き、急いで飛《と》び退《の》いた。

「暇なら手伝っておくれんかな。それを運んどくんな」

顎《あご》で、玄関の左手に設けられている腰高窓の下を指す。長方形のプランターがいくつか並んでいた。

「こっちだに」

老人は先に立ち、飛び石を踏んで家の脇に入っていく。やむなくプランターを抱《かか》え上《あ》げ、その後に続いた。

「ここに置いとくんな。よく陽の当たるとこにな。全部頼むに」

プランターの中には、細く長い草が間隔を置いて植えられている。それぞれに二センチほどの白い花をつけていた。花弁は薄く、二枚だけで、花芯《かしん》らしき中央部分を挟んで左右に広がっている。繊細な切れ込みに縁取られており、羽を広げた白い鳥に似ていた。蘭《らん》の系統だろうと見当をつけ、運びながら聞いてみる。

「何という花ですか」

老人は、並んだ草花を愛おしそうに眺《なが》めやった。

「鷺草《さぎそう》だに。国の準絶滅危惧種だでな。下の川のあたりに自生しとるが、今はウィルスが蔓延《まんえん》しとるで、こうやって保護しとるずら」

手にしていた杖に陽が当たり、木刀とわかる。この年で剣道をやるとすれば、見かけよりは達者なのだろう。

「ところで、おまい様」

やっと思い至ったといったように、こちらに向き直る。

「ここに来るちゅうことは、どっか悪いのけ」

小野翠がいるかと思って見にきたと答えると、老人は合点《がてん》がいったようだった。

「翠さなら、昔っからの儂《わし》の患者だでなぁ」

どうやら山際医師本人らしい。この年恰好《としかっこう》からすれば、東大がまだ東京帝国大学といわれていた頃の卒業生だろう。

「いつも早くに来るでな、待合室の奥の方におるずら」

病院サロンの常連らしいとわかり、思わず口角を下げる。山際は見逃さなかった。

「おお文句がありそうな面だな。なんな。言ってみ」

若い世代からひと言、苦言を呈《てい》す気になる。

「健康な老人たちが暇つぶしに病院に出かけ、医療費を食《く》い潰《つぶ》してツケを未来に回している現状を、医師としてどう思われますか」

瞬間、威勢のいい笑い声が上がった。

「馬鹿《ばか》こけ」

払いのけるような、怒声にも似た高笑いだった。

「健康な老人なんか、おらすか。今の高齢者は、若い頃の環境がひどかった。戦争にも巻き込まれ、栄養失調や体罰が当たり前の子供時代を過ごしとる。それが年を取ってくりゃ、何かしらの不調を抱えん訳がないずら。そんでも子供ん頃から我慢を叩《たた》きこまれとるせいで、口や態度にゃ出さん。多くがじっと辛抱しとるに。社会に出りゃ邪魔者扱いされるで家におるしかないが、日本の家屋は狭い。誰もが自分の死を見つめて毎日を過ごしとるのが現状ずら。二言目には、儂らの生きとるうちは大丈夫ずら、なんちゅう軽口をたたくが、ありゃ、もう持ち時間の少ない自分への皮肉でなぁ」

開いた窓から待合室を眺める。そこに集《つど》い、話に興じている老人たちは、早ければ明日にでもこの世から退場していかねばならない人々なのだった。それを自分で知っている。その気軽な笑いや冗談のそこかしこから静かな哀《かな》しみがにじみ出し、部屋を漂いながら彼らを包んでいる事に、その時初めて気が付いた。平和な時代に生まれ、食糧があるのは当たり前、体罰などなくて普通という環境で育った自分の、それを前提にした軽々しい非難が恥ずかしかった。

「昔は、子供なんか誰も大事にしてくれんかった。今と違って、数が多かったでなぁ。だが考えてみよや。数が少なければ大事で、多ければそうじゃないんか。命の重さは同じじゃないのか」

返す言葉がない。

「大事に育てられず、自由に学ぶ機会も与えられんかった今の老人たちが、そのゆがみを抱えて世の中を作ってきたんだに。理想の社会ができるはずもない。今の若い衆は、それを引きずりながら行くしかないなぁ。ノアの洪水のように全部を押し流して新しく始める事なんかできんし、そりゃそれでリスクがあるでな。やたら文句を並べたり、求めてばっかおらんと、自分の時間を使って直していくがいいずら」

勝手口の戸が開き、若い女性が顔を出す。

「はれ先生、いつ道場からお帰りで。ご飯がまだずら。そろそろ召し上がらんといかんに。医者の不養生って、先生の事ずらなぁ。亡くなった奥様も、お盆でこの世においでになるちゅうに、ご心配かけちゃいかんずら」

山際は笑うでもなく怒るでもなく、黙って勝手口に向かった。その後ろ姿に聞いてみる。

「剣道をなさるんですか」

ゆっくりと振り向いた背筋が、ピンと伸びた。

「おうよ。四百年の歴史ある武修館で、若い衆の指導や子供の躾に当たっとる。剣の道を通じ、人間の驚懼疑惑《きょうくぎわく》を克服させる教育ずら。おまい様も、よかったら顔を出しまい。館長の新左衛《しんざえ》門《もん》さは九十六だが、七十代の若い衆も多いに」

七十代で若いという年齢感覚からすれば、十代の自分などはミジンコのようなものに違いない。いや、それ以前の単細胞生物か。考えながら身を縮めた。

「先月マスターズの百歳から百四歳の百メートル走で日本新記録を出したんは、こん村の正司《しょうじ》さだ。いまだに新聞配達をしとる。老人は目標を作って、少しでも世の中の役に立たんとなぁ。もっとも今の年寄りは若い頃、皆ボランティアをやっとった。兵役ちゅう名の、国のためのボランティアずら。命も人生もかけてそれに打ち込んどったに。軍部のせいでいささか間違った方向に進んだが、休日ボランティアしかせん若い衆とは性根が違う。尊敬せいよ」

腹の底から湧《わ》き上《あ》がるような豪快な笑声を残し、戸の向こうに消えていく。その笑いが胸に雪崩れ込んだ。揺さぶられながら自分の精神の脆弱《ぜいじゃく》さを見つめる。自然の中で地に足を着け、信念を維持し、慈しみの気持ちを持ちながらそう長くはない人生を見つめて毎日を生きている。その強さがまぶしかった。

7

風に乗ったチャイムが高く鳴り響く。腕時計を見れば、七時半になっていた。急いで医院の前の道に戻りながら、朝の光の降り注ぐ空を見上げる。目の覚めるようなセルリアンブルーだった。

こんな鮮やかな朝を、今までに見た事があっただろうか。幼稚園で習った歌の冒頭を思い出す。朝はどこから来るかしら。田切の崖の向こうからか、あるいは山際医師の強さに打たれている自分の心の底からか。

道の向こうに建つ公民館は、切妻《きりづま》の屋根を上げた古民家風の造りだった。正面に設置された大きく透明な玄関ドアの向こうにコンクリートの三和土が広がり、左右の端にスノコが敷かれて靴箱がある。スリッパが用意され、脇の立て看板には食堂の場所が貼り出されていた。

ガランとした靴箱には、スニーカーがいく足か入っている。村側も、やってくる学生が数人だけとは思っておらず、広い場所を用意したのだろう。申し訳ない気持ちになりながら玄関を入った。廊下を歩き、食堂に指定されている会議室のドアを開ける。

三十人ほども入れそうな部屋の中央に、テーブルが一つだけポツンと置かれていた。広い海に浮かぶ小島さながらのそこで、四人の学生が二人ずつ向き合い、それぞれのトレーに載った朝食を食べている。

三人は和典より年上の男子で、大学生か予備校生のようだった。ただ一人だけ女子が交じっている。チラッと目をやったところでは、高校生らしかった、これがもう一人の希少種なのだろう。

「お早うございます」

緊張しながら声をかける。皆がこちらに目を向けた。お早うと返す者も、ただ黙って点頭するだけの者もおり、その四人の脇に朝食のトレーが一膳、用意されていた。歩み寄り、腰を下ろしたとたん、隣から声がかかる。

「あの、上杉君、だよね」

ただ一人の女子が、ポニーテールを揺すってこちらを見ていた。その顔にどことなく見覚えがある。

「やだ、びっくり。こんなとこで会うなんて」

浮かび上がった笑みと、記憶の中にある顔がようやく結びついた。

「全然、思ってなかった」

中一の頃の友人、立花彩《たちばなあや》だった。マジかと思いながら何と答えようかとあせる。久しぶりに見るその表情に意識が吸い取られ、どんな言葉も浮かばなかった。あわてればあわてるほど、舌が重くなっていく。ただただ見つめているしかなかった。

露わになっている耳や首筋が白く、スッキリとして大人びている。自分の知らない、遠い存在になっていた。

「上杉君、どうしてここに」

そう言いながら、彩はクスッと笑った。

「あ、わかる気する。誰も来ない所を選んだんでしょ」

わかられているのは、いい事なのだろうか。中学の頃、彩との心理的距離は、かなり近かった。一時期、付き合っていた事もある。だがそれから二年以上が経った今では、言葉が見つからないほど隔《へだ》たっていた。

「私はね、ここは一番遠い村で不便だから、きっと人が来ないんじゃないかって思って来たの。自分がここの住人だったら悲しいし、誰かに来てほしいって思うから」

確かにそういう奴だったよなと振り返る。いつも真面目《まじめ》で、純粋で、直向《ひたむ》きだった。そんな所に感心していたし、励《はげ》まされ、また惹《ひ》かれもしたのだった。いつまでもこのまま変わらずにいてほしいと願っていたが、どうやらそれは叶《かな》ったらしい。

「でも私、もう明日帰るんだ。上杉君、来るの遅すぎ」

三人の学生たちに関係を説明する彩を見ながら思う。もし早く来ていたら、どうだったというのだろう。

「けど、彩ちゃんが帰ったら寂しくなるよ」

向こう側にいた学生が、テーブルの上に筋肉質の腕を乗せ、身を乗り出して皆の同意を求めた。

「なぁ、そうだろ」

　手首にはめている時計の黒いフェイスには、BULOVA《ブローバ》の文字がある。一時期、アメリカ空軍にパイロットウォッチを納入していたブランドだった。

「紅一点がいなくなるもんな」

　褐色に日焼けし、白いTシャツから出た首にはプレートの付いた平打ちの鎖をかけている。胸ポケットからはサングラスの端がのぞいていた。ゲームセンターあたりを流していそうな感じで、学生村とは無縁な雰囲気を漂わせている。

「野郎ばっかじゃつまらんし。もうちょっといたら、いいじゃん」

　彩の前に座っていたしゃくれた顎の学生が紙ナフキンを丸め、ソースが残っている皿の上に投げ出した。

「ん、盆踊りもあるしさ。風祭りっていって国の重要無形民俗文化財らしいぜ。発祥は室町時代だって。彩ちゃん、そういうの好きなんじゃないの」

　彩が頷くのを見て、それまで黙っていた三人目の学生が細い目をさらに細めた。椅子の上に収まりきらないほどたっぷりと太った体を背もたれに寄せかけ、きしませながら腕を組む。

「俺ら昨日の夜、村のワークショップ行ってきたで。保存会が、そこで踊り方を教えとるんや。七種類もあって、結構おもろかった。せっかく来たんやから、彩ちゃんも体験してったらどや」

　親しげな物言いは、毎日顔を合わせているからだろう。和典より、よほど親密な様子だった。何となく面白くない。

「ん、どうしようかな。上杉君も行くの」

急に話を振られ、むせ返りそうになった。何と答えればいいのだろう。勉強があるから行けない、ではダサ過ぎるものの、ここに来たのは遊ぶためではない。

「ああ彼氏は、まだ高校生だろ。受験だから盆踊りどころじゃないって。俺らと行けばいいじゃん」

「そ、俺らは暇やん」

「それに女の子に優しいしさ」

聞いていてますます、不愉快になる。ナンパなら別のとこでやれよと言いたかったが、黙って手早く箸を運び、掻《か》き込《こ》んで立ち上がった。実のない会話にわずらわされたり、時間を取られたりするのは馬鹿げている。

「お先に失礼します」

顔も見ずに言い放ち、次の食事からは時間をずらそうと思いながら会議室を出た。スリッパを元に戻し、腹立ちまぎれに砂を蹴《け》立《た》てて歩く。あんな学生が多くては、真面目に受け入れている村の人が気の毒だった。

「待って」

後ろから声がし、足音が駆け寄ってきて、隣に並ぶ。

「上杉君、相変わらずだね。無口で、冷たくて」

笑いを含んだ彩の目が、こちらを見ていた。中学時代の自分は、彩の心にそんなふうに映っていたらしい。いや、今もそうなのだった。それは事実かも知れないし、間違っているのかも知れなかった。本当のところは、和典自身にもわからない。

「でも他人を冷笑するような傲慢《ごうまん》さはなかったよね。ただ普通に冷ややかなだけ。そういうとこが好きだった、のかも」

スラッと言われ、うろたえた。さり気なくそんなことを口にできるのは、自分の知っている彩ではない。いやこちらが気づかなかっただけで、元々そうだったのか。付き合った期間は、ごく短かった。

足を止め、彩の目の中に、親しかった頃の彼女を捜す。捜しながら思った、自分は何をしているのだろう。昔の彼女を捜し当てたところで、それが戻ってくる訳でもないのに。

自分たちの間を流れ過ぎていった時間の音が聞こえる。それを越え、また近寄りたいと望んでいるのだろうか、いや、ここに来たのは数学をするためだ。それ以外の時間を作ろうとは思わない。

「私ね、あの時、あなたのお母さんに反対されたから、もう付き合えないって言ったでしょ」

付き合いをやめた直接の原因は、母が彩の家に行き、息子を勉強に専念させたい、交際には反対すると宣言したからだった。

「でも、あれ、正確じゃなかったの。正確にはね、あなたのお母さんに反対されたけど、あなたが付き合いたいって言ってくれるんだったら、付き合ってもいい、だったんだ。でもうまく言えなくて」

昔よく目にしていた直向きさが、今、真っ直ぐこちらに向かってきて胸に刺さる。

「私的には、親の反対なんか気にしなくていいって言ってくれるのを期待してたわけ。でも上杉君、何も言わなかったよね」

中学時代は、母の主張を曲げる事は絶対にできないと諦めていた。無力感にとらわれ、行動を起こそうとすら思わない毎日だった。だが彩と別れたのは、それだけが理由ではない。彩には言わなかったが、付き合い始めた当初の気持ちを継続していくのが難しくなっていた。

「それで、もうしかたないなって思って、別れる事にしたの」

うっすらと笑う彩を見ながら、返す言葉に迷う。謝るのも変だし、慰めるのはいっそう変だった。自分たちをへだてる空間を縮められないまま、向き合っていながらさらに遠ざかっていく。

「それじゃね」

片手でキラキラ星のポーズを作り、駆け出していく後ろ姿を見つめながら夢のように思い出した。自分たちは手を握り、肩を抱き、キスまでもしたのに。ここで思いがけず再会して、このまま別れていいのだろうか。決断できず、揺れる気持ちが声になる。

「あのさ」

それは小さく、彩の耳に届きそうもなかった。さらに重ねて言葉を発する気にはなれない。聞こえなければそれでいいと思いながら見ていると、彩の足が止まった。

「何」

振り返り、素早く目の前まで戻ってくる。

「どうかしたの」

じっと見つめられて、言葉に困った。話せるような事は何もない。苦《くる》し紛《まぎ》れに頭の隅にあった疑問を引きずり出した。

「この村、なんか事件が起こってるみたいだけど、知ってるか」

彩の顔に一瞬、笑みが浮かぶ。昔よく見たあどけない笑顔だった。それが大人びた表情をおおい隠し、時間を引き戻す。

「やっぱ上杉君も事件が気になるんだ。実は、私もそうなの。私たち探偵チームKZ《カッズ》って作ってたじゃない、中一の頃。色んな事件を追ってたよね」

いい時代だった。無心で、底抜けに快活で、よく笑い転げ、正義を信奉し、その時間が無限に続くと信じていた。

「今この村で起こってるのはね、家に停めた車とか、小屋に置いてある耕運機からガソリンが抜き取られるって事件だよ」

物が物だけにおっかないと言っていたのは、その事だったのだ。被害が出ているのは和典の滞在しているあたりらしかったが、警察は動いているのだろうか。ガソリンは扱いが面倒な上に臭いも強烈で、ただの悪戯《いたずら》にしてはリスクが大き過ぎる。目的は何なのか。

「ね、犯人捜ししようか」

活気づいた彩の目に、光が瞬く。

「昔みたいに、また一緒に」

考える余地もないほど無鉄砲《むてっぽう》な話だった。和典も彩もこの村の地理には詳しくなく、コネもほとんどない。あの頃のように無邪気な子供でもなかった。加えて和典は、ここでやらなければならない課題を抱えている。彩も何らかの目的があって来ているのに違いなかった。この場の気分に乗っての提案を受けるのは、彼女にとってもいい事ではないだろう。

「無理だな」

彩の顔に失意が広がる。力が抜けるように笑みが色褪《いろあ》せ、やがてすっかり真顔になった。

「そ。じゃね」

素早く身をひるがえし、手も振らずに駆け去っていく。提案を断られて気分を害したらしかった。突然の着想としか思えなかったが、真剣だったのだろうか。そうしたい事情が何かあったのか、それとも単にムカついたというだけか。

その姿が道の角に消えると、溜め息が出た。女の頭の中は、謎だ。ポケットに手を入れ、スマートフォンを引き出す。こういう時には、男女交際の権威、黒木大先生の訓示を聞きたかった。

「あのさ、女が急に不機嫌になる時って、何考えてんの」

低い笑いが耳に流れ込む。

「手こずってんのか。それは結構。ガチで悩めよ。悩みは、数学オタクの君を成長させる」

まるで相手にされなかった。舌打ちしたい気分で口をつぐんでいると、あたりを払うような大きなチャイムが響き渡る。それに続いてアナウンスが流れた。

「こちら伊那谷駐在所です」

緊急事態らしい。急いで電話を切り、耳を傾けた。

「ただ今、七窪《ななくぼ》の中村仲《なかむらなか》次郎《じろう》さんが行方不明となっています。お見かけの方は駐在までご連絡ください。今日の服装は黒のジャージィの上下、黄色のスニーカーです」

背後が騒がしくなり、振り返れば、医院から山際医師と看護師たちが出てくるところだった。

「おそらく山か、川の土手だに。ただ歩いとるだけだが、レビー小体からくる認知症だでな、しょっちゅうつまずくで危ないに。早く見つけんと」

どうやら徘徊《はいかい》老人らしい。

「ほい、そこのおまえ様」

山際は素早く和典に目を留め、木刀をつかんだ手を上げて道の向こうを指した。

「どうせ暇ずら。急いで行っておくんな。川の方を頼むに。早う、ほれ早う」

急かされてやむなく、木刀が指し示す方向に走り出す。

「川にぶつかったら、土手沿いを見りゃすぐわかるで」

だが見つけたとしても、その後はどうすればいいのだろう。徘徊者と接触するのは初めてだった。こちらの言う事を大人しく聞くとは思えない。言葉自体が通じるかどうかもわからなかった。考えれば考えるほど面倒になってくる。

「俺、やる事あるんだけどな」

恨めしい気持ちで走った。十分も経たずに川端《かわばた》に出る。山際の言葉通り一人の老人が、川面《かわも》から一メートルほど高い土手の縁をぎくしゃくと歩いていた。桜らしき樹が等間隔で植えられているが、柵《さく》はない。迂闊《うかつ》に声をかければ、よろめいて川に落ちるかも知れず、ともかくも手で体を押さえられる所まで歩み寄った。その気配を感じたのか、老人はこちらを振り向く。

「はれ、どなたずら」

眼差《まなざし》は、靄《もや》がかかっているかのようにぼんやりとしていた。和典の方を向いているが、誰かを捜しているかに見える。ここは取りあえず自己紹介し、様子を見るしかなさそうだった。

「僕は、学生村に来ている上杉といいます。中村さんですね」

通じないかも知れないと思っていたのだが、老人はあっさり頷く。

「そうだに」

会話が成立し、ほっとした。さほど重症ではないらしい。

「何をしているんですか」

中村は開いた口からわずかに息をもらし、視線を落とした。

「徘徊じゃないに」

後ろめたそうにつぶやき、すぐさま強い口調になる。

「徘徊じゃないずら。儂は、人に会いに来とる」

その視線がなぞっているのは、樹の根元に置かれた小さな地蔵だった。赤い前かけをかけており、新しい花が供えられている。

「毎朝、毎晩、会いに来るんだに」

そう言いながら歩き出した。あわてて両手でフォローしながら付いていく。

「そんで寂しくねぇずら」

地面はコンクリートで固められ、所々に亀裂《きれつ》が入ってそこから雑草が伸びていた。中村は、それらに丁寧《ていねい》に目を配る。やがてかがみこみ、膝《ひざ》を抱えてしまった。やむなく背後で様子を見守る。

中村の向こう、川の対岸には畑が広がっていた。曲がりくねった低い樹が立ち並び、黄色の実を付けている。甘い香りが波のように押し寄せてきて、鼻の中を流れ落ちた。梨《なし》だと気付く。あたり一面に満ちるそれを呼吸しながら、自分が梨色に染まっていくのを感じた。思わず声が出る。

「ここって、梨が取れるんですね」

うずくまっていた中村が、こちらを振り仰いだ。

「二十世紀だに。儂んとこは梨園《なしえん》だったでな。子供の頃から、採っちゃあ食っとった」

目に光が灯り、笑顔を明るく照らす。

「うまいでなぁ。ここはリンゴも、どえれぇ取れる。国光《こっこう》ずら。カキもモモもブドウも採れるでなぁ。気候は穏やかだし、山に囲まれとって風も強くねぇし、雪もほとんど降らん。いい土地だに」

しっかりとしてきた眼差で川の向こうを見つめる様子は、病気とは思えなかった。その脇にしゃがみ込み、一緒に畑や川を眺めやる。中村は、この村のどこで生まれたのだろう。これまで果物を育てて暮らしを立ててきたのだろうか。川面に輪を描いてアメンボの群れが通り過ぎていき、中村が低い笑いをもらした。

「ほれ、見い。お父まとお母まと子供たちだに」

懐《なつ》かしむような目で追い続ける。心に蓄《たくわ》えてきたたくさんの思い出を、一つ一つ取り出しては見つめ直しているかのようだった。黙ってそれに付き合いながら、中村が歩んできた年月を想像する。

「中村のお爺《じい》ま」

足音がし、医院の看護師と制服の警官が駆けつけてくる。その後ろから山際も姿を見せた。

「ホームん衆が心配しとるに。早ぅ帰りまい」

「本官が送りますでな」

二人に両脇《りょうわき》を抱えられ、中村は立ち上がる。逆らいもせず、素直に連れられていった。

「中村さはなぁ」

その後ろ姿を目で追いながら、山際がしみじみとつぶやく。

「天気を当てる名人だったに。雲と風、朝焼け夕焼け、茸《きのこ》や草の生え方、稲の育ち方、虫の鳴き方、昔からの言い伝えなんぞを全部、自分の内に蓄えとって、それに照らしてなぁ、明日も一週間先も一ヵ月先も、次の季節もドンピシャだった。村の皆から頼られとったに。ところが、こんとこの異常気象でめっきり当たらんくなってなぁ。外れる事が多くなると、誰も当てにせんくなっちまって、集会でも中村さの意見は求められんくなった。そのうちに集会に顔を出さんくなってなぁ、病気が進んだのはその頃ずら。自分が価値のない木偶《でく》の坊《ぼう》になったように感じたんずらなぁ」

他人事《ひとごと》ではなかった。和典自身も数学につまずき、自分の価値を見失っている。そんな時に自己の尊厳を保ち続けるのは難しい事だった。胸に残っている中村の言葉を、山際に投げてみる。

「誰かに会いに来ているそうです」

山際は、さもありなんと言いたげな表情になった。

「あのくらいな年になると、親や連れ合いはもちろん親戚《しんせき》も友達も、下手すりゃ子供まで、あの世に逝っちまっとるでなぁ。周りにゃ誰もおらんくなって、自分の過去を知らん連中の中に取り残されとる。そんでも命のあるうちは、生きにゃならんでなぁ。会いたい人や忘れられん人も、たんとおるずら」

徘徊していると思われている世の老人たちは皆、会えなくなった誰かに会うためにさまよっているのかも知れない。そうした人々との関係の中で生きていた自分を確認しようとし、自分の価値をもう一度確かめようとして歩き回るのだろう。自分もそうならないと言えるだろうか。

「おまえ様、ご苦労だったなぁ。学生さなら、勉強もあるだろうに」

はっと我に返る。ここに来たのは数学に没頭するためだというのに、昨日から時間を無駄にし過ぎていた。急いで稲垣家に戻ろうとし、その前に山際に抱いた疑問を解決しておく気になる。

「先生は、どうしてこの村の医師になったんですか」

山際の顔が、わずかに曇った。

「さぁ、どうしてずらなぁ」

茫洋《ぼうよう》とした口調だったが、表情には明瞭《めいりょう》な意思の力が感じられた。

「昔の事だで、よう覚えとらんが」

言葉は、核心をぼかす役目を引き受けている。

「そういう運命だったのかもしれんなぁ」

何かがあり、山際はこの道を選んだのだ。何かとは何だろう。それは村の名士となっている山際の顔を曇らせるような事であり、今なおこうしてとぼけなければならない類《たぐい》のものなのだった。

8

稲垣家に戻ると、玄関内の三和土では望と歩がナスの山の脇で、まだ牛を作っていた。

「俺、去年もここで失敗したずら。今年もうまくいかん」

「貸してみ。こういう時は勘考《かんこう》せにゃいかんって、お祖父まが言っとったずら。勘考すりゃ必ず何とかなる、自分のお父まからそう習ったって」

「そりゃ覚えとる。あん時はお祖父まも、まさか自分がすぐ先祖の仲間入りするとは思っとらんかったずらなぁ」

「ほうだなぁ。牛作るたんびに思い出すら」

台所から板張りの廊下に差しかかる足音がし、開いていた黒い格子戸から孝枝が顔を出した。

「最後の日だで、お茶を進ぜるでな、お参りしたらどうな。上杉さんも、どうずら」

二人は相次いで立ち、裸足《はだし》のまま三和土を走って階段を駆け上がっていく。和典も階段を上り、盆を手に歩いていく孝枝に続いた。

孝枝は真っ直ぐ進み、突き当たりの六畳に踏み込む。庭に面して濡《ぬ》れ縁《えん》を配したその部屋の奥の襖を開け、二十畳近くありそうな座敷《ざしき》に入った。

古い鴨居《かもい》には槍《やり》や薙刀《なぎなた》がかかり、部屋を取り巻くように十数枚の肖像画が掲げられている。古く黄ばんだ肖像はどれも厳《いか》めしい表情で座敷を見下ろし、子孫の言動を監視しているかに見えた。床ノ間には盆棚が作られ、ススキで編んだ御座の上に供物《くもつ》が置かれている。中にはリンゴやナシもあり、中村の言葉を思い出した。

「これは、国光と二十世紀ですか」

孝枝は、目を見張る。

「そりゃ五、六十年も前の話だに。今はフジとナンスイだでなぁ。二十世紀の樹は、まだ少しは残っとるかもしれんが、国光を作っとる畑は、まぁないずら。儂ぁの知っとる限りじゃあ、全然ないに」

きっと中村の目には、その畑が見えているのだろう。それしか見えていないのかも知れない。懐かしく、二度と戻らない過ぎ去った時代、それを繰り返し、慈しんでいるのだ。

「お祖父ま」

望が手を伸ばし、供え物の奥にずらっと並んでいる位牌《いはい》を持ち上げる。全部で五、六十基ほどもあるだろうか。はっきり江戸時代とわかる没年の記されたものもあり、また慶長などと彫られたものもあった。位牌の全部が院号付きで、稲垣家の格式を思わせる。蠟燭《ろうそく》を灯した孝枝が、位牌を見回しながら微笑んだ。

「まぁ古いだけが取柄でなぁ」

　望が抗議するような声を上げる。

「古いのは、いい事ずら。俺んちには、いっぱい先祖がおって、その誰も彼もが、俺たちを見とってくれるんだでな」

　歩と一緒に、位牌の戒名《かいみょう》と俗名を一つ一つ読み上げ、別れの挨拶をして来年まで一年間の無事を願う。特に最近の位牌、自分たちが顔を知っていたり、生きていた頃のエピソードを聞かされている人物については、ひときわ丁寧に話しかけた。

「お祖母ま、死んだら、もう足は痛くねーずら。よく痛い痛いって言っとったの覚えとるに。その事だけは死んでよかったずらなぁ」

「俺たちの名前を付けてくれた叔父ま、今年のお盆は楽しかったずらか。また来年なぁ」

　しみじみと語りかける横顔から、穏やかな喜びが流れ出る。先ほども感じた精彩に満ちた安らぎが座敷に広がっていた。生きている人間が、死んだ人間と溶け合いつつ来年という未来に向かって時間をつなげている。

　その空気に浸りながら、何となくわかったような気がした。これまで自分が行事を楽しめなかったのは、おそらくその外形だけをなぞっていたからだ。形の奥にあるものへの理解が及ばず、心が動かなかった。数学だけが面白かったのは、そこにひそむ真実に到達する喜びを理解していたからだ。

今はどうだろう。ほとんど執念のように計算している。突き当たっている壁を突破しようと思うあまり直面している細部にこだわり、全体を見失いがちだった。そのせいで数学に浸る幸福感が湧《わ》いてこず、集中できなくなっている。だが他にどんな方法があるだろう。ここを乗り越えようと思えば、今はとにかく計算を重ねるしかないのだ。

「ごめん下さい」

玄関から、男性の声が響く。

「こちら、名古屋工業の稲垣兼雄さんのお宅ですね」

流暢《りゅうちょう》な標準語だった。孝枝は戸惑った様子で玄関の方に目をやる。

「私は、ＡＭジャパン静岡《しずおか》営業所の駒井《こまい》と申します」

会社と名前を聞き、ようやく思い当たったようで腰を上げた。天井が高く空間の多い家で、玄関での対応の声はよく響く。

稲垣は工場に出勤しているからそちらに行ってほしいと孝枝が言うと、駒井は困惑したような、それでいて食い下がるような口調になった。

「実は、会社の方へはもう伺ったんです。でも会っていただけなくて。以前、稲垣さんは弊社にとても好意的だったので、今度、工場長になられたと聞いて、そのお祝い方々、ぜひ話を進めさせていただきたいと思って来たんですが、門前払いをされてしまって」

孝枝は、意外そうな声を漏らす。

「はれ、ほうでありますか」

信じられないと言わんばかりだった。駒井は勢いづき、言葉に力をこめる。

「思い切って、こちらに足を運んだんです。稲垣さんのお気持ちが変わられたのでしたら、当方の考えをもう一度しっかりとお話ししたいと思って」

スマートフォンを出し、ＡＭジャパンを検索する。アクティブ・マネージメント日本法人と出てきた。本社はアメリカにあり、業種は金融業、投資ファンドだった。

十数年前からアジアに進出、二兆円規模の投資をしており、その二十パーセントが日本向けと書かれている。日本法人の社長は日本人で、旧日興証券の出身。日興系の関連会社の社長や会長を務めた人物で、アクティブ・マネージメント本社がアジア進出を図る際、社長に就任していた。

「製造業の中には、子会社を伸ばし切れていない大手企業が多数あります。御社もその一つで、やり方次第では高収益企業に再生可能な会社であると、弊社は判断しているのです。今は地方銀行も経営が厳しく、リスクを取りにくい状況です。なかなか資金を提供してくれないでしょう。ぜひ弊社の豊富な投資を受け入れて独立していただきたいと思っています。内諾だけでもいただければ、幸いなのですが」

ＡＭジャパンは、矢作製鋼所が子会社をいくつか整理するという情報を入手したのだろう。独立させても利益が出そうな所を選んで接近しているのに違いない。

「はれぇ、そうでありますか。ほんなら稲垣が戻りましたら、伝えときます。ご連絡するように言いますでな」

　引き上げていく物音がし、孝枝が名刺を見ながら不可解そうな表情で戻ってきた。

「たまげたなぁ。見てくんな」

　差し出された名刺を受け取る。裏を返せばイタリック体で本社の名前が大きく書かれ、その下に西海岸の住所があった。

「ちょっと前だがなぁ、稲垣がこの人の名刺を持って帰ってきたずら。前の工場長さが現職の頃で、一緒に会ったちゅう事だった。稲垣はえらい乗り気で、いい話をもらった、こいでうちの工場も大船に乗ったようなもんだって喜んどったに。なんしろ矢作製鋼が子会社の整理を打ち出した時だったでな。ところが工場長が反対で、話が進まんかったんな。稲垣は、そりゃぁ嘆いとった。自分が工場長になった今なら、好きにできるちゅうもんだに、それが急に掌返しずらか。そんな虫っぽい男じゃないはずだがなぁ」

　地位を得て態度が急変したのなら、想像できる事はいくつかあった。増長し、威圧的になったのかも知れないが、妻の前でそうは言えない。それ以外で考えられるケースを並べてみた。

「ご自分が実際に工場長になられて、ここは自力で乗り切れると考えるようになったとか。あるいはＡＭジャパンの動きを知った親会社が、好条件を出して引き止めたとか」

　孝枝は、ぱっと喜色を浮かべる。

「そうだに、きっと引き止められとるんだに。そいで会えんずら。上杉さんは、えらい頭が回るなぁ。儂ぁ考えもつかなんだ」

余りにも感心され、恥ずかしくなった。

「僕の、根拠のない想像です。はっきりした事は、ご本人に聞いてみてください」

そう言って座敷から引き上げ、自分の部屋に戻った。ようやく計算に取りかかる事ができる。机に近寄ったとたん、用紙を回収してこなければならない事を思い出した。時計を見れば、もう十時に近い。

朝の一番いい時間を無駄にしている。いらだたしく思うものの、なぜか怒りは感じなかった。心のどこかにそれを容認し、受け入れている部分がある。もしかして自分は、数学から逃げようとしているのだろうか。

「昨日行けなかった小野さんの所に行ってきます」

座敷にいる孝枝に声をかけ、玄関から外に出る。空気はまだ冷たさを残していたが、セミの声は勢いを増しつつあった。坂を下り、小野家の門の前に立つ。

「ごめん下さい。上の稲垣家に来ている上杉と言いますが」

しばらく待っても返事はなかった。耳が遠いと聞いていた事を思い出す。このまま待っていても、おそらく埒《らち》が明かないだろう。

「失礼して、入らせてもらいます」

門を通り抜け、玄関の引き戸の前で足を止める。戸の向こうから、パチリパチリと何かを打つ音が聞こえた。時々休んでは、またもゆっくりと始まる。碁石を置く音に似ていた。

「小野さん、いらっしゃいますか」

戸を開けると、三和土の上がり端にある階段の上のガラス障子が開いていた。手前に次ノ間があり、その奥に座敷が広がっている。畳の上に両膝《りょうひざ》をついて四《よ》つん這《ば》いになっている人間の姿が見えた。痩せていて小さく、庭からの逆光に浮かび上がる姿は、動物園の山を歩き回っている猿のようだった。突いた片手で体を支え、もう一方の手を上げて人さし指を空中に伸ばしている。

「小野翠さんですか」

大声をかけると、その姿勢のままこちらを向いた。それまで体の陰になっていた暗がりに光が届き、翠が向き合っていた物が照らされる。畳の上に置かれていたそれは、ノートパソコンとＡＣアダプターだった。

「はれ、どなたずら」

ゆっくりと身を起こし、強張っているらしい足腰を伸ばして歩み寄ってくる。ＩＴと老婆の組み合わせに、いささか驚きながら聞いた。

「ネットをなさってるんですか」

翠は、頬をゆがめて笑う。

「九十過ぎの手習いでなぁ」

孝枝の言葉通り、顔には大きな傷があった。引きつれたようなケロイドで、若い頃ならさぞ目立っただろう。今は全体が皺《しわ》だらけで傷も半ば埋れている。

「満蒙資料館の記録の整理を手伝っとるんだに。もうすぐ開館だでなぁ」

顔の傷以外にも、色々と大変な思いをしてきたのだろう。

「ほんで、何のご用ずら」

稲垣の家の庭から紙を三枚落とした事を話し、拾わせてほしいと告げる。

「ほうかな。そりゃぁ気がつかんで申し訳なかったなぁ。ちょっと待ってくんな。見てくるでな」

骨ばった手をガラス障子の縁にかけ、体をもたせかけて向きを変えると、ぎこちなく右手奥に移動していった。庭があるのは、そちら側らしい。

暇に任せてあたりに目を配る。玄関から左手に延びている入り側の突き当たりに、トイレらしきものが見えた。昨日一晩、見るたびに明かりが灯っていた事を思い出す。だが位置的に考えれば、ここではなかった。奥にもトイレがあるのだろうか。

「えらいお待たせしたなぁ。すまんこって」

しばらくして翠が戻ってくる。手には何も持っていなかった。

「落としたちゅうんは、どんな紙ずらなぁ」

サイズと色、枚数を説明する。

「今、見たんだが、庭にゃぁ何もなかったに」

思ってもみない事だった。不意に笑い出しそうになる。想定外の理解不能な事実を前にして脳が戸惑い、生じた緊張を緩和しようとしているらしかった。

「そんな大きなもんが三枚も落ちとりゃ、すぐわかるはずだがなぁ」

物体がこの世から消失する時には、途方もないエネルギーを放出する。あの用紙が無くなったとしたら、昨夜から今日にかけて、このあたりで大規模な爆発が起こっているはずだった。もしそんな事になっていれば、この家自体が跡形もない。もちろん稲垣の家も同様だった。ただ翠が見つけられないだけだろう。

「僕が上がりこんでもよろしければ、自分で捜しますが」

翠は軽く頷き、体を引いた。

「乱極しとるがなぁ、どうぞ」

脱いだ靴を、脇の目立たない所に片付けてから階段を上る。

「こっちだでな」

先に立って歩き出す翠の後ろについていき、座敷を通ってこぢんまりとした茶室のような四畳半に入った。その向こうが庭だった。

「稲垣さの家から落ちたんなら、ここしかないずらが」

カキの樹と背の低いマキ、置石とサツキが植わっているだけの狭い庭で、何かが落ちていれば一目瞭然《いちもくりょうぜん》だった。沓脱石の上に置かれていたサンダルを借り、庭に降りる。ヒイラギの垣根のそばまで行き、上を仰ぐと稲垣家のイチイが見えた。位置的には間違いない。

「確かに昨日、あそこから落としたんですが」

和典の言葉に、翠は同情したような溜め息をついた。

「はて、どうしたんずらなぁ」

途方に暮れた様子で、庭に視線をさまよわせる。和典も庭を見直した。考えられるのは、ここよりさらに下に落ちたか、あるいは風に乗って舞い上がったか。

垣根の下方は灌木の茂る崖、そのさらに下は田切で、川が流れていた。見下ろすものの、それらしき物はどこにもない。田切を挟んだ向かい合いには棚田や、墓地のある里山が見えた。あちらまで飛んでいったのだろうか。山は広く、捜し出すのは難しそうだった。諦《あきら》めて、もう一度、同じ事をやった方が早そうに思える。

「すみませんでした、ありがとうございました」

引き上げかけ、昨夜の明かりの正体を確かめておきたくなった。位置としてはこのあたりだったが、見回してもトイレらしきものはない。庭に面しているのは、今通ってきた四畳半と座敷、その隣にある障子の閉まった部屋だけだった。そのどこかに昨夜、翠がいたのだろうか。

「翠さんは、夜は遅くまで起きているんですか」

翠は、とんでもないといったように手を振った。

「まぁ歳《とし》取るたんびに、夜は早ぅなってなぁ。今じゃもう八時には寝るで。そんで朝まで、一度起きるかどうかずら。お陰様《かげさま》で、トイレも近くないでな」

では、なぜ明かりが点いていたのだろう。

「この家で、一人住まいなんですよね」

瞬間、翠の口がわずかに開いた。声が零《こぼ》れる。何かを思い出したか、あるいは思い当たったというような様子だったが、そのまま表情を止め、しばし動かなかった。開いたままの唇《くちびる》から、やがて曖昧《あいまい》な答えが流れ出る。

「まぁなぁ」

歯切れの悪さを不可解に思っていると、玄関で引き戸の開く音がした。

「下屋のお婆《ばば》ま、おるかな。上がるに。ご免なんしょ」

声と共にあわただしく畳をきしませ、一つの影がこちらにやってくる。

「ああ、ここにおったか」

庭の光が差し込むところまで来て立ち止まったのは、昨日、駅に迎えに来てくれた村長の原だった。

「資料館が、荒らされたで」

そこまで言い、翠の後方にいた和典に気付く。まずい事を耳に入れたと思ったらしく、黙りこんだ。この村の印象を悪くしたくないのだろう。

「ああ、すみません。今、引き上げます。失礼しました」

すぐさま玄関に向かいつつ、しっかり耳をそばだてる。

「そらまた、どういうこっちゃな、村長さ」

「ようわからん。開館準備に行っとる筒井《つつい》さから、今し方そういう電話がかかってきたずら。何か盗《と》られたもんがあるかもしれんで、来て見てくれ、ちゅうとるに」

「はれまぁ、たまげた」

「駐在に連絡した方がよからずか、ちゅっとるが、とにかく儂が行くまで待っとってもらっとる。ちょうど行きがけだに、お婆まにも一緒に行ってもらおうと思って寄ったんな。何がどうなっとるのか見てくれんかな」

盗まれるガソリン、荒らされる資料館、訳ありげな医者、急に態度を変えた工場長、なぜか点いていた明かり、返事を濁《にご》す老婆。静かな環境を求めて来たというのに、ずいぶんと騒がしかった。だが何より始末が悪いのは、それらに胸を躍らせている自分自身だった。

彩が犯人捜しをしようと言った時にはまだ、ここに来た目的を堅持できていた。ところが今となると、もう気になってたまらない。いつの間にか、村が自分の中に入ってきていた。

電車から降りてこの地を踏んだ時、自分は根から水分を吸い上げる樹のようにこの村を吸い上げ、数学だけが関心事だった心に取り込み始めたのかも知れない。

胸の奥深くをのぞきこむ。息を詰め、ひたすらに考えていて、やがてとんでもない所に行きついた。自分は、今ぶつかっている非可換トーラスの問題を打開できないと直感しているのではないか。だが自力の限界や挫折《ざせつ》を認めたくない。そのくらいならいっそ数学そのものを投げ捨てた方がましだ。捨てる事で生じる間隙《かんげき》を埋め、その傷を誤魔化すためには新しい何かを取り入れる必要がある。

それは、無意識が抱え持つ確かな意志のように思えた。背筋が冷たくなっていく。数学を捨てるなどという事は、自分を叩《たた》き割《わ》るも同然だった。できるはずがない。もしできるとしたら、それはどうしようもないほど絶望した時だけだろう。

だが自分は、すでに充分、絶望しているのではないか。非可換トーラスの壁に向かって虚《むな》しいノックを繰り返してきて、もうこれ以上は無理だと確信しているのではないか。

第二章　気配

1

考えすぎだ。この壁はきっと越えられる。集中して取り組めば何とか突破できるはずだ。自分にそう言い聞かせながら稲垣家に戻った。門を入っていくと、庭に面した濡れ縁に望と歩が寝転び、空を仰いでいた。

「何してんの」

声をかけながら通り過ぎる。後ろからのんびりした答が返ってきた。

「雲、見てるんだに。いっくら見てても飽きん」

「なんで、あんな色んな形になるんかなぁ」

昔、同じように考えた事があったと思い出す。だが寝転んで見入るほど暇な時間はなかった。いつかゆっくり見ようと思っていて、そのまま今に至っている。

「あすこ、見。超カッコいい。狼《おおかみ》だに」

「さっきまで狸《たぬき》だったずら。俺、狸の方がカッコいいと思うに。狸なら狼にも化けられるけど、狼は狸になれん」

「狸になれんくても、別によくね。なっても、あんま意味ねーし」

与えられた部屋に入り、机に向かう。用紙をきちんと所定の位置に置き、ペンケースからシャープペンと消しゴムを出し、昨日の計算の続きから再び始めた。相変わらず壁は厚い。行きつ戻りつ抜け道を探り、あの手この手で突破を図る。途中、何とかなりそうな気配が漂い、色めき立った。勢いづき、いけると確信する。行く手を阻《はば》んでいるのは、この部分なのだ。切り抜けたい。粉砕してやる。

夢中で計算し続け、やったと思った直後に間違いが見つかり、結局、自分が粉砕された。アラームをセットし忘れた事に気付いたのは、その後だった。陽は盛りを越え、昼食時間はとっくに過ぎている。

「ちきしょう」

机上に積み重なった紙の山を両手で突き崩す。用紙は音をたてて部屋中に散らばった。それらを見下ろしながら、無くなった紙を思う。途中だったあの計算、やはりあれがほしい。あそこから始めたかった。そうすれば何かひらめきそうな気がする。ひょっとしてあそこには、あの時だけ思いつき、今は忘れてしまっている大事なヒントが書いてあったかも知れない。根拠もなく、そう思えてくる。そんなはずはないのだが、なぜかそこから気持ちを離せなかった。気が散り出し、落ち着いて座っていられなくなる。やむなく立ち上がり、あたりを簡単に片づけてから部屋を出た。

「散歩してきます」

玄関の三和土に通じる階段を降りながら、台所で音をさせている孝枝に声をかける。戸口から望が半身を出した。

「今、お母ちゃが、お茶飯作っとるずら」

隣から歩も顔をのぞかせる。

「お茶飯ちゅうのは、昼飯と夕飯の間に食べる飯のことだに。東京じゃ、おやつちゅうずらな。上杉さんは、どうもお昼に行かんかったようだで、なんか食べさせんといかんって言っとるに」

出かけるに出かけられず、靴をはいたまま立ち止まった。やがて孝枝の声が響く。

「揚がったに。上杉さんもどうずら。大したもんはないけどなぁ」

戸口から出てきた歩が手を引っ張り、後ろに回った望が体を押した。二人にうながされ、台所に通じる蹴上《けあげ》を上がる。テーブルの上には、黒い胡麻《ごま》を振った白い握り飯と、艶《つや》のいい濃紺のナスの漬物が出ていた。丸い天婦羅もある。

「うちで漬けたナスと、饅頭《まんじゅう》の天婦羅だに。お盆のこの時期だけ作るもんでな、熱いうちが美味《おい》しいで。お上がりなんしょ」

望が椅子に飛び乗り、握り飯をつかみ上げた。すかさず孝枝がにらむ。

「それは上杉さんのずら。あんたは、大人しく饅頭食べときな」

鷲《わし》づかみにした握り飯を、望はそのままこちらに差し出した。

「ほれ」

手は洗ったのかと突っ込みたいところだったが、孝枝が何も言わないので、しかたなく押しいただいた。中に小ウメが入っただけのシンプルなものだったが、意外に美味しい。和典が小皿にウメ干しの種を出すと、それを見た歩が感慨深げにつぶやいた。

「このウメ、俺が漬けた。庭のウメの樹に生《な》っとったのをもいで、洗って、ヘタ取って、干して塩して、畑からシソの葉摘んできて、絞って入れたずら」

望も負けていない。

「米は、俺が作ったに。去年は田拵《ごしら》えからやった。田植え、田の草取り、刈り取り、稲架立て、脱穀、モミ摺《す》り、米つきまで全部やったに」

孝枝がテーブルに着き、塗《ぬ》り箸《ばし》で小皿に天婦羅を取り分けながら皮肉な笑みを浮かべた。

「そうさなぁ、えらい邪魔だったに。田植えじゃ苗を踏み付けるし、脱穀じゃ機械に手を突っこみそうになるしなぁ。稲架立ての時にゃ、もうちょっとで下敷きになるとこだったずら」

歩が笑い出し、望は見る間に膨《ふく》れ上《あ》がる。手にしていた楊枝《ようじ》を捨て、素手で天婦羅を数個つかみ上げると、椅子を蹴《け》って立ち上がった。

「俺、もう食わんでな」

歩が溜め息をつく。

「そんだけ食や充分ずら」

その後頭部を、望は思い切り小突き、飛び出していった。勢いでテーブルに額をぶつけた歩が、憤然として後を追う。

「ノゾ、てめぇ、待ちやがれ」

孝枝が、こちらの様子をうかがった。

「毎度毎度、申し訳ないなぁ、ぞんざいで」

和典は首を横に振り、立ち上がる。

「いえ楽しいです。ご馳走様《ちそうさま》でした」

自分にも兄弟がいたら、あんなふうだったのだろうか。今と全く違うその毎日は、よくも悪くも思えたが、孤独でない事だけは確かだった。

「散歩に行ってきます」

玄関を出て畑の脇を通りながら、赤く輝くトマトや、目に痛いほど鮮やかな黄の花をつけたキュウリを見回す。自分で作った物を自分で食べる生活は堅実で、豊かだった。あこがれない事もないが、都会ではとても無理だろう。

家の門から外に出ながら、どうせ歩くのなら無くなったコピー用紙を捜してみようと思いつく。まず地形を正確に把握しようと考え、坂道を下りて稲垣家と小野家の生け垣が接している所まで行った。その間に踏み込み、突き当たりまで歩く。

そこは田切になっており、小野家から見下ろした時と同様、灌木の茂る崖の下方に川が流れていた。傾斜地を段状に切り開いて宅地にしてあり、稲垣家の下に小野家の敷地が広がっている。

イチイの生け垣に沿い、崖ぎわの狭い隙間《すきま》を歩いて自分の部屋の前まで行ってみた。ここから落ちたのなら、やはり小野家の庭か、さらに下の茂みだったが、そのあたりは先ほど確認している。舞い上がったのなら、田切を挟んだ向こう側だろう。広すぎてとても捜せそうもないと諦めていたのだが、漂白された用紙や直線的な輪郭《りんかく》は、この自然の中で意外と目立つかも知れなかった。

2

坂道を上り、昨日、車を降りた街道に出る。山の中腹に切り開かれた道だった。脇に、家が二軒並んでいる。どちらも傾き、窓のガラスは一部が割れ、閉まった雨戸には埃《ほこり》や泥が積もっていた。空き家らしい。軒下に置かれている色褪《あ》せたブランコを見ながら通り過ぎる。この家の子供がこれを使っていた時から、もう何年が経っているのだろう。家族は、どこに行ってしまったのか。

やがて左手の灌木が切れ、そこから田切が見下ろせた。片側に稲垣家や小野家があり、谷を挟んで棚田や墓地の点在する里山がある。先ほど向こう側から見ていた時にはわからなかったが、稲も水もなく荒れ地となっている田が多かった。

道はさらにカーブし、左側の崖はまたも灌木で閉ざされ、陽が陰る。そのまま進み、再び陽が射《さ》している所に出た。それを繰り返して田切に面した里山に着く。

山に上る小道があった。坂の途中から石段になっていたが、腐った落ち葉が積み重なり、石は所々しか見えない。踏むと湿った音がした。次第に周りの樹々が高くなっていき、いつの間にか森の中に入る。スギやヒノキが等間隔で植えられているのは、昔、植林されたからだろう。戦後、木材の不足が深刻になり、国の指導で植林が推奨されたものの、安い輸入材木が入るようになると採算が取れなくなって放置され、今に至って花粉症の拡大や、災害での倒壊を招いていると習った。その現場を歩きながら痩せた樹木を仰ぎ、艶のない樹皮を見ていると、戦後からの時間の堆積《たいせき》が自分の上にかぶさってくるような気がした。

道の途中に、古い浅間祠を見つける。智光院大龍寺跡との断碑が建っていた。スマートフォンで検索してみたが、同名の院は都内と千葉にあり、寺の方はやはり都内と神戸《こうべ》、会津若松《わかまつ》にあったが、双方が重なるものは存在しない。

後ろに回れば、創設は延宝もしくは天和《てんな》となっていた。今度は年号を検索する。双方共に江戸時代初期だった。刻字によれば、慶応四年神仏分離令等により廃寺、退転、金毘羅《こんぴら》権現は分霊勧《ぶんれいかん》請《じょう》して琴平社へ、冨士《ふじ》塔は阿弥陀《あみだ》寺入り口の路傍に移転とある。どうやら神仏習合の神宮寺か、修験道の道場だったのだろう。国の政策に翻弄《ほんろう》され、滅んでしまったらしい。

風雨にさらされて角が取れ、亀裂が走っているその碑《いしぶみ》のそばに、半ば枯れかかった巨木があった。ひと抱《かか》えもありそうな幹は節くれ立ち、古い枝は雷でも落ちたのかどれも途中から折れている。それでも細く若い枝が一本だけひょろりと伸び、何枚かの葉をつけていた。お世辞にも、見栄えがするとは言えない。だが苔むした根を張り伸ばし、がっちりと地をつかんでいる様子には威厳《いげん》が感じられた。長年生きてきた老人のような風情もある。かつてここは境内だったのだから、御神木という事も考えられた。

スマートフォンで全体と枝を撮り、小塚に画像を送る。名前を尋《たず》ねるメールを添えた。暇だったらしく、すぐ返事が届く。

「葉の形と葉脈の感じ、樹の様子からして、たぶんマンサクだよ。ユキノシタ目マンサク科。花弁の一部が残ってるみたいに見えるけど、褐色だから、ベニマンサクじゃないかな。紅葉すると超きれいだよ」

空を仰ぎ、その様子を想像する。この樹がまだ若く、降り注ぐ陽射しの下で青々とした葉を茂らせているところも思い描いた。自分の吸いこんだ空気から、過去の匂いがしてくる。それが余りにも強すぎ、むせ返った。乱れた呼吸が響きわたり、風の中に消えていく。誰もいない。

再び山道を上り、開けた場所に出る。大きな岩がいくつも並んでおり、その内の一つに摩崖仏《まがいぶつ》が彫られていた。浮き彫りにされた仏像は、棚田と墓地、その下に並ぶ民家を見下ろしている。この村を見守ってほしいと願った誰かが奉納《ほうのう》したのだろう。村の総意だったのかも知れない。用紙は、どこにもなかった。

田切の底を流れる川が白く光り、風が山を這い上がってくる。みずみずしいその気配は、地球ができて十億年後、原始の海に生じ陸に上がってきたという最初の生命のようだった。スギやヒノキの葉を震わせ、森を揺すり、山全体を押し包む。その風に身をさらしていると、たった三枚の紙にこだわり、それがなければ先に進めないと思っている自分を情けないほど小さく感じた。

沈んでいく太陽が、その内にはらむ暗さを少しずつ露わにしていく。そこから流れ出すように薄い闇が広がり、ただ熱気だけが大気の中に留まっていた。

今まで単に山としか見ていなかった場所が、これほど様々な要素から成り立っている事に胸を打たれる。すべての川や海も、湖や沼も同じように多様なのだろうか。数学もそうだと気が付く。ひとくくりにされているが、純粋数学から産業数学まで幅があり、その中もさらに細かく分かれていて物理に近いものから工学に近いものまで多彩だった。

目の前の自然が自分の中に流れ込み、数学と結び付いて血のように体をめぐる。今までになく穏やかな気持ちになりながら、目を細めて村を見下ろした。満たされた気分になるのは、たぶん、ここにすべてがあるからだ。過去と未来、人の繋《つな》がり、自然との交流、つまり人間の生のすべて。

その豊かさを自分のものにしたくなる。手に入れるには、どうすればいいのだろう。この村の一員になる事か。数学をしながらここで暮らす。それは、決意さえすれば充分できそうだった。思わず真剣に考えつつ、立ちはだかる壁に気付く。

黒木の言っていた就職だった。数学専攻者の就職先は限られている。イギリスでは、オックスフォードで数学と産業界との共同研究が始まって既に五十年以上が経ち、今では農業にも医療にも、統計に強い数学者たちが進出していたが、日本で九州大学の研究所が認可されたのは、２０１３年になってからで、その成果はこれから出る所だった。

現状で就職を考えれば、アクチュアリーかクオンツ、ＩＴ系、数学教授になるか教諭になるかの五択で、この村に住むという条件を加味すれば、周辺の小学校か中学、高校に職を求める以外の道はない。

教諭として生計を立てながら数学をする。頭の中で考えるだけなら問題もなさそうだったが、それが自分にできるのだろうか。

そもそも子供が好きではない。小中高校生の中には、とんでもない礼儀知らずや馬鹿もいるだろう。そいつらに算数や数学を教えるのは、今の学校の理数工学部員たちに自分の手法を説明するより、ずっと忍耐と努力が必要になりそうだった。そんな毎日を送っていれば、教諭という仕事と、数学に打ち込む時間の比率は、次第に傾いていくに決まっている。やがては好きな数学にのめり込んで出勤できなくなり、離職するはめになるだろう。

好きな数学。自分は本当に今でも数学を好きなのだろうか。これまでは確かにそうだった。だが今はその流れに乗り、そう思っているだけではないのか。慣性の法則、別名は惰性。

田切のあちらこちらから、いく筋もの煙が上がり始めていた。細々として頼りなげな炎も、ちらほらと見える。村のそれぞれの家がオガラを燃やし、煙に乗せて先祖を送り出しているのだった。

楽しそうに準備をしていた望たちを思い出す。今頃、皆で庭に出て、短い足を付けたナスの牛を並べ、オガラに火をつけているのだろう。全部を望が仕切り、歩が何かと補足し、孝枝が見守る。そんな姿が見えるようだった。おそらく孝枝の母も、そのまた母も、さらにその前の母も、同じようにしてきたのだ。

盆行事には過去が染《し》みこんでいる。それが同じ血を引く人々の繋がりを確かなものにしていた。伝統として伝えられてきた形の底には、先祖の力が蓄えられているのだった。家が続く限り繰り返されていくだろうその営みの中で、一族の力が奔流のようにうねり、人間のはかなさを呑みこんでいる。そのほとばしりを受ければ誰もが、自分は一人ではなく、過去から未来に繋がる大きな流れの中の一滴であると感じられるのだ。安らぎと安堵感《あんどかん》に包まれ、生きる喜びに浸ることができる。

　自分が、そんな場所から遠く隔たっている事を思った。たとえここで職を見つけ、この村で何とか暮らし始めたとしても、今のやり方で数学をするという事自体が、そういうすべての対極にあった。ただ一人で挑戦し、一人で苦闘し、一人のまま終わりを迎える。希望も絶望も、喜びさえも自分の心から出ず、一人だけのものだった。

　最近の数学者たちがチームを組むようになったのは、それを空虚と感じたからでもあるのだろうか。自分はどうなのだろう。やがて誰かの協力を必要としたり、賞賛がほしくなったりするのか。共に喜んでくれる相手を渇望するようになるのだろうか。ふと彩の顔を思い浮かべる。

　なぜここで、あいつなんだ。戸惑いながら、彩の突然の提案を思い出した。断られて、ひどく落胆している様子だった。そういえば、なぜこの村を選んだのかは聞いたが、ここに来ようと考えた動機は聞いていない。高二の夏休みに塾にも行かず単独行動とは、何か事情があったのだろうか。それだけでも聞いてやればよかった。

　明日は帰ると言っていたが、今夜の夕食には来るだろう。顔を合わせたら、謝っておこう。もう会う機会も無いだろうから、それでいい。

3

暮れていく景色を見下ろしながら、その中に名古屋工業と書いた看板を見付ける。スポットライトで照らされていた。建物内にも明かりが灯っている。この時間でも、まだ誰かがいるのだろうか。昨日、稲垣はひどく疲れている様子だった。慣れないポストに異動したと言っていたが、構造改革を進めているという本社との軋轢《あつれき》の矢面に立たされているのかも知れなかった。スマートフォンを出し、矢作製鋼所の裏情報を求めるメールを作る。黒木に送りながら山を下りた。

どうせなら来た時と違うコースを通ってみようと考え、脇道《わきみち》に入る。地図はなかったが、要するに平地に出ればいいのだから下っていけば何とかなるはずだった。迷っても知れている。曲がりくねった細い道の途中に表示板があり、この先の分かれ道を右に下っていけば名古屋工業の前に出るとわかった。スマートフォンがメールの着信を知らせる。黒木からだった。

「レッドインパルスの売却を聞いた時から、矢作製鋼には興味を持って調べてたんだ。おまえから聞かれるとは思ってなかったけど、お役に立てれば何よりだ。今の製造業の御多分に漏れず、矢作製鋼も苦戦中。昔は、製鋼といえば花形の産業だったみたいだけど、今は世界規模でメーカーの再編や統合が進み、中国の生産が過剰な事もあって競争が激化してるって話。日本でも八年前に、業界トップが三位の会社を吸収合併し、巨大化した。矢作製鋼も近々、異業種の会社と経営統合するんじゃないかって噂がある。どの社も、多角化して製鋼以外の分野に進出しつつ、構造改革によって事業をスリム化、生き延びようって作戦らしい。レッドインパルスを売ったのもその一環で、維持していればそこそこの利益はあるだろうけど、拡大は期待できないし、製鋼業は企業間取引型の事業だ。一般消費者と遠いから、サッカーチームを持ち続けることで企業イメージをよくしようとしてもメリットより無駄が多い。そんな余裕もない時代に突入したってとこだろう」

そういう会社の工場としては、なかなか厳しい舵《かじ》取《と》りを強《し》いられそうだった。あの明かりの下に、稲垣もいるのだろうか。

坂を降り切ると、目の前に名古屋工業の敷地が広がっていた。フェンスで囲まれており、広い駐車場がある。飯《いい》田《だ》線《せん》の電車は一時間にほぼ一本で、この場所は駅からも遠かった。社員の交通手段は、車か徒歩なのだろう。工場は作業を終えているようで、強くなってきた風が空き地のような駐車場を吹きわたっている。フェンスに接した小さな池に小波ができ、周囲に植わった細いユキヤナギが頼りなげに揺れていた。

敷地に沿ってぐるっと回り、門の前に立つ。すぐそばにある建物の一角から明かりが漏れていた。エアコンの室外機が回っており、近くに車三台が停まっている。どれもトヨタのセダンで、ブラックとピュアホワイト、そしてシルバーグレーだった。ナンバーで稲垣の車である事を確認する。まだここにいるらしい。瞬間、男の怒《ど》鳴《な》り声が響いた。

一瞬の事で何を言ったのかわからずにいる間に、興奮した叫びが続く。最初の声とは別人だったが、今度も男だった。閉め切った建物内で声がくぐもっており、内容は聞き取れない。稲垣かどうかもわからなかった。

近くまで行ってみようとして門扉に手をかける。鍵《かぎ》がかかっていた。残業なら、わざわざ鍵をかけたりしないだろう。つまり誰にも入ってきてほしくない状況なのだ。興味がわき、フェンスに手をかけて飛び越える。建物に近寄っていく間に、またも荒々しい男の声が聞こえた。

「あらすか。えこしてんじゃねぇ」

ようやく言葉をとらえたものの、今度は意味が解《わか》らなかった。よく聞こうとして窓の下に屈《かが》みこみ、耳を澄ませる。だが怒声はもう上がらず、建物内は静まり返って室外機の音が聞こえるばかりだった。スマートフォンを出し、稲垣以外の車のナンバーをメモする。

やがてドアの開く音がし、男が一人出てきた。暗がりに溶けこみそうな色のスーツを着、締めたネクタイの端を風に舞わせている。建物からの明かりを背中に受け、顔は暗かった。門扉に歩み寄って鍵を開け、引き返して黒い車に乗り込む。車内灯が斜めにその姿を照らした。頭の禿《は》げ上《あ》がった六十代半ばの恰幅《かっぷく》のいい男で、着ていたのは黒の喪服だった。その車が出ていくのを見送ってから、先ほど控《ひか》えたナンバーの片方に顔確認済み、喪服着用と書き添える。

あたりがすっかり闇に閉ざされるまでそこで様子をうかがっていたが、稲垣ともう一台の車の主が出てくる気配はなかった。痺《しび》れ始めた脚をなでながら腰を上げ、再びフェンスを飛び越える。

いい年をした男たちが怒鳴り声を上げるほど激高するのは、余程の事情があるからだろう。稲垣以外の二人は誰なのか。三人は何で繋がり、またどうして対立しているのか。三人バラバラの争いか、それとも二人対一人か。後者だとすれば、稲垣はどちらに属しているのだろう。原因は何だ。

本社の構造改革に加えてこれでは、稲垣の疲労も濃くなる一方に違いなかった。孝枝は何も言っていなかったが、きっと心配しているだろう。だがステイしている立場でホストファミリーのプライバシーに踏み込むのは躊躇《ためら》われた。孝枝の言葉を思い出す。稲垣は、以前に乗り気だったＡＭジャパンの投資話に急に背を向けていた。このいざこざは、それと関係があるのだろうか。

謎がからまり合い、胸につかえてすっきりしない。解《ほぐ》す糸口はどこにある。やはり二人が誰なのかを確かめる事か。彼らの立ち位置がわかれば、そこから対立の原因を類推できるだろう。

足を速め、稲垣家に戻った。庭を通り抜けながら、玄関口が開いている事に気付く。そこに男が立っていた。

「はれまぁ村長さ、申し訳ない事で」

玄関灯が投げるぼんやりした光の輪の中に、原の顔が浮かんでいる。家の中からは、孝枝の困ったような声が聞こえてきていた。

「ほいでも、特別に何かあるちゅう訳じゃありませんに。まだ慣れんだけずらでなぁ。帰ってきましたら、よく話しておきますで」

何が起きたのだろうと考えていて、はっと思い当たり腕時計を見る。夕食は六時からだった。もう一時間近くも過ぎている。考えてみれば、昨日の歓迎会にも行っていなかった。それで原が事情を聞きにきたのだろう。問題のある学生ではないかと疑われているのだ。身のすくむ思いで立ち尽くす。稲垣の事情に気を取られている間に、自分の足元が危うくなっていた。

「今、顔出すのは、ヤバイに」

ささやきと共に服をつかまれる。振り返れば、すぐ後ろに望がいた。

「こっち」

引っ張られ、支柱にツルをからませたキュウリの後ろに案内される。針のように繊毛を立てた葉の間に身をひそめながら見れば、望は裸足だった。

「靴、どうした」

望は、濡れ縁に顔を向ける。

「今、あそこでトレカしとってな」

目をやれば、部屋の明かりに照らされた濡れ縁に、派手なカードと歩が取り残されていた。

「駆け降りてきたずら」

厚意はありがたいと言えなくもなかったが、ここで逃げ隠れしていてはガキのレベルに堕《お》ちる。孝枝が監督責任を問われては、申し訳なかった。

「ほんじゃあ」

玄関の方で、原の声が上がる。

「孝枝さ、よろしく頼むでな」

感謝の気持ちをこめて望の頭を撫《な》でてからキュウリの茂みを出た。引き上げていく原の跡を追い、坂道に出た所で声をかける。

「ご心配おかけしてすみません」

原は、ぎこちなく立ち止まった。

「今、帰ってきました。山に行っていて、なかなか戻れなくて」

足が悪いらしく体の片側に体重をかけながら腰を伸ばし、こちらに目を向ける。

「山が気に入ったかぇ」

穏やかな笑顔だった。顔に刻まれた皺の間から優しさが染み出してくる。それを見ていると、何か温かいものに包まれているかのような気持ちになった。

「はい、色々考えながら歩いていました」

余りしゃべるつもりはなかったのだが、つい口がゆるくなる。

「したい事があって、ここに来たのですが、今まで見えなかった色々な物が目に入ってきて、なかなか集中できません」

原は、笑みを広げた。

「そりゃあ、お困りずらなぁ。そんでもなぁ、無駄も、またいいに」

どういう意味なのかわからず怪訝《けげん》に思っていると、それが伝わったらしく、原は次第に前かがみになってきていた体に力を入れ直し、姿勢を正した。

「それも、経験だになぁ」

柔らかな口調だったが、どことなく諭《さと》すような雰囲気がある。昔は小学校の教諭だったと聞いた事を思い出した。

「ここに慣れてくりゃ、また集中できるようになるずら。心配せんでも案じゃあないに。ほんで、したい事ちゅうのは、何ずらなぁ」

聞かれるがままに、返事をする。

「数学です」

自分の素直さが不思議だった。普段なら、もっと無口で用心深い。そもそも自分の事を他人に話しても意味がないと思っていた。話して賛同されたり、理解されたりした経験が今までほとんどない。思い出してみれば、彩と付き合っていた時もそうだった。

素数の話をした事があり、素数に惹かれている気持ちを打ち明けた。ところが彩には理解できなかったようで、返ってきたのは通り一遍の返事だった。話題はスルリと変わっていき、向かい合っていながら自分の熱が止めようもなく薄らいでいくのを感じていた。彼女が好きだったが、いくら好きでも、これではどうしようもないと思ったのだった。

当時、和典は母の支配下にあり、数学はその避難所だった。そこに閉じこもると同時に、現実の中で自分を理解してくれる相手を探しており、そういう存在がいるはずだと信じていたのだった。今はもう、そうは思わない。誰にも出会えないまま時間が過ぎていき、次第に数の世界の深《しん》淵《えん》に魅了されて、そこに浸る事以上を望まなくなっていた。

「数学が好きなので」

原の物静かな微笑に誘われ、その温かさにもっと触れていたい気持ちが言葉を生み出す。理解されなくてもいい、ただ話してみたかった。

「特に、素数が好きで」

原が表情を止める。何かが肯綮《こうけい》に当たったらしかった。素数か。もしかして原も、数学が好きなのだろうか。話ができる相手なのかも知れない。気持ちが高揚《こうよう》し、素数に対する思いを伝えたくなった。

「素数は神秘的だと思います。数学的に定義できるものなのに、現れ方は不規則、それにもかかわらず深遠なリズムを持っています。その構造の規則がきれいで、あこがれるんです」

原の口から洩《も》れてくる言葉を想像し、期待して待つ。

「そういうものなんずらかなぁ」

静止していた顔に、笑みが戻ってきていた。

「まぁ精々励んでおくんな。夕飯の件は、気にせんでいいでな。運営委員会には、うまく話をしとくに。今晩の飯は、孝枝さが何とかしてくれるずら。そんでも毎度、孝枝さに苦労かけるのも悪いでなぁ」

話は、数学から遠ざかっていく。落胆しながら頷いた。素数という言葉に反応しながら、それについて何も口にしないのは、なぜだろう。

「明日からは、きちんとおいでなんよ」

ゆっくりと体重を元に戻し、背中を向けて歩き出す。左右に揺れながら少しずつ離れていく小柄な姿を見ていて、原ならこのあたりの事を全部、把握しているに違いないと気が付いた。あわてて呼びかける。

「さっき喪服の人を見かけたんですが、今日は、村で葬儀があったんですか」

原は振り返り、横にいざるようにしてこちらに向き直った。

「この村じゃありゃせんに。隣村の長瀬《ながせ》で、沢渡《さわたり》家の息子が亡くなったでな。まだ四十代半ばだったになぁ。さっきも村の衆と話しとったとこな、儂ら年寄りが代わってやりたかったなぁ、ちゅって。まぁあの家ん衆は皆、大酒呑《おおざけの》みだでなぁ」

しおれていく花のように笑みを遠のかせ、哀しげな沈黙を広げる。やがてゆっくりと体の向きを変え、引き返していこうとした。急いで歩み寄る。

「あの」

哀しげな顔のまま帰らせたくなかった。何とか気分を変えさせたい。原の足を止められそうな話題は、ただ一つしか持っていなかった。

「今朝の小野家での話、その後どうなりましたか。資料館が荒らされたって件です。被害は、大きかったんですか」

原は苦笑する。村の印象が悪くなるような話はしたくないものの、知られてしまっていてはどうしようもないと思ったのだろう。諦めた様子で、ゆっくりと口を開いた。

「それがなぁ、幸いな事に盗まれた物は何もなかったんだに。翠さが確認してそう言っとるで、間違いないずら」

つまり犯人は、館内を荒らしておきながら何も盗らなかったのだ。では何のために入ったのだろう。

「まぁ、ひと安心ちゅうとこな」

考えられる事は、三つだった。一つ目は、ただの悪戯心《いたずらごころ》で荒らした。二つ目は、盗ろうと思っていた物が館内になかった。そして三つ目は、本当は盗られているのに誰もそれに気づいていない。

「まだ準備中だったで、鍵をかけとらんかったんだに。まさか忍びこむ輩《やから》がおるとは、思っとらんかったしなぁ」

　誰もが入れる状況だったのでは、犯人像をしぼるのは難しいだろう。

「荒らされたって、どんなふうにですか」

　原は視線を空中にさまよわせ、記憶をたどる。

「当時の生活を再現したコーナーがあって、そこに色んな物が置いてあったんだがなぁ、それが全部、床に落とされて、ランプなんかは壊れとったな。あたり一面、ガラスだらけでなぁ。まだ全部は掃除できとらんに」

　耳で聞いただけでは、はっきりつかめなかった。犯人を捜すつもりなら、現場を見に行った方がいいだろう。

「では掃除の手伝いに行きます」

　笑い声が広がった。

「そんな事しとったら、おまい様、余計に集中できんくなるずら」

話した事を覚えていたらしい。今度は和典の方が苦笑する。

「この事は、まだ駐在には届けてないで、そのつもりでいとくんな。ほんじゃあ」

その後ろ姿を見送り、ほっとしながらスマートフォンを出した。まず今の話を記録する。次に喪服の男のページを開き、沢渡家の葬儀に参列と書き加えた。親戚か、学友か、それとも会社関係者か。

考えながら門を入ると、玄関の戸はもう閉められていて孝枝の姿はなく、縁側《えんがわ》で望が汚れた足をブラブラさせていた。隣で歩が、トレーディングカードを片付けている。

「せっかくかばってやったに、気が知れん」

唇の先に力を入れた望が、こちらをにらんだ。

「おかげで俺が節介焼《せっかいや》きみたいずら」

きつい眼差の中に、恨むような光がある。腹を立てているというより、傷ついているようだった。意外に繊細らしい。歩がカードを束にして濡れ縁に積み上げ、もう一方の手で望の肩を叩く。

「おい気ぶるな。園児みたいだに」

その前を通り過ぎながら、名古屋工業の社屋内にいた三人に思いをはせた。稲垣以外の二人も工場と関わっているのだろうか。物作りの現場では、家族も含めた従業員の交流が盛んだと聞いたことがある。そうだとすれば、望たちから情報を得られるかも知れなかった。

「あのさ、お父さんの工場って、会社が主催する家族イベントとか、あるの」

声をかけると、望は知らんふりで横を向く。歩が答えた。

「春に運動会をするに。秋にゃ祭りもするしなぁ。ノゾ、お父ちゃの部屋からアルバム出してきな」

「なんで俺が」

猛然と抗議する望を、立ち上がった歩が抱き寄せる。

「俺も行くずら。ほれ、気ぶっとらんで、おいなんやれ」

望は不承不承立ち上がり、歩を押しのけるようにして障子の向こうに姿を消した。その後を追いながら歩が言い残す。

「ここに上がって待っとってくんな。台所にゃ、お母ちゃがおるでな」

見つからないようにしろという事だろう。だが滞在者の立場で、濡れ縁から直接部屋に上がり込む訳にもいかなかった。こっそりと庭を通り抜ける。玄関の戸の前にはオガラを燃やした跡があり、わずかに煙の臭いが残っていた。皆で送り火を焚いたのだろう。山でその様子を想像し、あれこれと考えていた事を思い出しながら戸を開け、三和土からそっと階段を上がった。

正面に自分の部屋に通じる襖があり、左手に先ほどまで望たちがいた六畳がある。足先を左に向けながら、ふと、こんな事をやっていていいのだろうかと思った。

部屋に戻り、続きに取りかかるべきだ。頭ではそう考えているのに、二人の男の正体を突き止めたいという気持ちを抑えられない。それに引きずられ、足が左にしか動かなかった。本気で数学を捨てようとしているのではないかと思えてくる。そうかも知れない。おそらくもう能力の限界なのだ。だが認めまいとしている。

　そんな自分が腹立たしかった。足に力を入れ、床板を踏みしめて六畳間に入る。突き放すような気分で奥歯を噛んだ。よし捨ててやる、後は野となれ、だ。

「持ってきたに」

　望と歩は、座敷との間にある襖を開けて現れた。見れば、今朝方まで床ノ間に祭られていた盆棚は、きれいに取り払われている。座敷の奥の板戸が開けっ放しになっており、その向こうの闇の中に入り側と庭、イチイの垣根が見えた。和典の部屋の庭からも同じ垣根が見える。おそらく二つの部屋は隣り合っているのだろう。望たちがそちら側からやってきたという事は、稲垣の部屋も並びにあるのに違いない。

「上杉さん、突っ立ってねぇで座るずら」

　持ってきた二冊のアルバムを畳に置き、二人は相次いで胡坐《あぐら》をかく。

「こっちが今年の運動会、これが去年の祭り」

　望の機嫌は直っていた。

「もっと見たけりゃ、お父ちゃのスマホにデータが入っとるけどな」

　アルバムをめくりながら、あの喪服の男を捜す。子供の写真がほとんどで、大人が写っていても手足だったり、顔が一部分だけだったりし判別しにくかった。

「こん時ゃあ、仮装大会でノゾが女の恰好《かっこう》したに。ほら、これ」

「超恥ずかった。二度とやらん」

「評判はよかったに。そいで告られてなぁ」

「女装で告られても喜べん。俺にも、男としてのプライドがあるずら」

「何がプライドずら。ちゃんちゃらおかしいわ。小三まで寝ションベン垂れてたに」

　望は、物も言わずに歩に飛び付く。取っ組み合いを始める二人を見ながら二冊目を手に取った。その最初のページに、テント内に置かれた式典用マイクに向かっているあの男らしき横顔を見つける。鼻先から下はマイクに付いた紅白のリボンに隠れていたが、禿《は》げた頭や眉、目元の感じが似ていた。

「これ、誰だ」

　組み敷いた歩の上から望が立ち上がり、こちらに歩み寄ってくる。

「こりゃ、今村《いまむら》さじゃねぇか。アユ、見てみぃ。今村さとちゃうかな」

　歩も起き上がってきて、脇からのぞきこんだ。

「ん、今村さずら」

　出てきた名前に、いささか緊張する。どういう人物なのだろう。

「これ、俺が撮ったんだに。この腕とシャツのマークだけ見えとるんが、うちのお父ちゃ。肩に留まっとったギンヤンマ写そうとして、撮る時に逃げられてなぁ」

　くやしそうな表情で、こちらを見る。それに応じる余裕がなく黙っていると、雰囲気の奇妙さに気づいたらしく神妙な顔付きになった。

「今村さが、どうかしたのかな」

感じが似ているというだけでは、本人とは決められない。質問を無視し、自分の疑問だけを口にした。

「今村って誰だ。どこに住んでんの」

望が立ち上がり、台所にすっ飛んでいく。それを見送りながら歩が答えた。

「今村さは、お父ちゃの会社の、前の工場長ずら」

言葉が、すっと胸に落ちる。前工場長なら、あの場にいても不自然ではなかった。

「うちにも、ちょくちょく来とったし、見間違やぁせんわ」

間もなく望が戻ってきた。

「この村に住んどるって。ちょっと前までは長瀬村におったらしいに」

思わず両手を握りしめる。長瀬村にいた頃の知り合いである沢渡家の葬儀に出ていたのだろう。口論していた三人の内の一人は、退職した今村と思ってもよさそうだった。

新旧の工場長が、あれほど激しく言い争っていた原因は何だろう。退職した人間が、工場の方針に口を出すはずもない。もう一人の相手がからんで、何か問題でも起こったのか。それは誰だ。

再びアルバムに視線を戻す。三人目を捜し出したかったが顔がわからず、手がかりは車のナンバーだけだった。どこかに車が写っていないかとめくってみたが、見つけられない。庭でドアの音がした。

「あ、お父ちゃが帰ってきたに」

二人は相次いで飛び出していき、直後、望だけがあわてて引き返してきた。

「アルバム、戻しとかんとヤバい。アユに時間稼ぎさせといたで、ほれ貸しな」

差し出された手にアルバムを渡しながら考える、本人に当たれば何かわかるかも知れないと。

4

「そうか、飯を逃したか。ああ気にせんでもいいに。そう大したもんはないが、どうぞ、お上がりなんしょ。酒の方は、まだ未成年だでダメずらな」

いく分、残念そうな雰囲気だった。飲めると答えたら、孝枝に器を持って来させかねない感じがする。早死にしたという沢渡家の息子も大酒飲みだったと原が言っていたのを思い出した。飲酒には寛容な土地柄なのだろう。

「まぁ学生さに勧めたら、運営委員に怒られるでなぁ」

冗談めかして言いながら床に置かれていた一升瓶《いっしょうびん》を持ち上げ、自分のコップに注ぐ。一気に半分ほどを飲み干し、孝枝の眉をひそめさせた。

「斎宮《さいぐう》はいかんに。血圧が高いんだでな、気を付けにゃ」

斎宮というのは、伊勢《いせ》神宮《じんぐう》に仕えた未婚の内親王の事だろう。それがなぜここに出てくるのか理解できずにいると、よく交わされる会話らしく、望が解説してくれた。

「斎宮ちゅうのは、別名を《斎《いつき》の皇女《みこ》》ちゅうでな。これを早く言やぁ、《いっきのみこ》で、

《一気飲み》ずら」

趣《おもむ》きのある洒落《しゃれ》に、妙に感心する。稲垣が孝枝を見て笑った。

「そんな顔するなよ、客人がおるに」

皆が食事を進める中、稲垣はナスやキュウリの漬物だけで飲み進める。顔が赤くなる事もなく、言葉が乱れる事もなかった。一心に食べていた望が、思いついたように口を切る。

「お父ちゃ、下屋のババアは」

孝枝ににらまれ、口をつぐんで言い直した。

「下屋のお婆まは、長瀬村に親戚でもおるのけ」

稲垣は知らなかったらしく、孝枝に答を求める。孝枝は首を傾げた。

「さぁ、どうずらなぁ」

望は、ホウレンソウを巻き込んだ卵焼きを口の中に押し込むが早いか、その箸をポテトサラダの山に突っこむ。

「今日、黒い着物を着て出かけるとこを見たに。ありゃ葬式の着物ずら」

隣で歩が、千切りのキャベツを塔のように積み上げ、その天辺《てっぺん》に慎重な手つきでニンジンの細切りを置きながら頷いた。

「長瀬村の沢渡家で葬式があったって、さっき村長さが言っとったに」

望はポテトサラダの付いた箸でキャベツの塔を搔っさらい、口に運ぼうとする。その手を歩が叩き、あたりに千切りが飛び散った。孝枝は首をすくめ、被弾を避けながら稲垣に顔を向ける。

「そういやぁ翠さは、沢渡の曾祖父《ひいじい》まが死んだ時も、葬儀に行っとったって話だったなぁ。沢渡家の中の誰かと、えらい親しんじゃないかって噂が立っとるに。養子に入ったお祖父まとずらか」

稲垣は体を傾け、床の一升瓶に手を伸ばした。

「そりゃ、いいかげんな話ずら。翠さの周りの衆は皆、満州に行っちまっとるし、本当の事は誰にもわからん。この村で帰ってきたのは、翠さだけだったちゅうでな」

軽快な音をさせて酒をコップに流し込む。孝枝がやんわりと釘《くぎ》を刺した。

「もうその辺にしといたら、どうな」

稲垣は笑い、コップを傾ける。

「稲垣さん、酒強いんですね」

和典の言葉に応じたのは、孝枝だった。

「なまじ強いで、いかんわぁ。困ったもんだに」

稲垣は黙って笑っている。

「まぁ稲垣の系統は、親類衆、皆そうだでなぁ。うちの人一人変わりようもないわな」

諦めたような孝枝の声を聞きながら、アルコールが稲垣の口を軽くしてくれることを願った。コップ三杯を空けたのを見て切り出す。

「工場長になられて、どうですか」

現状を聞きながら前工場長がいた頃の話に持ち込み、二人の関係を探ろうと目論《もくろ》んだ。もし問題があるなら自《おの》ずと見えてくるだろうし、深く関わっている人物がいるなら、その影くらいはちらつくだろう。

「ニュースや新聞では、日本の製造業は今、大変だと報道されていますが」

稲垣はポケットを探って煙草《たばこ》を出し、一本くわえてライターで火をつけた。

「おい灰皿」

孝枝が背後にある調理台を振り返る。

「はれ、どこ置いたずら」

望が飛び出していき、歩が竹輪の揚げ物を頬張《ほおば》りながら母を仰いだ。

「六畳の縁側に干してあったに」

孝枝は思い出したようだった。

「そういやぁ、洗って、入れるの忘れとった」

煙草の先で、灰が長くなっていく。落ちるかに思われた時、駆け込んできた望が、テーブルの向こうからその下に灰皿を滑り込ませた。

「ナイスプレー」

歩の声に、孝枝が拍手をする。

「偉い、偉い」

稲垣は気にする様子もなく、黙って灰を払った。その脇まで歩み寄った望が、自分の頭を指す。

「ほれ、ここ」

稲垣は体を傾けて望を振り返り、大きな手を伸ばしてその頭に乗せた。なでるというより擦る感じだったが、望は満足したらしく、自分の席に戻る。稲垣は何もなかったかのようにコップをあおった。

「今まではな、強いとこを伸ばしてけばよかったんだに。今はそれだけじゃ足りん。弱いとこがあるだけでダメでなぁ。大手は平成十二年頃から生産拠点を海外に移し始めとって、リーマン後の円高でその移転がさらに進んじまったに。うちみたいなとこは、親会社に頼ってるだけじゃやってけんくなっとる。系列から出て、うちの工場が持っとる技術を頼りに、新しい仕事を開拓してかんとなぁ」

それならばＡＭジャパンの投資話は、渡りに船だったのではないか。本社が引き止めにかかっているとしても、訪ねてきた社員と会いもしないというのは不自然だった。その理由についてここで聞くか、あるいは話を工場に戻すか。流れとしては前者だったが、突っこみ過ぎて警戒されるだろうか。しばし考え、稲垣の機嫌が悪くない事を確認してから踏み切った。

「そういえば、今朝、ＡＭジャパンという会社のかたが訪ねてきてましたが」

稲垣の顔色が変わる。顳顬《こめかみ》に血管が浮き、前髪の生《は》え際《ぎわ》がわずかに動いた。それまでコップをつかんでいた手に力が入り、残っていた酒を喉《のど》に放りこむなり、もう一方の手で床にあった一升瓶をつかみ上げる。

「まぁ、色々あるずら」

放り投げるように言ったそれが最後の言葉になった。以降は黙々と飲むだけで、孝枝が目の前に差し出す惣菜《そうざい》類には箸もつけない。気まずい沈黙が立ち込め、和典も口を閉ざすしかなかった。

望と歩が先に食べ終わり、相次いでテーブルを離れる。和典も早々に食べ、礼を言って引き上げた。次ノ間に通じるガラス障子を開けたとたん、暗がりにしゃがみ込んでいた望につまずきそうになる。危ないじゃないかと言おうとすると、唇の前に人差し指を立てられ、早く行けというように手で追い払われた。

自分の部屋に向かいながら振り返る。望はガラス障子の隙間から台所をのぞきこんでいた。父の様子が気になるらしい。子供にとって家庭と学校は全世界だろう。その片方に少しでも不穏な空気が漂えば、心配でしかたがないに決まっていた。

自分は昔、どうだったのだろう。母は支配的、父は無口だったが、家には祖父母がいて、特に祖母がよく話を聞いてくれ、それでずいぶん救われた。二十四節気や七十二候、様々な季節の行事なども祖母から習ったのだった。

今はもう他界してしまった祖父と、介護付きホームに入っている祖母、二人がまだ健康で同じ家に暮らしていた頃を思いながら自分の部屋の襖を開ける。そこに座り込んでいた歩に足を取られた。転びかけ、辛うじて踏《ふ》み止《とど》まって電気を点ける。

「おまえねぇ」

説教しようとして見下ろせば、いかにも不安げな目がこちらを仰いでいた。言葉につまる。

「最近、お父ちゃの血圧高いに、飲む量増えとるって、お母ちゃがずうっと苦にしとる。お父ちゃ、何かあったんずらか」

足音がし、望が飛び込んできた。

「お母ちゃの言う事きかんと、新しい一升瓶開けたに。アユ、止めにいかんか」

歩は溜め息をつく。

「止めたりすりゃぁ拍車かけるようなもんだに。倍も飲むずら。いつものパターンだに、わかっとるら」

今度は望が溜め息をついた。

「まぁ、そうだけどなぁ」

口を引き結んだ様子は、くやしげにも、もどかしげにも見える。どうする事もできない自分たちの脆弱さに苛立《いらだ》っていた。

「はれ」

足音と共に襖が開き、孝枝が顔を見せる。

「あんたら、こんなとこで何しとる。上杉さんの邪魔しちゃいかんずら」

二人を追い出してから、こちらに向き直った。

「なんか申し訳なかったなぁ。気にせんでやってくれんかな」

すがるような目で見つめられ、首を横に振る。

「いえ、こちらこそすみませんでした。公民館の夕食時間を守らなかったり、余計な事を言ったりした僕が悪いんです」

孝枝は、台所の方に視線を向けた。

「疲れとるみたいでなぁ」

部屋を追われた望と歩は二つの影になり、庭に面した入り側の障子の向こうからこちらの様子をうかがっている。稲垣のまき散らす不穏な空気を誰もがどうする事もできず、途方に暮れていた。孝枝の顔には心配の色が濃く、二つの影は頼りなげに揺れている。ついさっきまで平穏だった家には、すっかり暗雲が漂っていた。

「そのうち何とかなるずらと思っとるんだが、そんでも先が案じられてなぁ」

孝枝のつぶやきも重くなってくる。気の毒に思いながら、机の上に乱雑に積み上がっている計算用紙をぼんやりと見つめた。

現状を好転させせようと思えば、最優先の課題は稲垣の抱えるトラブルの内容を明らかにする事だろう。言い争っていた三人の内、正体がはっきりしていない第三の人物を特定すれば、全体の構図が見えてくるかも知れなかった。

手がかりはトヨタの白いセダンと、そのナンバー。あの場に一緒にいたのだから、親しい関係という事も考えられた。

「ところで、稲垣さんの友人か会社関係者で、白のトヨタに乗っている人はいますか」

唐突な質問だったらしく、孝枝は面食らったようだった。

「はて、この辺の衆は、ほとんどトヨタだに。ほんで白が多いでなぁ」

日本で車を買う客の三十パーセントは白を選ぶと聞いた事があるが、それがこんな所で障害になるとは思ってもみなかった。

「その中でナンバーを覚えている車って、ありますか」

孝枝は、困惑したような笑みを浮かべる。

「さぁて、ナンバーはよう見んでなぁ。うちの車のも覚えとらんくらいずら」

普通そんなものかも知れなかった。ナンバーから持ち主をたどることができないとなると、その逆を試すしかない。

「じゃ稲垣さんと親しい人たちの住所と名前を教えていただけませんか」

孝枝は、ますます訳がわからないといった様子だった。

「そりゃ構わんが、なんでずら」

この家に早く平和が戻ってくるといいと思いながら、当《あ》たり障《さわ》りのない答を口にする。

「さっき急に思い出したんですが、ここに来る時に乗せてもらった車の運転手が、稲垣さんと親しいと言っていたんです。降りる時、きちんとお礼を言わなかったので、明日にでも訪ねていきたいと思って」

一軒一軒を見て回り、あのナンバーの車が車庫に入っているかどうかを調べればいい。その中に第三の男がいる保証はなかったが、とにかくできる事からやってみるしかなかった。

5

「親しいのは、金山《かなやま》さ、久米《くめ》さ、前田《まえだ》さ、熊沢《くまさわ》さ、島倉《しまくら》さ、羽田《はねだ》さの六人でなぁ、皆、近隣に住んどるんだに。中学や高校ん時の同級生な」

　このあたりでは多くが通勤に車を使う。車庫の中に納まっているところを見るのなら、朝夕か休日しかないが、それも会社の残業などで帰りが遅くなったり、ショッピングモールにでも出かけていれば空振りで、最も確実な方法は、誰もが間違いなく寝ている時間に足を運ぶ事だった。

　翌朝、四時前にスマートフォンのアラームで起きる。寝床を上げてから身支度を整え、部屋を出ようとして小野家の明かりの謎を思い出した。今日はどうだろう。

　庭に出て垣根に寄り、身を乗り出すようにして下を見る。点いていた。夜寝る時に電気を消し忘れたという事も考えられないではなかったが、そう毎晩はないだろう。昨日見た小野家の間取りに、今点いている明かりの位置を重ねる。四畳半の隣の、障子のしまっていた部屋だった。一人住まいかと念を押した時、翠は言葉を濁している。あそこに誰かいるのか。

　あれこれと想像してみたが、そこから先に発展させるだけの情報がなかった。まぁ何か事情があるのだという事にしておこう。

　スマートフォンの画面に住宅地図を呼び出し、六人の自宅を書き込んで回る順番を決める。最初に一番遠くまで行き、確認しながら稲垣家に戻ってこられるよう道順を設定した。今日こそ、公民館の朝食時間に遅れる訳にはいかない。余裕を持った時間にアラームをセットしてからポケットに突っこんだ。昨日、孝枝の許可を取っておいた自転車を納屋から引き出し、家を出る。あたりは明るくなりつつあり、霧がかかっていた。空気は冷ややかで新鮮、田切の底からは水音が聞こえてくる。岩にぶつかり、白い飛沫を上げているのが見えるかのようなその響きを聞きながら自転車を走らせた。時折、樹々の枝や電線に溜まった露が落ちてきて首元を打つ。冷たさに思わず声を上げると、近くの畑から鳥がばさばさと飛び立っていった。

最初の家の前まできて、ブレーキをかける。道に面して表札のかかった門柱とブロック塀があり、その隣に有刺鉄線で囲われた庭とも畑ともつかない空間が広がっていた。片隅《かたすみ》に車が停めてある。ワンボックスだった。

次の家の車庫には、白いセダンが入っていたがナンバーが違い、その次の家は軽自動車で、それで半分が終了だった。残りの三軒の車庫に、あの車があるといい。そう願いながら自転車をこぐ。

四軒目の家の車庫にあったのは、黒い車だった。五軒目に向かう途中でアラームが鳴り出す。だが全部を調べ終えたい気持ちが強く、自分を止められなかった。これはゆとりを含んだ時間だ、急げばまだ大丈夫だと思いながら二軒を回る。

すべての確認が終わった時には、もう六時半を過ぎていた。徒労を噛みしめながら、大急ぎで引き返す。第三の男は、稲垣と親しい人間ではないのだ。では、どこの誰なのだろう。一気に対象が広がってしまい、茫洋として見当すらつかなかった。

時刻は、七時に近づいていく。このまま直接、公民館に行った方がいいと判断し、アプリで道順を検索した。ハンドルを握りしめてこぎ出しながら、これからの見通しをまるで立てられない自分に舌打ちする。ペダルを踏むたびに、抜けていく空気のように自信が欠け落ちた。

第三の男の正体を突き止められないばかりか、非可換トーラスの分類問題も解決できず、しかも数学を投げ捨てようとしている。それらは自分が無能であることの証明のように思えた。

公民館の駐車場の端にある駐輪場に自転車を停める。キックスタンドを下ろし、そばを離れようとした時、目の前に乗用車が入ってきた。駐車スペースに停まらず公民館の出入り口前まで行くと、そこに横付けしてドアを開く。助手席から降り立ったのは、彩だった。

「ありがとうございました」

ドアを閉めながら何気なくこちらに目を配る。

「あ、上杉君」

光を放つような微笑がまぶしく、目を細めた。

「おはよ」

運転手はハンドルを切り返し、和典に横顔を見せて前を通り過ぎていく。

「ホストファミリーのパパだよ。出勤途中だからって送ってくれたの」

後ろを見せた車のナンバープレートを見て、息が詰まった。胸に火を吸いこんだような気持ちになる。早朝からずっと捜し回っていたものが、向こうからやってくるとは想像もしていなかった。

「どうかしたの」

気持ちが高ぶり、体がおののく。それが声に出ないように注意しながら尋ねた。

「あの人、何の仕事してるの」

彩は、小さくなっていく車を目で追いかけた。

「伊那谷信用金庫の副理事長みたい」

つまりナンバー2なのだ。新旧の工場長と信金のナンバー2なら、つながっていてもおかしくはない。その三者の口論となれば、原因はあの会社の経営に関する事に決まっていた。資金繰りだろうか。いや声には恨みや憎悪が籠《こも》っていた。三者の間には、いくら責めても責めきれないような、取り返しのつかない事態が生じているのだ。旧工場長の時代に何か起こったのか。

「あ、名前は吉川《よしかわ》だよ、吉川日出夫《ひでお》さん。それより上杉君、あのね」

手にしていたＡ４のビニールバッグを開けながら、笑みを含んだ目をこちらに向ける。

「私、これ勉強してるの」

取り出した本のタイトルは、『素数とはなにか』だった。どう反応していいのかわからない。目の前にいきなり四次元が出現したとしても、これほどは驚かなかっただろう。

「前に上杉君、素数が好きだって言ってたでしょ。その時は、へぇそうなんだって思っただけだったんだけど、少し経ってから段々気になり出して、どういう所が好きなのか知りたいなって思って、今年になって、これ買ったの」

ただ、ただ見つめる。彩は、照れたように目を伏せた。

「でも難しいね。いくら読んでも、よくわからないの」

教えようかと言いそうになり、あわてて言葉を呑みこむ。これ以上、課題を抱えこむ事はできなかった。

「よく読みなよ。わかるように書いてあるはずだからさ」

彩は下げた視線の先でタイトルをなぞり、曖昧《あいまい》な返事をする。何か言いたげにも見えたが、強引に声を押しかぶせた。

「さ、飯、食いに行こう」

親指で公民館の出入り口を指し、歩き出しながら三人の葛藤《かっとう》の原因を究明する方法を考える。昨夜は、稲垣に迫って失敗した。他の二人にそれとなく接近して聞き出す事は可能だろうか。旧工場長の今村とは、今のところ接点がない。だが吉川なら、彩を通せば何とかなるだろう。彩は確か今日、帰る予定だった。

「あのさぁ」

振り返ると、彩は腕にビニールバッグの取っ手をかけ、両手で本を抱きしめて歩いてきていた。

「今日、帰るんだろ。見送りに行くよ」

吉川家も、当然来るだろう。日出夫本人が来ればいいし、そうでなくても、家族と知り合えれば本人に近づく手がかりになる。

「それがね」

彩は軽く首を傾げた。ポニーテールが揺れる。

「やっぱり風祭りを見てから帰ろうかなって思ったりしてて、迷ってるとこ」

昨日、あの連中に誘われたからだろうか。そうだとしたら、何となく面白くない。

「あ、そう」

口からこぼれた言葉の素《そ》っ気《け》なさに自分でも驚き、急いで付け加えた。

「せっかくの機会だから、見といた方がきっといいよ」

彩が胸に抱いたままの本のタイトルが、こちら向きになっている。素数とはなにか。美しく崇高な問いかけだった。素数の話を素っ気なく流された昔を思い出す。

彩は変わったのだろうか。自分はどうだろう。あれこれと考えていて、当時の自分が理解される事だけを求めていたと気がつく。彩を好きだったが、その心を理解し、受け入れようとはしなかった。中学生というのは、そんなものなのだろうか。それとも自分が身勝手だったのか。

「彩ちゃん、おはよう」

後ろから声が飛ぶ。

「やっぱ、今日帰るの」

昨日の朝食時に会った三人が、後方から近寄ってきていた。

「んっと、考えてるとこ」

答えた彩の両側に、二人が素早く歩み寄る。その後ろをついてきていた男が片手を伸ばし、和典の肩を抱いた。ひと回り大きなその体の内側に巻き込まれる。男の首で平打ちの鎖が揺れ、先端のプレートが頬に触れた。シトラスの香りが鼻を突き、耳にささやきが流れ込む。

「おまえと彼女、どーゆー関係」

こちらをのぞき込む目には、どこか深い所から放たれるような光があった。暗く強く、胸に差し込んでくる。嫌な感じだった。たとえ事実がどうであろうと、こんな時の答は一つしかない。

「別に、何でもないです」

男は鼻で笑った。

「じゃ引っこんでなよ。俺、彼女狙ってんだよ。かわいいからな。邪魔すんな」

肩に回していた手に力を入れ、突き飛ばすように放して先に行った三人を追いかける。苦々しく思いながら、残った手の感触を肩から払い落とした。

威嚇したつもりか、馬鹿野郎。内心毒づきながら、公民館の出入り口に近づいていく彩と三人を見つめる。このまま好きにさせておくのは、何とも腹立たしかった。恫喝《どうかつ》されて恐れをなし、大人しく引っこんだと思われるのも癪《しゃく》にさわる。

「立花」

つい声を出したが、その後の事は考えていなかった。男たちの間から彩が振り返る。

「何」

あわてて話題を探した。冷や汗がにじみそうなほど必死になりながら、昨日、胸に浮かんだ疑問に突き当たる。助かったと思いながら、余裕の表情を装った。

「なんで夏休みに、この村来たの。塾行かないでさ」

彩の顔が曇る。こちらに向かって踏み出しながら、本を抱きしめる手に力を込めた。

「それ、ちょっと複雑なんだ。上杉君、聞く時間あるかな」

ここで、ないという訳にはいかない。時間をひねり出すしかなかった。アインシュタインによれば、時間は絶対的なものではない、相対的なのだ。量子力学はそれを否定しているが、この際アインシュタインを信じよう。自分の生活の中からこれにかかる時間をひねり出す事は、可能だ。とにかく朝食後いったん稲垣家に戻り、今後の調査の方針を立ててしまおう。

「これからやる事あってさ、でも昼飯の後なら」

頷く彩の近くで、鎖男が頬をゆがめた。こちらをにらむ目にきつい光がある。小気味よく思いながらも、このまま放置しない方がいいだろうと考えた。矛先がこちらに向かう分には何とでもなるが、彩に向かうと危ない。さて、どうやって気分を変えさせるか。

頭をひねっていて、三人の中に今村の家に滞在している者がいる可能性に気付く。もしそうなら情報を取れるだろう。和ませながら探ってみようか。

「僕は、名古屋工業の稲垣さんの所に滞在してます」

ゆっくりと歩み寄り、笑顔を作って男たちを見回した。

「皆さん、どちらのお宅ですか」

最初に口を開いたのは、太った男だった。その軽い饒舌《じょうぜつ》さに誘われるように、しゃくれ顎が滞在先を教える。二人が話した後では、不愉快そうにしていた鎖男も一人だけ黙っていられなくなったらしく追随した。今村の家に泊まっている者はいない。

「俺んとこ、虫、ぎょうさんいてるねん」

太った男は、肉付きのいい肩や腕を掻きむしる。

「そっちの家、どないや」

聞かれて、夜中にヤモリに襲われた話をした。家族で天井から落ちてきて顔に張り付かれたと言うと、それまで仏頂面だった鎖男も笑いを浮かべる。

「そういえば上杉君って、昔から結構笑える人だったよね。数学オタクで空気も読めなかったし」

鎖男は、彩が和典にどういう印象を持っているかを察したらしかった。溜飲《りゅういん》を下げ、すっかり機嫌を直して公民館の出入り口を指す。

「おい、食いながらゆっくり話そうぜ」

彼らと一緒に移動しつつ、内心かなり不満だった。空気読めなくてオタクだと、誰の話だよ。目の端でこっそりにらむ。彩はすぐ気が付き、小さく笑った。それで、いっそう不愉快になる。

「おお高校生、超ブーたれてんじゃん」

鎖男は和典の肩に手を乗せ、冗談めかして顔をのぞきこんだ。

「泣くなよ」

気分はすっかり良くなったらしい。くやしかったが、まぁ目的の半分は果たせたのだから、いいと思うしかなかった。

6

朝食を済ませ、彩と昼食時にここで会う約束をしてから自転車に飛び乗り、稲垣家に戻る。庭に自転車を放置し、玄関を入ると、物音に気付いた孝枝が台所から顔を出した。

「はれぇ、えらい急いで何かあったんかな」

手早く否定し、階段を駆け上る。脇目《わきめ》も振らずにやるぞ。そう思いながら自分の部屋の襖を開けたとたん、そこに座りこんでいた望と歩の姿が見えた。

「ああ上杉さん、お帰り」

即、方針を立てようと思っていた勢いを、一気に削《そ》がれる。

「おまえたちねぇ、人の部屋に勝手に入って遊ぶんじゃない」

本気で怒ったのが伝わったらしく、二人はあわてて立ち上がった。

「遊んでたんじゃねーずら」

「上杉さんが捜しとった紙三枚、見つけたでな、持ってきてやったんだに。ほれ、あすこ」

机の上を指す。数学を捨てようかという時になって見つかるとは、運命は皮肉だった。机に近寄りながら二人を振り返る。

「どこにあったの」

二人は、腑《ふ》に落ちないといった表情だった。

「庭に落ちとったに。ナンテンとカキの樹の間ずら」

「一昨日《おとつい》は、いっくら捜してもなかったになぁ」

一昨日どころか昨日も、いや今朝も、この庭に用紙はなかった。誰かがどこかで拾い、ここに投げ込んだのか。

「瞬間移動の呪文《じゅもん》ルーラ、じゃね」

「それ、古いに」

三枚を取り上げてみる。間違いなく自分が捜していたものだった。二枚は計算で埋め尽くされており、残りの一枚は途中で、その続きから始めたいと思っていたのだ。二日前に書いたそれを目で追いかけていて、ギョッとする。紙の半ばあたりから下に、自分の字ではない数式が書き足されていた。

いたずらか。一瞬そう考えた。ところが妙に規則性があり、きれいにつながっている。何だ、これ。数式に吸いこまれるような気分で机に用紙を置き、椅子を引きずり寄せて腰かけた。自分が書いていた部分から確かめ直す。

次第に夢中になった。どんな音も聞こえなくなり、目の前の数式が部屋の空間を超えてさらに遠くまで広がっていく。そこから真理が顔を見せ始めた。ひと筋の流れのようにほとばしり出て、勢いを強め、深みを増し、膨れ上がって海さながらに満ちていく。

「すげぇ」

キャリーバッグに飛び付き、新しいコピー用紙をつかみ出す。机に積み上げ、検算を続けた。

やがて書き足されていた部分が何であったのかがわかる。

「これって森田《もりた》同値《どうち》だ」

数学者森田紀一の名前の付いたそれは、代数学上の様々な環の関係についての定義だった。存在自体は知っていた。だがそれが、自分の行く手を阻んでいる非可換トーラスの分類問題の突破口になるとは思っておらず、投入しようとは考えもしなかったのだった。

信じられない思いで用紙をそろえ直し、もう一度初めから式に取り組む。注意深く、口に出して慎重に計算しながら書き足された部分を再検討した。きれいに説明されている。今まで突き当たっていた非可換トーラスの分類問題は、森田同値で処理できるのだった。壁は破れた。突破したのだ。夢を見ているような気分で首を横に振る。

「すげぇ」

何年か前、自分の力で初めて数学の純理の一つにたどり着いた時の驚きと達成感が、ゆっくりと胸に戻ってきた。自分自身が新しい生命として生まれ出たような感触が体を走る。脳裏の隅々《すみずみ》までが脈打つようだった。その中から数学に取り組む喜びがよみがえる。あの里山の枯れた巨木から出ていた枝のように、ひょろりと伸び、それでも生き生きとした葉をそよがせた。

やはり数学が好きだ。自分がどれほど非力でも、捨てられない。ずっと関わっていきたい。森田同値を導入した数式に再び視線を落とす。その素晴らしい美しさに感嘆した。

「すげぇや」

溜め息と共に口から力が流れ出し、息みが抜ける。とたんに自分の欠陥に気づいた。今までなぜこれを思いつかなかったのだろう。目の前に差し出されるまで考え付きもしなかったのは、自分が数学的センスに欠けているからだ。リーマン予想を証明しようと思えば、まだいくつもの山があるに決まっている。この有様《ありさま》で、この先やっていけるのか。

用紙に書き加えられた部分を見つめる。先ほどまで歓喜の対象だったそれは今、自分の粗《あら》を指摘するものに変わっていた。誰だ、誰が書いた。

森田同値を用いて非可換トーラスの分類問題をサラッと解くような能力を持つ人間、それがこの近くに存在しているのだった。胸が痛くなるほどの敬服と嫉妬《しっと》が脳裏を走り回り、火のように心をあぶる。誰だろう、どこにいる。会ってみたい。どれほどの力を持っている。

次から次へとその人物を想像した。おそらく素数が好きだろう。素数にどんな思い入れをしているのか聞いてみたい。

だが素数の究極の形は、リーマン予想だった。素数を好きな人間は、たいていリーマン予想に行きつく。そう考えたとたんに気持ちが一気に冷えた。書き込まれた数式のあざやかさが、矢のように胸に突き刺さる。

この人物もまたリーマン予想に挑戦しているのかも知れない。そうだとしたら和典より早く証明にたどり着くのは必至だった。できたばかりの傷が痛み始める。

後れを取るのか。うろたえながら椅子から立ち上がり、部屋の中を歩き回った。自分が複素数になったような気がする。心を惹かれながら恐れを感じ、その存在に喜々としつつ、同時にこの世から抹殺したいと思っている自分は、実数部と虚数部の統合ができない複素数さながらだった。

「あの、上杉さん」

突然、響いた声に、望と歩が部屋にいた事を思い出す。

「今、言っとったフクソスウつうのは、何ずらなぁ」

口から漏れていたらしい。説明してわかる可能性は何パーセントだろう。まぁわからないにしても、数学の真理に触れる事は悪くないはずだ。

「複素数は、有理数と無理数を合わせた数である実数と、二乗するとゼロ未満の実数になる虚数をプラスでつないだ数の事だ」

机の上に置いた用紙を振り返る。この人物はなぜ続きを書き込み、用紙を返してきたのか。自分の力を見せつけたかったのか。あるいは和典と同様に複素数のような人間で、いくつかの思いの間で揺れているのか。

庭に出て、垣根の向こうを見下ろす。用紙は、小野家にも山にも落ちていなかった。だがここから風に乗って舞い出たことは確かなのだ。一番自然な落下先は、やはり小野家だろう。今、こうして戻ってきているのも、下から投げ上げたか、脚立にでも上って垣根越しに投げ込んだと考えれば辻褄《つじつま》が合う。

夜中に点いていた明かりを思い出す。翠に一人住まいかと聞いた時の妙な反応も脳裏によみがえった。電気の点いていたあの部屋、あそこに誰かがいたのだ。その人物が素早く用紙を拾い集め、部屋に持ち込んだとすれば、翠が気づかなかったという事も充分ありえた。

あの家には、高レベルの数学力を持った人物がいるのだ。会って話してみたい。襖の引手に指をかけ、開け放って真っ直ぐ玄関に向かう。途中で立ち止まった。押しかけても、会えるとは限らない。翠の反応からしても、何か曰《いわ》くがある事は明白で、闇雲《やみくも》に突進すると拗《こじ》れかねなかった。確実に会える方法を探るべきだ。

「はれ、今度はあそこで止まっとるに」

「なんずら、電池切れか」

望と歩の声を耳にしながら、まず情報を集めようと考える。孝枝や、古くから翠を診ているという山際医師、そして翠本人にも探りを入れれば、きっと何かわかってくるはずだった。よし聞き出してやる。

台所に足を向け、そのガラス障子を開けると、テーブルに向き合った孝枝が小鉢の上でしきりにフォークを動かしていた。左手側には半分に割ったクルミが積み上がり、反対側にはその殻が山を成していて、それらの内側とピッタリ合う形をした実が手元の小鉢の中で粉にまみれている。毛細血管さながらの茶色の筋を走らせたクルミからは、香ばしい匂いが漂っていた。シンプルで小さな物と、耳の内側のように複雑な形をした大きな物の二種が交ざっている。

「へぇ、クルミですか」

声をかけると、孝枝はこちらに目を上げた。

「ワグルミとセイヨウグルミだに。今夜は白和《しらあ》えを作ろうと思ってな。クルミちゅうのは美味《うま》いが、手がかかってなぁ。実が取れたら、緑の外殻が腐るまで土に埋めといて、そんで掘り起こして、洗って、炒《い》って、割って、こうやって実をむいて、ようやく食べられるようになるんな。ほんでも食べる時は、一瞬でなぁ」

孝枝の前の椅子に腰を下ろし、置いてあったフォークをつかむ。

「お手伝いします」

見よう見まねでクルミの中身を掻《か》き出《だ》した。孝枝のように実がそっくり、きれいに取れてくる事はほとんどなく、多くが粉砕状態となる。

「すみません、こんなんで」

孝枝は笑い声を上げた。

「いいずらなぁ。どっちみち擂《す》るんだでな、同じ事ずら」

鷹揚《おうよう》さがうれしい。作業を続けながら、どう切り出せばいいのかを考えた。やはり翠についての話から入るのが自然だろうか。

「下屋の翠さんは、満蒙開拓団の生き残りとうかがいましたけど、ご家族は全員、満州で亡くなられたんですか」

孝枝は空になった殻を山の上に置き、もう一方の手で新しいクルミを取り上げた。

「下屋に嫁《とつ》いでくる前は、平栗《ひらぐり》ちゅうてな、代々、村長を務めた家の出だに。たいそうな身上《しんしょう》を持っとるって話でなぁ、お嬢様だったそうな。それが一族総出で満州に行っちまって、帰ってきたのは翠さだけでなぁ」

生家の人々は全滅したのだ。史実の重みが急に現実のものとして胸に迫り、手が止まる。

「村長自ら一族郎党を連れて開拓団に参加したのは、うちの村くらいずら。この伊那谷は戦前、お蚕様で栄えとってなぁ、日本の生糸の生産の七割は伊那谷産ちゅう時期もあったに。それが大恐慌や中国からの安い生糸の輸出で、値が落ちて、あっちゅう間にすたれちまってなぁ。皆、食うに困るようになったら。そんな時に国が、満州に開拓に行きゃあ二十町歩の地主になれて楽に暮らせる、本人には百円を支給、村にも補助金が出るちゅうて、えらい勢いで号令をかけてきてなぁ、小学校長の月給が六十円の時代だったで、皆、その気になったんな。国から県郡を通して各村に、移民の割り当てが来とったちゅう話ずら。村長は割り当てを達成するよう命じられ、人数が足りんと、県庁に呼び出されて非国民扱いされ、皆の前で吊《つ》るし上《あ》げられたと聞いとる。翠さの家は代々の村長だけに、国の命令を実行せにゃならんと思い、自分が先に立つしかなかったんずらなぁ」

　国策として送り込まれた開拓団は、その実、いざという時に敵軍を食い止めるための「人間の盾」として配置されたという説を読んだ事がある。軍隊にも国にも見捨てられ、戦争の矢面に立たされて、膨大な数の死者を出したのだった。

「この村でも、二割以上が満州に渡っとるに、誰も彼も帰ってこれんでなぁ。無事だったのは、ほんに翠さだけずら」

　手が動かなくなっている和典の前で、孝枝はせっせと作業を進める。こっそり忍び込んできた望がクルミの実を摘まみ食いしようとするのを払いのける余裕まであった。まるで千手観音のようで、主婦の器用さに舌を巻く。

「ところが帰れば帰ったで、出かける前に農地は全部、売り払っとるもんで、畑も作れんし、おまけに顔には傷があるし、どう暮らしていきゃぁいいのかそりゃあ難儀だったずらなぁ。まぁ家は残っとったし、どえらい身上があったもんで、売り食いで暮らしたちゅう話だに。下屋に嫁いでこれたのも、その身上があったおかげらしいでなぁ」

　ではその結婚でできた家族はどうなったのだろう。翠の歳から考えて夫は先立ったにしても、子供や孫がいれば、同居していても不自然ではなかった。本人も含めて誰もそこに触れないのは、なぜだ。

「小野家に嫁いだ後、お子さんは生まれなかったんですか」

　孝枝は片手を上げ、空中で振って見せた。

「いや息子が一人おったんな。自慢の息子だったらしいに。儂ぁがこの家に来た時には、もうおらんかったがなぁ。大学に入学して上京したっきり、音沙汰《おとさた》ないようで行方知れずらしいと言っとる人もおるに。満州で苦労した挙句、帰ってきて結婚はしたものの夫婦仲はよくなかったって話ずら。顔の傷がたたったらしくてなぁ、旦那《だんな》から化け物呼ばわりされとるとこを聞いた人もおるに。あげくに一人息子がそんなじゃ、ほんに可哀想だちゅうてな、村の衆は皆、同情しとるんな」

　それで口に出さないのか。小野家に押しかけなくてよかったと胸をなで下ろす。百害あって一利なしだったろう。

「まぁこの辺じゃ、進学を機に都会に出て、そのまま就職して向こうに居つくちゅう事自体は、珍しくないでなぁ。そんでも盆暮れや、休みにゃ帰ってくる。親の方は孫の顔を見るのを楽しみに暮らしとって、夫婦の片方が欠けると一人暮らし、それができんくなると都会の子供に引き取られてく。そんで村を出て行った年寄りは多いに。空き家が増えてなぁ」

街道沿いにあった二軒の家を思い出す。乗り手を失ったブランコが、軒下で色褪せていた。

「けんど翠さとこの息子は、大学に行ったっきりだに。就職したちゅう話を聞いた事もなけりゃ、帰省した姿を見た人もおりゃせん。病気か事故で、とっくに亡くなっとるのかもしれんなぁ。えらい優秀な息子で、こんな田舎から京都大学に行ったちゅうて大評判でなぁ。この村の中学じゃ、受験の話になると、いまだにそれが持ち出されるようだに」

京大に合格する学力の持ち主なら、森田同値も理解可能だろう。こっそり小野家に帰ってきているという事はないのだろうか。だが自分の家に帰るのに、人目を避けるというのもおかしな話だった。その必要もない。翠にしても、息子と連絡が取れない状態では村の中で肩身が狭いに違いなく、それが戻ってきたとなったら、口に戸を立てている訳にはいかないだろう。となると、小野家にいるのは息子ではなく別人か。

「その息子さんは、おいくつなんですか」

孝枝は、指を折って数えた。

「翠さが昭和元年の生まれで、満州行ったんが十四、五歳。そんで帰ってきて三十五で嫁いだちゅう話だで、それからすぐ生まれたとして、生きとりゃぁ五十代半ば過ぎずらか」

話しながら、テーブルの下から小鉢に向かって素早く伸びてきた小さな手を、払いのける。

「これっ、さっきからなんな。美《い》しけないずら」

下がったテーブルクロスの間から望が顔を出し、こちらを仰いだ。

「ほんでも、アユがどうしても食いたい、取ってこいってきかんのな」

ちょうど出入り口から入ってくるところだった歩が、近寄ってきて望の肩をつかみ上げる。

「誰が食いたいって言っとるんだって、この嘘こきが」

「そんだって、腹空いたって言っとったずら」

孝枝が、はっとしたように壁の時計に目をやった。

「そういやぁ昼飯の時間がとっくに過ぎとる。こりゃいかん。今、拵《こしら》えるでな。上杉さんも、公民館に行かにゃいかんら」

あわてて立ち上がる。これで四度めだった。

「行ってきます」

7

やべぇ。あせりながら坂を下る。彩と昼食時に話す事になっていた。村長の原からも、今日かららきちんとルールを守るように言われている。腕時計に目をやれば、もう一時半を回っていた。

希望はほとんどない。考えてみれば、昼前に立てる予定だった調査方針も手付かずになっていた。何やってんだ、俺は。

「全国チェーンの量販店は、村の経済に打撃を与えるずら」

水田の畦道《あぜみち》から次々と出てきた老人たちが道路に溜まり、道を占領する。

「地元商店なら、大抵この地域内で仕入れをしとるで、儂らが買い物で使った金の五、六割は地元に還元される。ところが全国チェーンだと日本中、ひょっとすりゃ世界中から仕入れをし、商品を集めとるで、金は外に流れ出ちまって地元にゃ落ちん。ショッピングモールの派手さや、目先の安さに釣られんように長寿会から村長さに言って村の衆に徹底せんと」

たむろする集団の脇を通り抜けようとするものの、こちらに背を向けたまま口角泡を飛ばす勢いで話しており、まったく気づく気配がない。そればかりか、和典が行こうとする方向に体をいざらせさえした。舌打ちしそうになる。

「はれ、噂をすれば影だで」

老人たちの顔が、いっせいに坂道の下の方に向く。曲がり角から、原と二、三人の中年男性の姿が見えた。こちらに上ってくる。

「村長さ、今なぁ」

声をかけられた原は、老人たちに目で挨拶しながらからかうような微笑を浮かべた。

「えらいにぎやかだなぁ。何事な」

集団の間を通し、和典の姿をとらえる。

「こりゃ上杉君」

その場の全員が、今度はこちらを振り向いた。

「どうかしたかな」

まずいなとは思ったが、出会ってしまった以上はどうしようもない。素直に謝るつもりで頭を下げた。原は老人たちを見回す。

「すまんが長寿会の衆、ちょっと待っとっておくんな」

その間を通り抜け、近寄ってきた。手早く終わらせようと考え、先に口を開く。

「すみません、また食事に遅れました」

原は驚いたような顔になり、笑みを広げる。

「はれ、なかなか胴貫《どうぬき》だなぁ。まぁ男は、そのくらいでいいに」

半ば言葉がわからなかったが、どうも容認してくれたらしい。自分ならいくつか嫌味を言った後でなければとても受け入れる気にならないだろう。この村の大らかさ、優しさを噛みしめる。

「今、役場の衆と一緒に、空き家情報カードを作って回っとるとこな」

原は、手にしていたタブレットを上げて見せた。

「過疎の村じゃ、空き家が多いでな」

それは都会でも同じだった。日本の人口が減少に向かっている今、空き家は全国のどこにでもある。

「とにかく位置と所有者をはっきりさせ、連絡先を確かめるのが先決でな。その後は、空いている家をどうしたいかを問い合わせる事になっとる。売ったり活用したりしたいんなら業者を紹介する、補修したり壊したりなら村の金を貸し付ける、色んな方法があるちゅって相談に乗るんな。勘考して、儂らの時代に少しでも片付けておかんと、若い衆が困るでなぁ。東京や海外の資本に買《か》い漁《あさ》られても、いいこたぁねぇし」

　後ろで聞いていた老人たちが頷き合った。

「ほんじゃ上杉君は、これから昼かな」

　タブレットで時間を確認し、困ったような息をつく。

「公民館は、もう閉まっちまっとるかもしれんなぁ」

　それは自業自得というものだった。

「大丈夫です、気にしないでください」

　軽く答えながら、原から翠の情報を引き出そうと謀《はか》る。

「あの、稲垣家の隣家の小野翠さんの事ですが、満州でご苦労なさったと聞きました。資料館の展示品は、翠さんが出された物も多いんですか」

　原は、首を横に振った。

「翠さがおったのは、ソ連との国境近くの東安省でな、あたりには信州から行った開拓団だけで五つがあったそうだが、その中でも一番ソ連寄りで、国境まで十九キロちゅう近さだったらしいに。いきなりソ連軍が雪崩れ込んできて、物を持ち出す間もありゃせん、着の身着のまま逃げたちゅう話ずら。資料館には、その時、着とった服を出しとるなぁ。上着とモンペで、胸に名前の縫い取りが付いとる。翠さのはそれだけだなぁ。展示品の多くはこの村や近隣の市町村から提供されたもんで、資料館ができるなら、ぜひ親や祖父母や親戚の遺品を収蔵してほしいって持ってきてくれてなぁ。開拓団は日本中から募集されたが、一番人数が多かったのは信州で、三万七千人を超えとる。その中でも伊那谷は、この近くだけでも四百人以上が送り出されとるんな。開拓団の死亡行方不明者の率は五十パーセントから九十数パーセント、うちの村じゃ九十九パーセント以上だに」

　悲惨さに胸が詰まる。ソ連の国境近くなら、北緯は五十度を超えているだろう。冬になれば極寒の異国で逃げ惑ったあげくに倒れていった人々は、どれほど苦しく、また無念だった事か。

「翠さも、帰ってきた時は貝のように何も言わんかったらしいが、資料館の構想が持ち上がる頃には、体験を語り継いで未来につなげてくっちゅう考えに同意して、色々と協力してくれたでなぁ。満蒙開拓団については、まだまだ知られとらん。場所が日本の外だし、命からがら逃げてきた衆がほとんどで持ち物もなく、そもそも生きとる人間自体が少ない。そんでも何とか伝えてくのが最大の被害を出したこの地方の義務だし、同時に鎮魂でもあるでなぁ」

　話がひと区切りし、波立っていた気持ちが徐々に収まっていく。自分が落ち着くのを待って踏み込んだ。

「翠さんには、息子さんがいらっしゃるんですよね」

　原の顔色をうかがいながら話す。

「同居していないみたいですが、やっぱり都会に出ていらっしゃるんですか」

　原は目を伏せた。表情が読み取りにくくなる。沈黙が生まれ、あたりの空気を重くした。やがて溜め息が耳に流れ込む。

「人間が生きてくためには、言うに言われん事もあるでなぁ」

渋く厳しい響きを持ちながら、どこか哀しさのまつわる声だった。

「首を突っ込むもんじゃないに。やめときなんよ」

8

老人たちに合流する原を見ながらしばし立っていて、彩との約束を思い出す。あわてて公民館に向かった。

その広い玄関の靴箱には一足の靴もなく、耳を澄ませても人声はおろか、気配も感じられない。おそらく皆、食事を終え、散ってしまったのだろう。彩も、滞在先に戻っている可能性が高かった。訪ねて行って謝るしかない。

スマートフォンで、吉川家を検索する。第三の人物である吉川日出夫は、調べなければならない人間の一人だったが、こんな形になるとは想定していなかった。彩への謝罪と吉川の調査、二つを同時にこなせるのだろうか。人に謝るのは得意ではなかったし、面識の全くない人物を探るのも容易ではない。気が重くなった。

呼び出した住宅地図を見ながら歩く。吉川家はこの村の南の端にあり、隣は長瀬村だった。近くに沢渡家もある。

「ごめんください」

まだ新しくきれいな家の門には、ドアフォンが付いていた。古い農家が点在する中で、北欧風のポーチや出窓はかなり目立っている。

「学生村に参加している上杉といいます。立花彩さんはいらっしゃいますか」

返事はなく、代わりにあわただしい足音がして、門扉が開いた。そこから彩が顔を出す。

「ごめんね、上杉君、お昼に行けなくって」

一気に、気持ちが楽になった。

「いや、俺も遅れちゃってさ」

隠しておいてもよかったのだが、そのせいで心に影が落ちれば卑屈な気持ちになる。それはストレスを生むだろう。ストレスは自然増殖する。利口なやり方とは思えなかった。

「謝りに来たんだ」

彩は、ほっとしたような笑みを浮かべる。

「よかった。怒鳴りに来たのかと思って、今、あせってたの」

自分はいったい、どういう男だと思われているのだろう。

「彩ちゃん」

背後にあるドアから女性が半身をのぞかせる。孝枝くらいの年齢で、吉川日出夫の妻かと思われた。

「外に出ん方がいいに、熱がひどくなると困るで。お友達には、うちに上がってもらったらどうな」

彩は頷き、様子をうかがうような目でこちらを仰ぐ。

「風邪引いちゃったみたいで、さっき山際医院に行ってきたの。中で話そ。時間あるかな」

病気とは意外だった。彩の顔を見つめ、赤らんでも、むくんでもいない事を確認する。高い熱ではないらしいが、顔色はあまりよくなかった。もっとも昔から頬は白い。それがうっすらと桜色に染まった時の事を、急に思い出した。初めてキスした後だった。

「どうかしたの」

あせって追懐をしまいこみ、横を向く。

「寝てなくていいの」

彩はクスッと笑い、背中を向けて先に立った。

「軽い風邪だから大丈夫。それより感染《うつ》らないように気を付けてね」

気を付けるのはおまえだ、マスクをかけろ。そう言いかけてやめる。風邪は、保菌者がバラ撒《ま》かないようにするのがベストの対策なのだが、病人にきつい事を言ってもしかたがなかった。

「上杉君のご両親って、お医者さんだったよね」

玄関を横目で見ながらその脇を通り過ぎ、花の咲く庭を歩いて裏に回る。そこに日当たりのいい離れ屋があった。和風で古く、こぢんまりとしている。

「だったら、効果的な予防法、ご両親から聞いてるよね」

こちらを振り返るその顔を、まじまじと見た。冗談を言っている様子はない。どこかで同じ事を言って馬鹿にされないように注意しておく事にした。

「おまえねぇ、風邪の効果的な予防法なんてあると思ってんの。ねーし」

「あ、そう。知らなかった。こっち来て」

玄関を入る彩に続くと、次ノ間の奥に八畳の座敷があり、庭に面して入り側がしつらえられていた。籐《とう》の椅子が二脚、それらの間にガラステーブルが置かれ、軒から風鈴が下がっている。

「この離れ、昔の隠居所なんだって。好きに使っていいって言われてるの。隣にも八畳と六畳があって、入り側の突き当たりは大きな納戸」

彩は藤の椅子をきしませ、腰を下ろす。

「でも広くて、落ち着かなくって」

こちらを見上げる目の中に、不安げな光があった。

「夜は、なんか恐《こわ》いし」

向かい合った椅子に座りながら、笑いそうになる。

「ガキかよ」

彩は、抗議するように身を乗り出した。

「納戸から、音がするんだもの」

ネズミかヘビ、ヤモリなど小動物がいるか、吹き込んだ風が何かに当たって音を立てているか、あるいは別の方向から響く音が反響し、納戸からのように聞こえるのだろう。

「母屋を建て替える時に出た古い物なんかを入れてあるんだって。今じゃもう使ってないって言ってたけど、でも私がここに来た翌日、吉川さんが風呂敷《ふろしき》に包んだ物を運び込んでたんだよ」

耳が尖《とが》る。もしかして三人の諍《いさか》いの原因に関係する物だろうか。

「私が見てる事に気づいて、内緒にしといてくんな、って言ってた。でも、すっごく気になったから理由を聞いたんだ。本当の事を話してください、納得できたら黙ってます、って言ったの」

大胆さに目を見張る。悪くすれば、口封じに殺されかねない状況だとは考えなかったのか。この首の細さじゃ、片手で軽く絞められるぞ。

「そしたら教えてくれた。何でも中学の同級生が急に亡くなって、その人が吉川さんの信用金庫からお金を借りてたんだって。遺族にはとても返済できない額で、差し押さえが入る事になりそうだと伝えたら、思い出の品だけは守りたいって言われたみたい。それを預かったらしいの」

よく新聞などに載っている非合法行為だった。死んだ同級生への友情と、遺族への同情から踏み切ったのだろう。工場内の争いとは無関係らしく、いささかがっかりした。

「私、黙ってるって約束したんだ。だってかわいそうだもの」

気持ちはわからないでもない。吉川の同級生ならまだ四十代だろうし、それが急死となれば確かに気の毒だった。昨日、長瀬村で四十代の男性の葬式が行われていた事を思い出す。同一人物だろうか。

「死んだ同級生って、なんて名前だ。住所は」

彩は首を傾げる。

「住所や名前までは聞かなかったけど、苗字は沢渡って言ってた。話しぶりから考えて、たぶん男性」

ジャストミートだった。これまで何度か出てきたその名前が、楽曲の中で繰り返されるテーマのように暗い音を響かせる。

「納戸の中、ちょっと見てもいいかな」

沢渡家の葬儀には、今村と翠も参列していた。今村はかつて長瀬村にいたという話だから不自然ではないが、翠はやはり噂通り、沢渡家に懇意な人間がいるのだろうか。沢渡家が隠した思い出の品物の中に、それにつながるヒントがあるかもしれない。

「ダメって言っても、やる気のくせに」

彩は笑みを含んだ目でこちらをにらみながら立ち上がった。

「誰か来ると困るから、偵察に立つ」

玄関に向かう。それを見届けてから入り側の突き当たりまで歩き、納戸の戸を開けた。天井からぶら下がっている電球のスイッチを探し、明かりを点ける。筋のように放たれた光の中に、埃《ほこり》がキラキラと浮かび上がった。

煤《すす》やクモの巣のからんだ古い家具や道具、桐《きり》の箱、武具などが乱雑に積み上げられている脇に、新しい風呂敷包みが二つ置かれている。これだろうと見当をつけ、結び目をほどいた。片方には小さな絵画と掛け軸、もう片方には壺《つぼ》とアルバムが包まれている。

絵と掛け軸、壺はともかく、写真が差し押さえの対象になるのだろうか。不審に思いながら開いてみれば、アルバムに見えたのは切手の収集帳だった。未使用の切手がシート単位で保存されており、使用済みの物はまったくない。一九六四年の東京オリンピックや昭和天皇の成婚記念など、かなり古いものもあった。故人だけでなく親か、さらにその親の代から集めていたのだろう。

これはかなりの金額になりそうだと思いながらめくっていくと、台紙の間に細長いマウントが一枚挟み込まれていた。中には、そこまで全く見かけなかった使用済みの切手が二枚入っている。他の切手とは明らかに違う扱いだった。

色は赤茶と黄の二種類で、一枚ずつパラフィン紙に包まれている。図案は建物、周りに配された文字には満州国とあり、押されている消印も同様だった。

満州から出された手紙か、もしくは葉書に貼られていたのだろう。満州国自体は、第二次大戦後に崩壊した。戦争前あるいは戦時中に使われていたこれらが、こうして丁寧に取ってあるのは思い出があるからだろうか。それとも単に収集家の癖《へき》か。

ガザッと音がし、目をやれば、ミミズのような細長いものが家具の間を走り抜けていくところだった。納戸の音の正体は、これらしい。太さから考えて全長は七、八センチだろうか。

「立花、ゆっくり眠りたいんだったら、殺《さっ》鼠《そ》剤《ざい》、頼んどけ」

返事はなく、代わりに強張った声がした。

「あ、吉川さん、お帰りなさい、今日は早いんですね」

大あわてで風呂敷を元に戻し、納戸の戸の隙間から様子をうかがう。目の前の庭を通っていく吉川の、肉付きのいい背中が見えた。彩が大きな息をつき、こちらを振り向く。

「よかった、まっすぐ母屋に行ってくれて」

同意しながら風呂敷包みに乱れがないかを確認し、納戸を出た。庭の向こうに先ほどの中年女性が姿を見せ、こちらに近寄ってくる。小柄で顔の部分品がすべて小さく、コケシのような感じがした。

「気分がいいようなら、何か食べといた方がいいら」

手に持っていた朱塗りの盆を入り側の板ノ間に置き、微笑んで彩を仰ぐ。

「風邪は腹にくるで、入麵《にゅうめん》にしてみたに。夏向きじゃないが、まぁ堪忍しておくんな」

そう言いながらこちらに目を向けた。

「お友達と一緒にお上がりなんしょ」

彩が、あわてて口を開く。

「すみません、ご紹介が遅れて。同じ進学塾に通っていた上杉君です。昨日、公民館で偶然会って、びっくりしました。有名な中高一貫校に行ってて、すごく頭がいいんです」

ほめられるのは苦手だった。目を伏せて名前を名乗りながら、足元の盆を見下ろす。並んだ丼《どんぶり》の中にゆでた素麵《そうめん》が入り、結びを作った三つ葉とシイタケ、鶏肉《とりにく》、ピンクの渦巻きの入った練り物が載っていた。

「わざわざ作っていただいて、すみません」

彩が盆を取り上げ、ガラステーブルに置く。漬物を載せた小皿が添えられており、脇に置かれた茶碗《ちゃわん》からは、焙《ほう》じ茶《ちゃ》の香ばしい香りが立ち上っていた。

「どうぞ、ゆっくりしてっておくんな」

立ち去ろうとする女性を呼び止める。

「伊那谷は満蒙開拓団を出した村なんですね。このあたりの人も入植したんですか」

地域の話題から吉川の話につなげようと企《たくら》んだ。

「さぁて、どうずら」

女性は首を傾げる。

「儂ぁは飯田市内からこっちに嫁いだもんでなぁ、よくは知らんのだに。聞いとるのは、この村と長瀬村が一緒になって花桃郷《はなももごう》ちゅう開拓団を創った事くらいずら。団長は二人で、うちの村からは村長の平栗さが立ち、長瀬村からは沢渡家が立ったちゅう話だった」

つまり満蒙開拓団の中には、沢渡の人間が入っていたのだ。あの切手は、その人物が故郷の沢渡家に出した満州便りに貼られていたのだろう。

「あと知っとるのは、戦後この近くで満州乞食が殺されたちゅう事ぐらいかなぁ。満州乞食ちゅっても、わからんずらなぁ。そう呼ばれとるのは、主にソ連から引き揚げてきた男衆な。終戦間際に、開拓団の男たちは全員、『根こそぎ動員』ちゅうて、軍隊に組み入れられてな、開拓団にゃ老人と女子供しか残っとらんかったんな。その男衆は敗戦で捕虜になって、シベリアやモスクワの収容所で強制労働させられてなぁ、寒さや栄養失調で六万人以上が死んだって話だに。生き残った男たちが戦後、引き揚げてきて、それが満州乞食ちゅう名で呼ばれとるんな」

現地も地獄、帰ってきても地獄だったのだ。

「満蒙開拓に興味があるんけ」

その話を持ち出せば、翠も素っ気なくはできないと思いつく。受け入れられれば、あの家にいるに違いない森田同値を使う人間にも会えるだろう。

「はい、あります」

思いがけないところで今後の見通しが立ち、気分が上向いた。

「せっかくこの地にお邪魔しているので、歴史も知りたいと思って」

女性の小作りな顔に、感心したような表情が広がる。

「若いに、こんな田舎を気にかけてくれるとは、ありがたいなぁ」

いささか後ろめたかった。

「ほんじゃあ、まず満蒙開拓団歴史資料館に行くずら。今、開館準備中だで必ず誰かがおるでな、小野翠さを紹介してもらうといいに。なんしろ生き証人だでなぁ。うちの人も館長の筒井さとは親しいで、よかったら口をきくに」

うまく吉川の話につながった。

「ありがとうございます」

躍り上がりたい気持ちを抑え、さり気なく話題を変える。

「そういえば吉川さん、先ほど帰ってこられたようですが、いつもこんなに早いんですか」

女性は、母屋の方を振り返った。

「こんところ、なんか不規則でなぁ」

顔には、不安げな影がある。そこに付け入る隙《すき》を見つけた。

「信用金庫にお勤めとか。ニュースなんかで、地方の金融機関は色々と大変だという話が流れてますけど、やっぱりそんな感じですか」

よく聞いてくれたと言わんばかりに、女性は早口になる。

「それがちょっと前まで、うちはそれほどでもないちゅう話でなぁ、安心しとったんな。ところが、つい最近になってバタバタし出してなぁ、訳がわからん。そんな急に変わるもんずらか。理由を聞いても、うちの信金には体力がないとしか言わんでなぁ」

つい最近という言葉が、胸で谺《こだま》を引いた。稲垣が工場長になったのもつい最近だった。三人の争いは、あの会社の経営に関してだろうと見当がついている。だが吉川は稲垣の会社の人間ではなく、今村も現職ではなかった。そんな三人にからんで起こりうる事とは何だろう。女性の顔色をうかがいながら、さらに突っ込んでみる。

「何か心当たりは、ないんですか」

瞬間、母屋の方で男の声が上がった。

「直子《なおこ》、いつまでくっちゃべっとんだ。いい加減に戻りなんよ」

女性はあわてた様子で微笑み、軽く頭を下げて引き返していく。釣り上げた魚に逃げられた気分で、それを見送った。

「上杉君、食べよ。伸びちゃうよ」

声をかけられ、彩と向き合った椅子に座る。あたりが急に静かになったように感じられ、妙に照れ臭かった。

「これ、何だろ」

箸で練り物を持ち上げる。

「《の》の字にしちゃ、巻きが多いよな」

彩は、信じられないといったような表情になった。

「ナルト、知らないの」

ナルトといえば、漫画かアニメしか思い浮かばない。

「正確には、鳴門《なると》巻《ま》き。鳴門海峡の渦潮をイメージしたカマボコだよ」

日本人の芸の細かさに感心しながら、持ち上げた練り物の裏と表に見入った。彩が笑う。

「ほんと、数学以外ダメだよね」

考えてみれば、今朝もオタクだの空気が読めないだのと言われていた。心で反論を用意する。

俺は数学以外の能力も持つ。絶対音感もあるし暗譜でヴァイオリンを弾《ひ》くし、サッカーもできる、空気も普通程度には読める。綿々と論《あげつら》いながら、それらを向きになって言い張っている自分を想像し、そのカッコ悪さに辟易した。黙り込むしかない。

「あ、怒ってる」

何とでも言えと思いながら、ひたすら麺を口に運んだ。

「からかっただけだよ」

まじめな声が耳を打つ。

「今朝もオタクって言っちゃったけど、あれはあの場の空気悪かったから、ああ言った方がいいだろうって思ったんだ。ほんとはそんな事考えてない。でなかったら付き合ったりしないもの。怒らないで」

　そこまで言われては目をそらせている訳にも、むくれて黙っている訳にもいかなかった。話題を探しながら顔を上げ、昼食時に話す予定だった事を思い出す。

「ここに来た事情って、何」

　今度は、彩が視線を背けた。

「あのね」

　うつむくと、耳の裏から首に続くしなやかな線が目立った。白さが匂い立つようで、まともに見ていられずに横を向く。頬が熱くなった。

「会った時にも言ったけど、学生村の中ではここが一番端の方だったから来る人が少なそうで村が気の毒だったし、それに家にいたくなかったの。たまたま校内の掲示板でポスター見て、学校の斡旋《あっせん》だから安全だろうって思って」

　思わず口元をゆるめる。中学の頃も、石橋を叩いても渡らない用心深さ、堅実さだった。変わっていないところが懐かしい。

「どっか遠くに行きたかったんだ。うちね、今、親が離婚の話し合いしてるの」

　いつか会った彩の母親と父親の顔を思い浮かべる。その時は、何の問題もなさそうに見えていた。

「自分の大事なものが壊れていくのを見ている感じ、って言えばいいのかな。壊れていくのに、ただ見てる事しかできないから、たまらない気持ちになる。どっかに逃げたかったの。私のいない間に、離婚でもなんでもすればいいって思ってる」

心もとなげに揺れる瞳《ひとみ》の前で、言葉に窮する。自分に経験の蓄積があれば的確な助言もできるのだろうが、あいにく数学的な解釈しか頭に浮かばなかった。

離婚は割り算のようなもので、正の整数を仮定すると、被除数つまり割られる数が割る前より必ず小さくなるのは自明の理だ、などと発展させようとしていて、その虚しさに気づく。ここでそんな事を言ってみても何の慰めにもならないだろう。口をつぐみ、申し訳ない気持ちで彩の沈黙に寄り添った。

「ま、なるようにしかならないよね」

彩は勢いよく顔を上げ、ちょっと笑った。中身もなく膨《ふく》らんでいるシャボン玉のような、儚《はかな》い笑い方だった。

「知らない所に行って、何でもいいから自分が熱心になれるものを見つけたかったんだ。何かに夢中になってれば、何となく充実した感じがするし」

活気づいた目で、犯人捜しをしようと言い出した理由は、それだったのだ。昔、没頭した事なら、今もまた自分を助けてくれるように思えたのだろう。

「わかった」

ここまで聞いてしまったら、取るべき行動は唯一《ただひと》つしかない。半ば追い込まれた気分で口を開いた。

「ガソリン盗難事件の犯人捜し、しよう」

時間的に余裕はなかったが、この村の地理も次第にわかってきているし、知り合いも増えつつある。時間は相対的なものなのだ。何とかなるだろう。

「今まではっきりしてる要素をまとめて、事件ノート作れよ、中学の時みたいにさ」

喜んでくれるものとばかり思っていた。

「ああ上杉君、やっぱりわかってないよね」

意外な返事だった。何がわかってないのか、それ自体がわからず途方に暮れる。

「あのねぇ、私のあの発言のポイントは、犯人捜しをしようってとこじゃなくて、一緒に、ってとこにあったんだよ」

あわてて答えた。

「もちろん、俺も一緒に捜すよ」

彩は身を乗り出し、じいっとこちらを見る。瞳を突き抜け、心の中まで届いて容赦なく照らし出すような視線だった。あまりにも強く、鋭く、まじまじと見つめられて決まりが悪くなる。

「言いたい事があるなら、はっきり言え」

にらむと、投げ出すような溜め息が返ってきた。

「なんか熱、上がってきた感じ。もういいや。犯人捜し、やらなくていい」

いきなりの素っ気なさ、豹変《ひょうへん》に近い肩すかしに戸惑う。それが必要だったんじゃないのかと言おうとした瞬間、床ノ間でかすかな光が瞬いた。目を向けると、ＵＳＢメモリの付いたタブレットが置いてある。その端が光ったらしかった。立ち上がり、近寄ってみる。

「ああ、それ、柏木《かしわぎ》さんが貸してくれたの。ほら、ネックレスかけてる人だよ」

タブレットに接続したＵＳＢが光るのは、自動で何かの作業をしているからだろう。

「私、昼食に行く時に具合悪くなって、途中で会った柏木さんが送ってきてくれてね、この部屋にテレビないのを見て、気分良くなったら見ればって、ドラマの入ったＵＳＢを入れてってくれたんだ。あの人優しいよね。誰かと違って、よく気が付くし」

タブレットを横にし、ＵＳＢを目の高さまで持ち上げる。差し込み部分が収納できるタイプで、その断面に小さなレンズが付いていた。おそらく盗聴盗撮器だろう。

狙っていると言っていた柏木の言葉を思い出しながら、どうしたものかと迷う。これは犯罪で、きちんとした決着をつける必要があるにしても、気が強く潔癖な彩に話せば大騒ぎになるだろう。柏木当人にだけ発覚を知らせ、今後しないように釘を刺すという手もあった。

だが、それで抑止力になるだろうか。いかにもチャラそうだった風貌《ふうぼう》から考えれば、この失敗だけではあきらめず他の方法に走るかも知れない。今後、陰に回って行動されたら、防ぎようがなかった。柏木に追随している印象のある二人も、関わっている可能性がある。やはり彩に伝え、本人の注意を喚起した上で対策を話し合うしかなさそうだった。

唇の前に人差し指を立てながら、ＵＳＢのレンズを見せる。彩は判別がつかなかったらしく眉をひそめた。唇の動きだけで、何、と聞く。スマートフォンを出し、メモのアプリを開いて事情を書いた。

彩の顔は、しだいに強張っていく。全部を読み終わると、やおらＵＳＢをつかみ、引き抜きながら叫んだ。

「許さん」

息も荒く自分のスマートフォンを取り出し、どこかに電話をかけ始める。やがて出た相手に、状況を訴えた。どうやら学生村の運営委員にかけているらしい。いきなり行動に出るとは思わなかったが、大騒ぎになるだろうという予想は当たったようだった。

盗聴盗撮は、家宅侵入や器物損壊などが伴わなければ軽犯罪法の適用で、確か一万円以下の罰金ですむ。だがモラル的な問題が大きかった。運営委員会は追及するだろうし、地方紙が取り上げる可能性もある。柏木は滞在していられなくなるだろう。身から出た錆とはいえ、相手が彩でなかったらもっと穏便にすんだのではないかとも思え、若干、気の毒な気がしないでもなかった。

「ハンパなく叩きのめす」

電話を切った彩の呪詛《じゅそ》に首をすくめる。恐ぇと思いながら、なだめにかかった。

「そんなにカッカしないでさ、取りあえず、入麺食えば」

怒りのこもった目が、こちらを向く。射止められ、息を呑んでいると、彩の憤怒《ふんぬ》は見る間にふくれ上がり、やがて一気に亀裂が走った。

「それ、何のつもりで言ってんの。あのねぇ、私がこんな目にあってるのに、入麺食えって、どーゆー事よ。もう顔も見たくない。さっさと帰って。さよなら」

凄《すさ》まじい噴火を前にし、言葉もない。食べかけの入麺を早々に掻き込んで、立ち上がった。

「ご馳走様でしたって言っといてくれないかな」

彩は横を向く。

「自分で言ったらいいんじゃないの」

取り付く島もなかった。しかたなく玄関に向かうと、後ろから呼び止められる。

「これ」

振り向けば、本を突き出していた。『素数とはなにか』だった。

「私、もう読まないから、あげる」

第三章　ブルーハーツを因数分解

1

急に犯人捜しを投げ出した理由も、入麺であれほど激怒した理由も、素数本の読破を断念した理由も、よくわからなかった。だがもう彩に会いに行ったり、親しげに声をかけたりはできそうもない。可能な限り譲歩したつもりだったのに、なぜだ。

　押し付けられた『素数とはなにか』を見下ろしながら歩く。思いがけずここで彩と出食わした偶然を、自分はきっと喜んでいたのだ。そうでなかったら、今のこの憂鬱を説明できない。彩は新鮮な光のように自分の日常に射しこんできて、何でもない様々な事に華やぎを添えてくれていたのだろう。

　今さら気づいても遅かったが、初めからそうわかっていたら、こうはならずにすんだのだろうか。いや気分をうかがい、諂《へつら》うような真似《まね》はしたくない。しようと思っただけで自己嫌悪になりそうだった。つまり結局、ここにたどり着く以外になかったのかも知れない。

溜め息をつきながらスマートフォンで満蒙開拓団歴史資料館を検索した。関係者を介せば、怪しまれず小野家に入るチャンスを作れるだろう。誰かに荒らされたという資料館の内部も、ついでに見てみたかった。

ここに着いた時の豪雨の印象が強く、資料館そのものについてはあまり覚えていない。坂道を上り、改めてその前に立つと、敷地内に植えられたポプラの樹と、鎮魂のモニュメントが見えた。それらの後方に合掌造りの建物がたたずんでいる。木造だったが、どことなく和風ではなく異国的な感じがした。

ちょうど出入り口のドアが開き、五十代かと思われる男性が姿を見せる。鍵をかけて立ち去ろうとするところに歩み寄った。

「すみません、学生村で稲垣家に来ている上杉といいますが、今、吉川さんのお宅で資料館の話を聞いて、見学したくてここまで来ました。中を見せてもらえますか」

男性は、いく分薄くなっている頭を掻く。

「まだ準備中だでなぁ」

断りたいというニュアンスだったが、気づかないふりで言い張った。

「どうしても見たいんです。ご迷惑はかけません、短時間で終わらせますから」

男性はしかたなさそうに引き返す。ドアを開け、こちらを見た。

「ほんじゃ、お入りなんしょ」

踏み込むと、中には静謐《せいひつ》な空間が広がっていた。天井は太い梁《はり》が剝《む》き出《だ》しで、そこから零《こぼ》れ落《お》ちる木材の匂いが空中を漂っている。様々な形の展示台が雑然と置かれ、床にはまだビニールシートが貼られている部分もあった。

「これ全体は、満州の建物をイメージしとるでな」

入り口ホールの壁には、来館者の方々へ、と題されたパネルが掲げられている。戦後、満州から帰国した人々の自筆のメッセージが並んでいた。名前と共に在住都道府県も記されている。北海道から沖縄まで日本各地の地名があったが、伊那谷からは平栗翠ただ一人で、短い言葉で平和への願いがつづられていた。

壁にかけられたモノクロの写真や証言、史実の説明を見ながら足を進める。開拓団員の私物が入れられたケースの中には翠の名前が縫い取られた服もあり、訓練服との説明がついていた。染《し》み付《つ》いた汚れを見ながら、大陸での苦労を思う。

その先に、原が言っていた満州の生活を再現したコーナーが作られていた。荒らされたというのはここらしく、まだガラスの破片らしきものが床に散っている。

壁には籠《かご》や梩《もっこ》、鍬《くわ》や鋤《すき》、大きな鎌《かま》が立てかけられ、設《しつら》えられた流しに笊《ざる》や枡《ます》、藁《わら》の束の入ったブリキのバケツが置かれていた。縄でつないだトウモロコシや豆腐がぶら下がり、薄い座布団や当時の教科書も展示されている。割れていたというランプは、今は置かれていなかった。

ここを荒らしてみても、あまり意味がないような気がするのは自分だけだろうか。しかも何も盗んでいないとなると、いっそう不可解だった。

考え込みながら、あたりに目を転じる。すぐそばに、満州から出された手紙や葉書の入っている大きな展示ケースが置かれていた。沢渡家が満州の切手を保管していた事を思い出す。それが貼られていたはずの封書か葉書が、寄贈されているかも知れなかった。ケースの中を探す。すべてが文面を表に出してあり、宛先《あてさき》が見えなかった。

「すみません、この手紙類、詳しく拝見したいんですが」

後ろで様子をうかがっていた男性は、黙って奥に入っていく。やがて出てきて白い手袋を差し出した。

「まぁ若い人が関心を持ってくれるのは、ありがたいでなぁ」

それを借り、葉書を裏返したり、手紙の下になっている封筒を取り出したりして宛名《あてな》を確認する。奥の方で電話が鳴り出し、男性が戻っていった。やがて困ったような声が聞こえてくる。

「それが今、入館者が来てなぁ、ちょっと出られんくなったに。時間がかかりそうだで。ああ迎えにきてくれるのけ。そりゃ助かるなぁ」

約束があったのだろう。心苦しく思いつつ手を早める。全部に目を通したが、沢渡家あてのものはなかった。すべてに切手が貼られており、それをはがした手紙や葉書もない。今も沢渡家に保存されているのか。あるいは紛失してしまったのか。一応、尋ねてみる。

「さっき吉川家に滞在している友達の所に寄ってきたんですが、満蒙開拓団の花桃郷では団長が二人いて、その一人は長瀬村の沢渡という人だったと聞きました。沢渡家も、ここに何か寄贈しているんですか」

男性は軽く眉を上げた。

「しとるに、葉書を一通」

　ではこの中に入っているのだ。見落としたのか。

「沢渡じゃ、つい先日、当主が亡くなってなぁ、このあたりの風習で葬式の前に形見分けをしたんだに。まだ若い息子だったに脳溢血《のういっけつ》でな。まぁ沢渡の衆は皆、大酒飲みだで、誰も長生きしとらんがなぁ。死んだ当主の父親がまだ健在ずらが、あれは養子で沢渡の血を引いとらんで。その形見分けの時に、えらく古いものがだだくさもなくあったんで、聞いてみたら、息子は曾祖父まに可愛《かわい》がられとって、その形見分けで多くをもらって大事にしとったちゅう話だった。中に満州からの葉書があったんで、館長の筒井さがもらい受けてきて、そこの展示ケースに入れとったに。よく見てみいや。切手が剥《は》がれとるやつがあるら。沢渡の衆は代々、切手の収集が趣味だで剥がしたずらなぁ」

　再び、今度は慎重に見ていく。だが、どこにもなかった。今まで疑問だった事が、頭の中ではっきりとした形を取る。盗難は、やはり起こったのだ。沢渡家あての葉書が盗まれている。

大きな展示ケースと再現コーナーに、繰り返し視線を走らせた。二つは隣り合っている。床の一部にはビニールシートがかぶせられていた。ひょっとしてこの盗難と再現コーナー荒らしは、今まで考えていた経過とは逆の流れで起こったのではないか。

　犯人は、まず展示ケースから葉書を盗んだ。そして立ち去ろうとして床のビニールシートに足を取られ、つまずいて再現コーナーに転げ込んだ。その際、体があたりに触れ、置かれていた物が床に落下して破損した。そう考えれば、辻褄はすべて合う。

わからないのは葉書を盗んだ犯人の動機と目的、そして盗られたものはないと言った翠の真意だった。これまで沢渡家の息子の手元にあったものが、資料館に移されたとたんに盗まれたとなれば、展示されたくなかったからに決まっている。犯人にとってその内容は、皆に見られたくないものだったのだ。そこには何が書いてあったのか、そして満州から沢渡家に手紙を出したのは誰だったのか。

「満州に渡った人たちの名簿って、この資料館にありますか」

男性は頷き、少し先にある展示台を指した。

「各開拓団ごとに、あそこに入っとるに」

この際、甘えてしまおうと思いながら微笑みかける。

「花桃郷の部分だけで結構ですので、コピーさせてもらえませんか。もちろんコピー代は払います。それからもう一つお願いがあるのですが、生き証人だという小野翠さんの話を聞きたいのですが、紹介してもらえますか」

立て続けの懇願《こんがん》に、男性は呆気《あっけ》にとられた様子だった。しばし表情を失っていて、やがて息を吹き返したかのように首を横に振る。

「おまえ様、まだ若いに、えらい胴貫《どうぬき》だなぁ」

原からも言われた言葉だった。いまだに意味がわからない。

「何ですか、胴貫って」

男性は笑い出す。

「胴貫はなぁ、大胆で神経が太いちゅうのと、図々《ずうずう》しくてあきれたちゅうのを足して二で割ったような言葉ずら。まぁ男に使った場合は、悪い意味じゃないでな。あきれ返るほど大した奴だちゅう感じだに」

大人の男性からそう言われるのは、悪い気分ではなかった。

「よろしくお願いします」

頭を下げ、名簿を出してもらう。コピー機は置く位置がまだ定まっていないらしく、中途半《ちゅうとはん》端《ぱ》な空間に置かれていた。電源を入れ、全部を取りながら目を通す。

伊那谷村の名簿の先頭に、村長だったという平栗の名前があった。倉太郎《くらたろう》、明治三十二年生まれ。その左欄に数人の弟夫妻や妹たち、さらに倉太郎の妻や子供の名が続き、翠で終わっている。一族総出で行った満州で六年間を過ごしていた。その中で生き残り、戻ってこられたのは翠だけなのだ。見たこともないその人々の顔を想像し、書かれた名前の一つ一つに重ねてみる。多くの人生を呑《の》み込《こ》んだ満州という土地と、その時代に思いをはせた。

伊那谷村の次に、長瀬村の名簿がある。筆頭は沢渡家で、こちらも当主からその兄弟、妻、子供たちと続いていた。平栗一族より少ないものの、やはりかなりの人数だった。息子が亡くなったばかりの沢渡家とは、どういう縁戚《えんせき》に当たるのだろう。

「小野の翠さに電話しといたでな」

いったん奥に引き上げていった男性が戻ってくる。

「おまえさの事は、一度会ったちゅったに。これからそっちに行くんじゃないかって言っといたが、それでよかったずらか」

礼を言い、コピーを終わると枚数分の代金を払い、資料館を出た。一時間ほど経っており、その間中、嫌味も言わずに付き合ってくれたあの男性に感謝する。誰もがゆったりとし、どんな他人もさり気なく許容してくれる村だった。

歩き出しながら空を仰ぐ。目の前をトンボがかすめ過ぎ、また戻ってきて肩に留まった。スマートフォンで画像を撮り、小塚に送る。いつも穏やかで激する事のない小塚は、この村の人々とどこか似ていた。

人間は、他人と付き合う時間より自分自身と付き合う時間の方が圧倒的に長い。のどかに過ごしたければ、まず自分自身が大らかになる事だろう。だが物事を徹底的に突き詰め、白黒はっきりさせないと気が済まないような峻厳《しゅんげん》さがないと数学はやれなかった。ここは数学者を骨抜きにする村かも知れない。メールの着信音が響く。

「画像のトンボは、アキアカネだ。この季節ならナツアカネの可能性の方が高いし、その二つはすごく似てるんだけど、模様と色からして間違いなくアキアカネだよ。今、上杉がいる場所には、もう秋が来ようとしてるんだね。どこにいるの」

耳を澄ませば、ここに来た時にはうるさいほどだったセミの声に、もう勢いがない。空は、どことなく高く澄みつつあった。小塚のメールに返信する。

「長野県下伊那郡伊那谷村に生息中。ここ、好きかも」

坂の下から一台の車が上ってくる。先ほど電話で頼んでいた迎えだろう。足を止めて道の端に寄っていると、まだ若い運転手が車内で頭を下げて通り過ぎた。車の横腹に名古屋工業と書かれている。稲垣の工場の従業員だろうか。

　社内の人間なら三人の確執について何か知っているか、感づいている可能性がある。急いで後を追いかけた。資料館前の駐車場で、車から降りてきたところに駆け寄る。

「今、資料館でお時間を取らせていたのは僕です。すみませんでした。学生村に参加して稲垣さんの所に来ている上杉といいます」

　運転手は車のドアを閉め、こちらに向き直った。二十代後半か、三十代初めだろう。ほっそりとして背が高く、先ほど館内にいた男性とどこか似ている。

「はれ、稲垣工場長のとこにおる学生さかな。俺は、その工場に勤めとる寺田《てらだ》ですに」

　思わず両手を握り締めた。よし、これで工場内の話が聞ける。

「いつも工場長には、お世話になっとります。今日は作業が休みだもんで、ワークショップで風祭り保存会の手伝いをすることになっとってな、お父さと待ち合わせとったんな。そんでも時間が決まっとるわけじゃねーで、気にせんでも案じゃぁないに。後学のために一緒に行かんかな」

　話を聞くチャンスだったが、翠の家の訪問を放棄する訳にはいかない。

「また今度、うかがいます。その時は、ぜひご一緒させてください。スマホのアドレス、教えてもらえますか」

　メールの交換をしていると、先ほどの男性が資料館の外に姿を見せ、そばに寄ってきた。

「翔《しょう》、その坊はなかなか胴貫ずらでな」

息子の名前は、寺田翔らしい。

「そのつもりで口をききなんよ」

父親の忠告に、翔は晴れ晴れとした笑顔を返した。

「そりゃぁ頼もしいに。都会っ子ずらで、このあたりのボンクラとは違うわな。上杉君、これからどっか行くんなら、ついでに乗せてくが、どうずら」

礼を言って断る。親に時間を割《さ》かせた挙句に息子にまで世話になっては申し訳なさ過ぎると思ったのだが、言ってしまってから、気分を害したのではと心配になった。

「ほうかな。ほいじゃぁ」

屈託を感じさせない朗《ほが》らかな口調に、ほっとする。

「ワークショップに来たくなったら、メールをくんな。仕事で俺が行けん時ぁ、誰かを紹介するでな」

その脇から、父親が一冊の本を差し出した。

「おまえ様、コピー機のとこに忘れとったに」

彩から渡された『素数とはなにか』だった。礼を言って受け取る。寺田は興味深げな表情になった。

「それ、翠さの本ずらか」

唐突な質問に、口ごもる。こちらを見ていた寺田は、余計な事を言ってしまったと思ったらしかった。困ったような笑みを浮かべ、出会った時のように頭に手をやる。

「いや、似たようなタイトルの本を、翠さが読んどるのを見たもんでな。あわてて隠しとったで、なんか事情があったんずらが」

凄まじい光の渦が胸を駆け抜ける。思わず目を見開き、それに見入った。本を持つ指先がしびれるような気がする。森田同値を使ったのは翠なのかも知れない。

数学は男だけのものではなかった。歴史の中には人類初のプログラマーともいえるオーガスタ・キングや、偏微分方程式でコーシー・コワレフスカヤ定理を確立したソフィア・コワレフスカヤがいる。

翠がその類《たぐい》の人物でないと誰が言えるだろう。息子などという人間はあの家にはおらず、すべては翠がやったのではないか。

「はれ、どうかしたのかな」

顔をのぞき込まれ、我に返った。

「いえ、何でもありません」

そうだとすれば、翠はなぜその本を隠したのだろう。

「これは僕が友人からもらったものです。小野翠さんが持っていたのは別の本だと思いますが、翠さんにはそれを読んでいると言えない事情でもあるんですか」

寺田は眉根《まゆね》を寄せ、考え込みながら口を開いた。

「翠さの世代は、女は学問なんかせんでいい、そんな事をすると講釈がえらくなって嫁のもらい手がなくなる、ちゅう教育を受けとるでなぁ。それが心に根付いとるちゅう事じゃないかな」

学問に制限があった時代を生きてきたのだ。山際の言葉が胸をよぎる。今、自分たちに与えられている学問の自由は、充分に自分を伸ばせなかったそれらの人々の犠牲の上に実った果実なのだった。

「わかりました。足を止めてしまってすみませんでした」

寺田親子は相次いで車に乗り込み、走り去る。それを見送り、スマートフォンをポケットに差し込んだ。歩き出しながら翠と会ってからの手順を考える。

当初は、満蒙開拓団の話から入り、距離を縮めながら家の様子をうかがい、森田同値を使う人間の存在を確認した後、翠の了解を取りつけて面会しようと思っていた。だがそれが翠本人なら、話はかなり簡単になる。ただ親しくなればいいだけだ。

他人との距離を縮める正攻法は、信頼を勝ち得る事だった。だが翠の性格も趣味も不明で、生きてきた時代も価値観も違う。かつ翠は、盗難を隠すという不審な言動を見せていた。そんな人間の信頼を得るにはどうすればいいのか見当もつかない。脅してこちらの要求を通すという手もない訳ではなかったが、それには翠を脅迫できるだけの材料が必要だった。今のところ確たるものは、何も持っていない。

手詰まり感に舌打ちしつつ、手にしていたコピーに視線を落とした。この名簿と館内にあった展示から自分にわかった事、感じた事を伝え、いくつか質問もし、体験談を聞きながら距離を詰めていく。オーソドックスで地味な、そんなやり方しかなさそうに思えた。

パネルに書かれていた事実や、読んだ手紙を反芻《はんすう》し、自分の考えをまとめる。再現コーナーには、確か教科書があった。歩きながらコピーをめくり、当時の翠の年齢を調べる。十四歳だった。展示品と同じ教科書を使っていたかも知れない。他にも同年代の子供がいただろうか。再び名簿に目を通す。

　子供の年齢は、ほとんどが一桁《けた》だった。三十代の親が多いせいだろう。それでも十代が四人いる。そのうちの三人は翠の姉と従姉で十代後半、残りの一人は長瀬村の恒《つね》という少女だった。翠と同い年の十四歳、苗字は沢渡。

　またも出てきたその名前に、胸がざわつく。翠が今、沢渡家と懇意にしているのは、この少女とのつながりのせいだろうか。同い年の二人が、異国の地で友情を結んだ事は想像に難くない。翠は自分だけが祖国に帰ってきた事で、忸怩《じくじ》たる思いを抱えているに違いなかった。

　だが先日死んだ沢渡家の当主は、年齢的に考えて、恒の孫世代だろう。生還できなかった友人を気にかけていたとしても、今の沢渡の葬式にまで顔を出すものだろうか。もう一つ、沢渡家の葉書が盗まれた事を、翠はどうして隠しているのか。

　小野家の前に立ちながら首を横に振る。翠との距離を縮めるつもりでいるのに、詰問してしまいそうだった。取りあえず謎は棚上げにしておこう。まずは親しくならねばならない。

2

「お話は、寺田さから、聞いておりますに」

おぼつかない足取りで次ノ間から玄関に出てきた翠は、長いワンピースの裾《すそ》をさばいてその場に正座し、指を組んだ両手をきちんと膝の上に置いてこちらを見上げた。

「上杉さんは、満蒙開拓団に興味をお持ちとか。儂ぁでわかる事でしたら、お答えしますに。何を話しゃぁいいずらなぁ」

小さな体や、筋張った手の甲を見ながら、たくさんの苦難を乗り越えて生きてきたその精神に敬意を抱く。

「今、資料館に行ってきたんですが」

展示されていた教科書について自分の感想を話そうとし、それがパネルの説明文や証言の引用でしかない事に気づいた。あわてて自分だけの思いをまとめようとするものの、非常に的確な表現で書かれていた説明文やリアルな証言、集められていた感想に吸い込まれてしまう。事実の大きさの前で、自分自身の言葉を持つ事ができなかった。

ただ一人の生き証人だという翠は当然、パネルの説明文にも目を通しているだろう。証言の展示を制作した一人かも知れない。ここで同じ言葉を口にしても、その心には響かないに決まっていた。心を打つ事ができなければ、距離は縮まらない。自分が感じ取った事を自分の言葉で語らねば。そう思いながら、それを見つけられなかった。

「どうなすったな」

苦慮しながら、沢渡恒の存在を思い出す。二人が同い年である事、おそらく友情を育んだに違いない事は、どこにも展示されていなかった。それは満蒙開拓団の資料からたどり着いた和典だけの視点なのだ。二人の関係について聞いていけば、きっと翠の心に食い込めるに違いない。

「あの、沢渡恒さんの事ですが」

瞬間、翠の表情が変わった。それまで和らいでいた頬が強張り、唇に力が入る。みるみる赤らむ肌、力を込めて見開かれる目、震える口元、まるで人間の中から鶏《にわとり》の頭が飛び出してきたかのようだった。

「帰っとくんな」

いきなり、しかも一気に立ち上がる。ほとんど仁王立《におうだ》ちだった。

「二度と来んでもらいたい」

奥へ引っ込み、次ノ間の障子が跳ね返るほど勢いよく閉める。それっきり姿を見せなかった。

いきなりの激怒に、ただ驚くしかない。これでは親しくなるどころの騒ぎではなかった。頭ごなしに拒否され、二度と来るなと言われてしまっては、もうどうしようもない。森田同値について聞くこともできなければ、展開された数式のあざやかさに感動したと伝える事もできないのだった。

失望が、不発弾のように胸に溜まっていく。次第にふくれ上がり、苦しくてたまらなくなった。どうせならもう全部ぶちまけてしまおうという気になる。翠は家の奥にいるのだから、大声で叫べば耳に入るだろう。言うだけ言って、それで受け入れてもらえなければもうそれまでだ。

「僕の計算用紙に森田同値を書き込んだのは、翠さんですか。僕は全然、思いつかなかった。書き込みを見て、初めてその方法があると気付いたんです。感動しました。尊敬します。すごいレベルだ、素晴らしいと思いました」

　翠が、昔の友人の名に激高するとは予想外だった。その反応をベースにして考えれば、二人の間には単純な友情だけではない何かがあったのだろう。それこそが、翠が葉書の盗難を隠している理由、今も沢渡家の弔事に足を運ぶ所以《ゆえん》なのだ。

「どこから森田同値を思いついたのか教えてください。あなたの話を聞きたいんです。素数は好きですか。きっと好きでしょう。リーマン予想には興味がありますか。あるはずです。僕はチャレンジしています。ひょっとして翠さんも、そうなんじゃないですか。あなたの力をもってすれば、僕より早くたどり着けるでしょう。くやしいけど認めざるを得ません、メチャくやしいけど」

　地の底からわき上がるような声が響く。

「森田同値は」

　閉まっていた障子がゆっくりと動いた。隙間から異臭が流れ出し、こちらに押し寄せてくる。酸化した油がいく重にも折り重なり、ゆるゆると波打っているかのような臭いだった。それが移動してきて目の前に立ち止まる。

「計算式を見ていたら、ひらめいた」

　男だった。

3

出現といってもいいほど突然の事に呆気《あっけ》にとられ、Tシャツと短パンのその姿をただ見つめる。

「あそこまでいったら、当然の流れだろ」

歳の頃は五十代後半、縮れた髪や髭《ひげ》を伸ばし、眉は太く、頬には揉《も》み上《あ》げを茂らせ、むき出しの腕や脚は黒い体毛でおおわれている。突然、熊《くま》に出くわした気分だった。しかも森田同値を思いつく熊なのだ。疑問が頭にあふれ返り、胸がざわつく。誰だ、どこから来た、どうやってひらめいた。

「森田同値を使うより他に、あの突破方法、ねーし」

騒然とする脳裏に、原の顔が浮かんだ。素数という言葉に反応しながら、それ以上言及しなかったのは、この男を思い浮かべていたのかも知れない。村民たちが耳にしていない情報も、村長ならつかんでいただろう。

「あの場合、森田同値が唯一無二の武器だ」

夜中に明かりがついていた部屋、あそこにいたのは、この男だったのだ。あの部屋で非可換トーラスの分類問題に取り組み、森田同値を導入して解決にたどりついていた。それを見た時の感動と尊敬、その裏側にぴったりと貼《は》り合《あ》わせになった嫉妬が胸によみがえってくる。

「逆におまえ、なんで気付かなかったんだ。馬鹿か」

敗者ともいえる立場であり、自分の劣位を認めるしかなかった。

「それは、僕の数学的センスの欠如かと思います」

男は唇だけで笑う。

「ま、おまえくらいの年齢だったら、そんなもんかもな。俺も、本当に数学ができるようになったのは大学に入ってからだ。リーマン予想にチャレンジしてんのか。いいなぁ、あれはいい。俺が思うに、ゼータ関数はただの関数じゃない。ゼータという生物の化身だ」

言葉が、刃物の切っ先のように心に突き刺さる。今までリーマン予想を通して関わってきたゼータ関数が、一気に宇宙の秩序につながっていく瞬間を見たような気がした。

「これは俺だけの考えじゃない。大学時代に知り合った数学教授も言っていた。リーマン予想に関わってる連中の共通認識だ」

傷跡から喜びがにじみ出してくる。体中に広がっていくその甘やかさに、陶然とした。

「ところでなんでうちのババアが森田同値を使ったなんて思ったんだ」

翠が素数の本を持っていたと聞いた事を話す。男は素早く、奥を振り返った。

「おい、くそババア、俺の本を持ち出しやがったのか」

声には憎悪がこもっていた。寺田の名前を言わなくてよかったと胸をなで下ろす。

「俺の部屋のもんに触るなって言ってあるだろーが」

返事はなく、男は舌打ちした。

「無視こいてんのかよ。いい度胸だな、くそったれが。おいババア、さっさと出てこんと、痛い目ぇみるぞ」

畳をこする音が上がる。近づいてきて、障子の向こうから翠が顔をのぞかせた。

「年寄りに、むごい事言うもんじゃないずら。継男《つぎお》、おまえさのやっとる事を少しでも知りたい一心だでなぁ。これも親心だに」

男は、継男というらしい。家を継ぐという意味だろうか。初めて生まれた男子にかけた期待の大きさを想像させる名前だった。

「頼むで、悪く取らんといてくれ。なぁ頼むで」

継男は、噛みつかんばかりの勢いで口を開ける。

「うっとぉしいんだよ。触んじゃねーつったら触んじゃねー、わかったかババア」

翠は打たれるのを避けるかのように目をつぶり、その場にしゃがみこんだ。絶え入るような表情になりながら、細々とした声を上げる。

「えらい言われようだなぁ。親に向かってそんな事、言うなよ。言うもんじゃねーに、罰当たりが」

弱々しいながらもしっかり反論しているところをみると、この親子はこういうやり取りをする間柄《あいだがら》なのだろう。中年になった子供が、まるで反抗期の盛りのような態度を取っているのは奇異な感じだったが、部外者としては口をはさむ訳にもいかない。

「何のかんの言って話をはぐらかすんじゃねーよ。俺はなぁ、触るなって言ってんだ。わかったか、二度と触んじゃねーぞ。触らんって言ってみろ、早く言え」
突き付けるように命じ、翠が受け入れるまでにらみ続けた。確認して、ようやく視線をそらせる。

「業突張りが、さっさとくたばりやがれ」

吐《は》き出《だ》すように言いながら、こちらを向いた。

「上杉、だっけな。上がらんか。数学の話をしたいんだろ」

全身で頷く。それこそ望んでいた事だった。

「ありがとうございます」

勇んで靴を脱ぎ、家に上がって継男の後ろに続く。座り込んだままの翠の脇を通り過ぎると、おびえたような視線が追いかけてきた。さきほどまでの激怒はすっかり鳴りをひそめ、小さな肩は見て取れるほど戦《わなな》いている。まるで何かを恐れているかのようだった。

「入ってくれ」

継男が襖を開け放つ。籠っていた臭いが一気に流れ出してきた。むせ返りそうになりながら、何とか堪《こら》える。大丈夫だ、嗅覚は長くても三分でバカになる。おそらく有機物臭だろうから、もっと早く慣れるはずだ。

「どこでも好きなとこに座っていいぞ」

それは庭に面した六畳間だった。中央に布団のかかっていない炬燵《こたつ》があり、それがテーブルの役目を果たしている。壁に接して冷凍冷蔵庫が置かれ、その白い側面に金ハンガーが吊《つ》るされてタオルがかかっていた。

家財と言えそうなものはそれがすべてで、床一面に本と計算用紙が散乱し、足の踏み場もない。混乱が洪水のようにあたりをおおいつくしていた。その間から海に浮かぶ小島さながらカップ麺の容器やティッシュペーパーの箱が顔を出している。継男はそれらを無造作に手で押しやり、空間を作ると、再び押し寄せてくる前に急いで座り込んだ。それを見て、同じようにして居場所を確保する。

「おまえは、何で数学にハマったんだ」

片膝《かたひざ》をつかんで胡坐をかく継男に追随した。性格や感性、喜怒哀楽の沸点が全くわからない今、できるだけ多くの話を聞こうと思えば、同じように振る舞うのが無難だった。

「僕の場合は、小学校高学年になってから数学がシェルターだったんです。算数や数学をしていると、母から何も言われずにすんだから」

母との関係は最近、落ち着いている。一定の距離を取り、決して近づかない術を身に付けたからだが、そこに行きつくまでには時間がかかった。

「計算が好きだったという事もありますけど、母の支配からの避難の部分が一番大きかったと思います」

継男の顔いっぱいに朗色が広がる。

「俺もだ。あのくそババアから逃げて、数学にハマったんだ」

一瞬、腰が浮き上がった。今は枯れたかのように小さなあの翠が、かつてはこの巨漢を支配していたとは意外だった。だがそれ以上に、自分と同じ思いを抱えた人間が目の前に現れた驚きの方が大きい。思ってもみない事だった。

「数学は、素晴らしい避難所だ。そうだよな」

首が千切れそうなほど素早く何度も点頭する。

「いやぁ昔の自分に出会ったような気がするなぁ。おまえ、高校生だろ。何年だ」

心が揺さぶられ過ぎて声が出ない。片手で、二を出した。

「高二か。俺も、高校の頃が最高だった。毎日毎日楽しかったし。高三になると、受験でほとんど学校行かなかったから空白だけど、その二月に京大受かって、もう天下取った気分だった」

継男は片手を脇に突き、体を傾げて胡坐を崩す。

「数学が好きで、ガウスの『算術研究』なんか読むだけじゃなくて書き写してた。すっごく楽しくって、ほとんどガウスと一緒に生活していたといってもいい」

気持ちがよくわかり、笑いをもらす。ふさがっていた喉に、ようやく空気が通った。

「僕も、ガウスのモジュラ算術にシビれていた時期があります」

規則性のないものを集め、そこから単純明快で普遍的な理念を抽出するガウスの能力に首ったけだった。継男は、自分の膝を繰り返しなでる。

「解くのって楽しいだろ。だが解けたら終わる。解けない状態がベストだ。いつまでも解けないといいと思うよな。取り組んでる時がいいんだ。楽しくて、うれしくてたまらん」

その通りだった。身を乗り出す。

「通学の途中で計算をやってるんですが、そんな時はいつも、この線路が永遠に続いて、いつまでも駅に着かなければいいって思います」

継男は愉快そうに笑い、縮れた髪の中に指を突っ込んで掻きむしる。

「おお同感だ。俺なんか修学旅行の新幹線で、ずうっと計算をやってた。豊橋《とよはし》から博多《はかた》までだ。博多が遠ざかっていけばいい、地球の向こうまで飛んでいっちまえって思ってた」

空中に舞い散る雲脂《ふけ》が、スノーグローブの雪のように継男の前を横切る。二つの目の底に刻まれている数字への愛情と、そこに重なって映る自分の姿を確認した。魂をたぐり寄せられているような気分になる。

「数学は美しい。どこまでもはっきりしている。素晴らしい世界だ」

異論はなかった。素数や関数の理論を思い浮かべ、うっとりと息をつく。

「だが現実世界は、違うぜ」

継男の口調が変わり、表情に険が入り混じった。

「俺は、理学部に入った。数学をやる予定だったんだが、半年で行かなくなった」

受験勉強期間より在学期間の方が短い。せっかく難関大学に入りながら、それをあっさり放棄したのはなぜだろう。様々な単位を取らなければならない一年生の生活に耐えられず、数学だけに専念したかったのか。

「高校の頃はよかった。皆が俺を認め、尊重してくれた。だが大学に行ったら、そうじゃなかった。俺は集団の中の一人に過ぎなくなり、その中に埋もれちまった」

二つの目から、光のように怒りがほとばしる。

「毎日、自分が無くなっていくんだ」

憤りが募《つの》り、際限もなく高まっていくのが見て取れた。ないがしろにされた過去の日々から噴き出す凄《すさ》まじい恨みがあたりに広がる。

「俺は、ただの人間になっていっちまった」

孝枝の話では、高校の頃は村の秀才として注目されていたという事だった。賞賛され、耳目を集める人間、それが継男にとっては自分だったのだろう。だが京大には、全国から多くの才能が集まってくる。村で評判を取るようにはいかないに決まっていた。

「で、登校しなくなった」

京大に限らず、過去の環境の中で確立した自分像に固執していれば、新たな環境でその崩壊を目の当たりにする事もあるだろう。それは当人にとって確かに、自己が無になるようなショックに違いなかった。

ふと自分を思う。小中高校時代の好成績と評判、数学への傾倒、母の支配、似ている所はたくさんあった。同じ轍《てつ》を踏むかも知れない。そう考えると、急に継男の話が身に迫った。これまで就職と、そこから逆算しての学部選択ばかり視野に入れていたが、そのルートに乗る前に挫折する可能性もあるのだった。

「思い直して、もう一回やろうとした事もあった。けど今度はブランクがたたって、授業についていけなかった。単位を取り切れずに退学して、遊んでてもしかたないから当座のしのぎだと思って適当なとこに就職した。ところが経営者も含めて周りが全員バカなんだ。やってられなくなって辞めた。そういうのを繰り返してて、やっといい仕事先を見つけたと思ったら、お父さが死んだんだ。くそババアが、頼むから帰ってきてくれって毎日電話してきて泣くんで、しかたなく戻った訳さ。それっきり外には出てない。下手に出歩いて噂になりたくないからな。大学中退だとか、挫折したとか、落ちぶれて帰ってきたとか言われたくない。俺は本気を出せば、そこいらの連中よりよっぽどハイレベルなんだ。ただ運が悪くて、今はうまくいってないだけだ。俺みたいに優秀な人間を生かせない学校や社会、それに親が悪い」

閉じこもっていたにもかかわらず、今、姿を現した理由がわかった気がした。大学に行って以来、評価されなくなっていた数学能力を認められ、求められたからだ。ほめ称えられたかったのかも知れない。理解もされたかったのだろう。そうでなかったら、これほど長く自分を語りはしない。

和典も理解者を求めていたし、数学自体に行き詰まり自分の存在意義を感じられなくなっていた。その点も、よく似ている。自分の不満を他への怒りに転化させた事はなかったが、今後もないと言えるだろうか。

紙が床をおおいつくしている部屋を見回す。継男は、満たされなかった自己肯定感や認知欲求をこじらせたのだ。時間とともに一枚ずつ積み重なっていったに違いない膨大な計算用紙の中で、継男の屈折が腐敗している。

最初に感じた痛いほどの嫉妬は、もう跡形もなかった。この現状に甘んじている継男は、その能力が素晴らしいだけに哀《あわ》れで、それは自分の未来かも知れないと思えてくる。

「何、見てんだ」

　突っかかるような聞き方は、こちらの同情を察知したせいだろう。その鋭さに舌を巻きながら聞いてみる。

「これ、何の計算ですか」

　継男は、自分が生産した海を見渡した。

「まぁ色々だ。下の方にあるのは、フェルマーの最終定理の証明。八年がかりでやってたんだ」

　目を見開き、海の底の方を見つめる。そこにフェルマーが沈んでいるのかと思うと、掻《か》き分《わ》けてすくい上げたい気分だった。

「いいとこまでいってたのに、あのイギリス野郎に先を越された」

　アンドリュー・ワイルズがフェルマーの最終定理の証明を発表したのは、一九九三年だった。それに誤りがあると指摘され、その後やり直して再発表、ようやく認められた。

「その次にＡＢＣ予想をやってたから、上の方の紙は、それだ」

　ＡＢＣ予想も、二十世紀中には解決困難といわれたミレニアム問題の一つだった。大物ばかりに取り組むのは、それが自分にふさわしいという自負があるからか。

「けど、京大数理解析研究所の教授がネットで証明を発表しただろ。そんで、やる気失《う》せてさ、放ってあったんだけど、その論文に飛躍があったってニュースが流れたから、俄然《がぜん》やる気になって取り組んでたら、ワイルズん時と同じで本人がそれを直して再び発表しちまった。で、確定しただろ。も一回、放り出した」

話から察するに、ささいなきっかけで意欲を失うタイプらしい。これならリーマン予想に取り組んでも、途中で離脱するだろう。何となくほっとしつつ、同時に残念にも思った。自分のライバルになってほしくなかったが、その能力を全開にしたならどこまでいけるのかを見てみたい気もする。

「フェルマーとＡＢＣ予想、途中まではいったんでしょう。どういうルートを取ったのか、見せてもらえませんか。この下にあるのなら発掘を手伝います。久しぶりに床を見るのもいいでしょう」

継男は鼻で笑った。

「どうせすぐ、こうなるし」

腰を上げる気配はない。その顔から、水でも引いていくように笑みが消えていった。

「動かしたくないんだ」

やがては完全な無表情になる。

「このままがいい」

穴のような瞳から、不穏な空気が流れ出す。波打って部屋中に広がり、険悪な沈黙に変わっていった。継男は微動もせず、こちらを見つめ続ける。何が気に障《さわ》ったのだろう。それほど無理な要求をしたつもりはなかったが、取りあえず他の話題を探した方がよさそうだった。

あせりながら紙の間から出ているシルバーメタリックの網部分を見つける。ＣＤラジカセらしい。先日ＡＢＣ予想を証明した京大教授も、自分のブログにアイドルグループへの傾倒を書きこんでいた。数学者と音楽は、親和性があると言われている。

「音楽、何聞くんですか」

継男は立ち上がり、紙を踏みつけてラジカセをつかみ上げた。からみつくヘッドフォンのケーブルを苛立たしげに引き抜き、中からＣＤを取り出してこちらに見せる。

「ブルハだ。ブルーハーツだよ」

もう解散したグループだった。カリスマ性があり、今もコマーシャルなどではよく曲が使われている。ライブ映像を見た事があるが、メロディはシンプルだった。歌詞には子供っぽい反社会的メッセージや破壊衝動が織り込まれ、時に優しい繊細さが混在している。歌いながらボーカルが舌を突き出したり飛び上がったりし、ファッションも含めてヤンキー集団のように見えた。クラスにも信者のようなファンが何人かいる。だが五十代の心に響くものなのだろうか。

「おまえは、何聞くの」

継男の顔に表情が戻ってきていた。胸を撫《な》で下《お》ろしながら、いくつかの曲を思い浮かべる。最近気に入っているのはブラームスの交響曲で、特に第四番だった。だがブルーハーツを聞く耳には、雑多でまとまりがない感じに響くだろう。あれこれと考え、薦めたい一曲を選び出す。

「ベートーベンのピアノ協奏曲第三番」

第二楽章はのどかすぎて気に入らないかもしれないが、第一楽章と第三楽章はかなりいいだろう。ベートーベンには珍しいハ短調でメロディラインが印象的、テーマもわかりやすく覚えやすかった。

「それ、どこがおもしろいんだ」

継男は、あきれたような顔になる。

「クラシックなんか、マジ退屈じゃね」

首を横に振りながらハ短調の魅力を語ろうとし、実際に聞かせた方がいいと思いついた。

「今度、ダウンロードしてきますから、聞いてみては」

継男の目が動きを止める。直後に怒りが浮かび上がった。凄まじい勢いで、たちまち顔中の筋肉を支配する。

「ブルーハーツしか聞かん。ヒロトとマーシーの歌以外は、皆クズだ」

その時、ようやく気が付いた。止まっているのだ。怒りと恨みを抱えて閉じこもった時のまま、その年齢で止まっている。いや、故意に留めているのだろう。

それらを保ち続ける事だけが、自分が現状に陥《おちい》っている原因を明らかにするものだからだ。それを手放したら、ただの落ちこぼれと区別がつかなくなる。怒りを溜め続け、恨みを主張し続ける事こそが自己証明なのだ。

「おまえ、ブルーハーツを聞け。今、かけてやる。『月の爆撃機』がいいか、『終わらない歌』か『すてごま』か、それとも『電光石火』か」

わめき立てるような音楽が始まる。継男は畳をおおっている紙の上に両膝を突くと、体を左右に揺すり、頭を前後に振って歌い出した。怒鳴り声を高くしながら次第に夢中になり、拳《こぶし》を振りかざして陶酔していく。乱れていく髪は、頭がいくつもある大蛇のようだった。それぞれが自分の思う方向に、我先にと走っていく。取り残された思いで、それを見ていた。

溜め続けた怒りや恨みは、いつか限界を迎えるだろう。そこに最後の一滴が落ちれば、胸を突き破る。猛《たけ》り狂《くる》うその激憤は、継男の日頃の矛先と同様、翠や社会に向かうに決まっていた。

この先どうなるのだろう。最後の一滴は落ちるのか、落ちないのか。落ちるとしたら、それはいつ、何によってだ。

4

「今日のライブはもう終わりだ」

継男は息を弾ませながら仰向けに寝転び、柱時計に視線を上げた。

「いつもなら、昼間は寝てるんだ。おまえが玄関で騒ぐから起きたけどな。これから寝る。おまえはもう帰れ。リーマン予想については明日話そう」

疲れた様子に見えたが、笑顔だった。耳の奥でまだ響いているブルーハーツを聞きながら玄関を出る。稲垣家に戻ろうかと考えたものの、時間的にはこのまま公民館に向かった方がよさそうだった。歩き出しながら黒木にメールを送る。

「ブルーハーツって、聞いたことあるだろ。どう」

すぐさま返信があった。

「俺的には、好きでも嫌いでもない。俺たちの年代の男子が普通に感じてる破壊衝動を、うまく歌ってるとは思うけど。ユーチューブでライブ見た事がある。男比率、超高かった。ああいうとこって女が多いのが普通なんだけどさ。理由がわかるか」

返事を打てずにいると、それを見越してか次のメールが届く。

「ブルーハーツには、センスや外見なんかクソ食らえってところがあるし、それをカッコいいと思ってる節すらある。しかもラブソングが少ない。女は、センスいいのとかムーディなのが好きだろ。自分が感情移入できるラブソングや、自分に想《おも》いを募らせる男の歌が大好きなんだ。だからブルハよりジャニーズに行く」

文字の間に皮肉が籠っていた。学校で女たらしと言われる黒木だが、女好きとは言われていない。どこかに冷めた部分を持っているのだろう。

「今さらブルハって、なんで」

答えをぼかし、メールを終えた。継男は、なぜブルーハーツに入れ込んでいるのか。あれほど心酔するのは、心境を言い当てている部分があるからに決まっている。今夜もう一度よく聞いてみようと思いながら、スマホにダウンロードした。

公民館の玄関に着く。靴箱には二足のスニーカーしかなかった。サイズからして彩の物ではない。夕食には来ないのだろうか。もし明日の朝も出てこないようなら、見舞いに行こうか。一瞬そう思い、先ほど浴びせられた怒りの集中攻撃を考えた。大した病気ではないようだったし、顔を見せたら向こうも気まずい思いをするだろう。遠ざかっていた方が無難そうだった。

会議室のドアを開ける。顎のしゃくれた男と太った男がこちらを振り返った。柏木の姿はない。近寄っていくと、太った男がこっそりささやいた。

「柏木さん、帰りよったんやで。急にや。訳わからん。なんか知っとるか」

おそらく彩の一件で、運営委員会から何かを言われたのだろう。双方の話し合いで、退去という事になったのかも知れない。

「いえ知りません」

そう言うよりなかった。二人は顔を見合わせる。

「えらい残念や。おもろい人やったさかいになぁ」

「ん、名残り惜しいよな」

言葉と裏腹に、表情にはどこか晴れ晴れとした雰囲気があった。ちょっと突っ込んでみる気になる。

「柏木さんとは、以前からの知り合いですか」

しゃくれ顎の男が、小さく笑った。

「ここに来てからだよ。あの人、あれで四浪してんだぜ、医学部」

「そ、一浪の俺らより三つも上。そやさかい命令されると断れんくって、その辺は窮屈やったなぁ」

事情がわかり、なるほどと思う。それにしても四浪は、珍しかった。

「どこの医学部、狙ってんですか」

相当、偏差値が高いか、それとも相当、本人のレベルが低いか、あるいはやる気がないか。

「そこんとこは聞いてないけど、医者の息子だから医院継げって言われてるらしい」

柏木の顔が胸をよぎる。和典も幼稚園や小学校の頃は、親が医者だからどうのこうのと周りから言われる事が多かった。柏木も同じような経験をしているに違いなく、よく話してみれば気が合う部分もあったのだろう。盗聴盗撮の件は別として、その派手な外見と尊大な物言いだけで反感を持っていた自分の小ささに溜め息をついた。

「親が医者って事も、自分が後継者って事も、結構、自慢げに言ってたよな」

クラスや塾にも、医者の子供は少なくない。そのうちの半数くらいは後継を望まれていた。好きにしていいと言われている自分は幸せなのか。それとも期待されていないのか。

「俺的には、他の道がないのは気の毒だって思ってたけどさ」

「俺、逆や。だいたい四浪もできる環境自体が、羨《うらや》ましいやん」

三人の間には、微妙な温度差があったらしい。

「あのさぁ、俺、柏木さんが帰ったのはたぶん、あの事じゃないかと思ってるんだ」

しゃくれ顎の男は、確信している様子だった。

「ほらガソリンが盗まれるって事件、起こってただろ。あれで柏木さん、警察に呼ばれたんじゃないかな。一昨日だったと思うけど駐在所の前を通ったら、警察車両が何台か停まってて騒がしかったんだ。何かなって思いながら通り過ぎた時、中から聞こえてきた声に、柏木っていう言葉が交じってた。今考えてみると、柏木さんが遊びで盗んでてバレたんじゃないかって気がする」

確かに、やりそうに見えるキャラではあった。

「俺的には、否定できへんなぁ。あの人、ふざけ過ぎるとこあったさかいに」

では彩の事も、その一環だったのだろうか。

「そんで証拠をつかまれて、本署から警官が来てたとか、さ」

「超ありそうや」

それらが重なり、学生村からの退去になったのかも知れない。

「だけど、ちょっとほっとしたな。だってガソリンの件じゃ、俺たち疑われてたんだぜ」

「え、そうやったんか」

「感じなかったの。トロいな。視線が痛かったじゃんよ。でも白黒ついてよかった」

そう言いながらこちらに目を向ける。

「あ、俺、藤沢《ふじさわ》ね。こっちは細田《ほそだ》」

太った男が溜め息をついた。

「ほんまに細田いうねん。いつもふざけるなって言われるけどな」

三人で笑っていると、ポケットでスマートフォンが鳴り出す。立ち上がり、席を離れながら耳に当てた。

「ああ、上杉君かな」

寺田翔だった。

「今は、夕飯中ずら。すんだらワークショップに来んかな。実は急に、古老の光沢《こうざわ》さが来る事になってなぁ、風祭りのハイライトの『神送《かみおく》り能登《のと》』の指導をするんだに。光沢さが出てくる事は滅多《めった》にないで、皆が集まってくるし、見るだけでも、どうずら」

今夜の時間はブルーハーツに捧《ささ》げようと思っていたのだが、翔には聞きたい事がある。この機を逃す訳にはいかなかった。

「ありがとうございます、伺います」

電話を切るなり、細田の声が飛んでくる。

「聞こえてたで。どこ伺うねん」

藤沢も興味を示した。

「俺も暇だ」

まぁ三人で行ってもいいだろうと思い、話をする。賛同を得て、夕食後、皆で足を向けた。以前にワークショップを訪ねた経験を持つ藤沢と細田が先に立つ。

「上杉、おまえ、進学どっち系」

谷を取り巻くようにそびえる周囲の山々は、刻一刻と奥行きを深め、空気は静まって田切から水音が響き上がってくる。

「理系で、公私の両方とも視野に入れてます」

薄墨色の空で月が光を放ち始めていた。山や棚田の輪郭が白く縁取られていく。荷車が通りかかり、農具の間に乗せられていた子供が持っていたススキをこちらに向かって振りかざした。手を振って応《こた》える。

「まだ二年だろ、しっかりしてるな」

そうだろうか。クラスメイトの中で自分だけが飛び抜けている感覚はない。

「理系って具体的には何や。なんで、それ選んでん」

数学が好きだからと答えると、二人は顔を見合わせた。

「おまえ、数学どうよ」

「あかん」

「俺もだ。記号見てるだけで、頭痛くなってくる」

「同じや。数Ⅱまでしかやっとらんし」

「俺なんか数Ⅰまでだぞ」

自慢するような口調になっていく二人に、聞いてみる。

「どこ志望なんですか」

二人とも急に笑みを失い、押し黙った。触れてはいけない所に触れたらしいと感じ、あせって口をつぐむ。受験は本人の資質だけでなく、両親や家庭の事情も加わった究極のプライバシーだった。親しくもない人間に、簡単には話せない。

「ああ立ち入って、すみません」

足を速め、先に立った。

「俺は、さ」

藤沢が追い付いてきて、肩を並べる。

「取りあえず大学、って感じで、皆が行くから行くってだけ。これといって、やりたい事がないんだ。特別興味持ってる事もないし」

　信じられない思いで、その顔を見る。あと一、二年で二十になろうという歳で、目標がないなどという事があるのだろうか。今までどういう人生を送ってきたんだと突っ込みたくなる。

「親は普通のサラリーマンで、東京出身で、シバりゼロだし。今年は偏差値で選んで適当なとこ受けたけど、そこ行きたいって思ってなかったから、落ちてほっとしたくらいだ。来年の事考えると、超憂鬱」

　隣に並んだ細田が溜め息をもらした。

「俺もや。したい事がなんもないねん」

　一瞬、異次元に迷い込んだ気がした。三人の中で二人が同じなら、その比率は六十六パーセントを超える。つまりこの場でのスタンダードは、そっち側なのだ。自分の方が変わっている、という事になる。

「ほんでも俺の場合、妙なシバりがあるさかいにな。家が造り酒屋で、親は継がんでええって言っとるけど、俺が継がんと廃業やねん。責任感じるやろ。かといって酒造りはしとうない。その代わりになるような、親が安心しそうな仕事も思いつかんし、困っとるわ」

　二人とも軽い口調だったが、大学受験を前にして将来のビジョンを描けないという状況は気の毒だった。死ぬほど数学を好きになれた自分の幸運に感謝する。数学か物理か、などという迷いは微細な問題のように思えてきた。

「そういや、こういう話するのって初めてだよな」

「今まで柏木さんが仕切ってたやん。あの人、イケイケや。マジな話はせんかったさかいにな」

　おそらく避けていたのだろう。現役時代を合わせれば、受験生活が四年以上も続いているのだ。この村に来たのは、そういう現実と距離を取りたかったからかも知れない。ことさら軽く振る舞っていたと考えられなくもなかった。

「あ、そういえば、俺、金借りてたんだ。ペット代」

「構へんとちゃうか。あの人、そういうとこユルかったやん」

「まぁな。してる時計をほめたら、はずして、やるよって言われて、あせった」

「へぇ、もらわんかったの」

「訳もなく、他人から物をもらわん主義」

「なんや、そのカッコつけ方。そんで金返す事は忘れとったんか。意味ないやん。俺やったら、素直にもらっとくで」

　道の向こうに、ひときわ明るい建物が見えてくる。近づくと、故郷ふれあい館と書かれた看板が立っていた。中から放たれる光に照らされ、大きな玄関の木組みの縁だけが黒く浮き上がっている。笛や太鼓の音、音楽などは流れておらず、かけ声だけが聞こえてきていた。玄関の靴箱の上にリーフレットが置かれている。

「伊那谷村の風祭り、国重要無形民俗文化財」

　藤沢が声に出して読み上げた。

「由来、立春《りっしゅん》から数えて二百十日目の九月一日頃は、稲が開花する時期にもかかわらず、台風が多い。農作物を守るため風を鎮めようと行われるのがこの祭りで、始まりは一五二九年と言われている。信仰的要素が強く、楽器を使わず、真夜中から朝まで踊るのが特徴、だって」

リーフレットの脇には朱塗りの盆が置かれ、白木の扇子がたくさん積み上げられている。お持ちくださいと書いたポップが立っていた。

見れば、玄関ホールの正面奥に、両開きのドアを開け放した大部屋がある。出入り口の上部には多目的サロンと書かれたプレートが取り付けられ、中では開いた扇子を手にした男女が輪を作っていた。中心に浴衣を着た痩せぎすの老人がおり、一人で音頭を取りながら踊っている。背中を丸めた様子はセミの抜け殻のようだったが、浴衣の袖《そで》や裾さばきには切れがあった。輪を作っている男女は、その老人の音頭に応《こた》えて声を出しながら踊りをなぞる。輪の外側にも数人の老人老女が立ち、閉じた扇子を掲げてあれこれ指導していた。

「ようおいでなもした」

出入り口から、浴衣を着た老女が顔を見せる。

「さ、入っておくんな。一緒にやらまい」

誘われて踏み込んでいく藤沢と細田の後に続きながら、踊ったり指導したりしている人々を見回す。翔の姿はなかった。脇に立っていた老人に聞いてみる。

「寺田翔さんは、まだいらしてないんですか」

老人は閉じた扇子で拍子《ひょうし》をとっていた手を止め、室内を見回した。

「はれ、今までおったがなぁ。どこいったずら。ほい、寺田の息子を知らんかな」

声をかけられた老女も、いったんサロン内に目を配った。

「そういや、おらんなぁ」

脇を通りかかった中年女性を呼び止める。

「寺田の息子さ、見たけ」

女性は傾げていた首を反対側に倒し、また元に戻しながら答えた。

「タバコ吸いに出てったに。連れタバコずら。さっき今村さが顔出して、声かけとったでなぁ」

急に鼓動が跳ね上がる。今村とは、あの今村か。

「今村さんって、稲垣さんの前任の工場長ですか」

女性は空中に視線を固定したまま、細かく首の角度を変えながら頷いた。

「そうだに。うちの村にゃ、今村は一軒きりだでなぁ」

旧工場長と現役の従業員が連れ立って、ただの喫煙だろうか。

「すみません、トイレ借ります」

大部屋を飛び出し、目の前の廊下を奥へと向かった。左手が駐車場になっており、そこに今村の黒いセダンがあるのを見つける。まだ館内にいるらしかった。

廊下の先は突き当たりで、右側に並ぶ部屋に明かりはついておらず、二人の姿は見当たらない。引き返し、玄関ホールの壁に張り出されている館内図で喫煙所を確認した。

左右に部屋が連なるその廊下を歩いていくと、後方から、音頭取りとそれに応える踊り手の声が聞こえてきた。浜辺に打ち寄せる波のように、次々と背中を打っては引いていく。現工場長の稲垣、信金の吉川、旧工場長の今村、三者の争いには翔も関係しているのだろうか。穏やかなこの村で、いったい何が起こっているのか。

　廊下に面したドアの上部に、喫煙室と書かれたプレートを見つける。立ち止まった瞬間、そのドアが開いた。外開きで、風が額を打つ。心臓が縮み上がる思いで、開けられたドアと壁の間に飛び込んだ。

「翔、覚えときな」

　流れ出るタバコの臭いと共に、今村が姿を見せる。体をひねり視線を部屋の中に向けていたが、いつこちらに向き直るかわからなかった。心臓が喉まで迫《せ》り上がってくるのを感じながら、ひたすら壁に背中を押し付ける。

「おまえも共犯だでなぁ。いや、それどころか主犯だ。現場で指揮執っとるのは、おまえだでな」

　言い捨てて今村は、ドアを閉めた。和典との間をさえぎる物は、もう何もない。今村が今、首をひねりさえすれば、すぐ見える位置だった。絶望のあまり目をつぶる。これからどうなる。どうとでもなれと思うしかなかった。

　やがて足音が響く。目を開けば、多目的サロンの方に向かう今村の後ろ姿が見えた。息を呑んで見送る。一度も振り返らず、曲がり角に消えていった。体中から力が抜け、壁に寄りかかったまま、その場にしゃがみこむ。先ほどの今村の、恫喝するような言葉が胸で渦を巻いた。関係者は一人増えたのだった。しかも主犯らしい。

　驚く声が耳を突く。顔を上げれば、部屋から翔が出てくるところだった。ほっとするあまり、まだ中にいるのを忘れていた。全身から汗が噴き出す思いだったが、今さらどうしようもない。曲げた両膝の上に左右の腕をかけ、大きな息をついて自分を落ち着けながら翔を見上げた。

「お誘いありがとうございました」

　襟元をつかまれ、一気に吊るし上げられて棒立ちになる。

「聞いとりゃ、せんな」

　こちらを見すえる目は、底から光を放っていた。

「聞いとらんかったずら、そうずらなぁ」

　脅すというよりは、懇願している感じに近い。何も聞かなかったと言ってほしいのだろう。

「大声は出しとらん。聞こえんかったに決まっとる。そうずら」

　どう答えたものかと迷う。全部聞いていたと吹っかければ、事情を聞き出す事もできそうだった。だが今にも震え出しそうなほど必死なその形相を前にして、気持ちがくじける。

「はい、何も聞こえませんでした」

　翔は手から力を抜き、和典をそっと壁に寄せかけると、取りつくろうような笑みを浮かべた。

「悪かったなぁ。忘れとくんな」

　踵《きびす》を返し、遠ざかっていく。資料館の前で会った時には温和で朗らかだった人物が、あれほど激するとはただ事ではなかった。胸に広がっていた暗い渦が勢いを増し、心を引きずり込む。孝枝たちや吉川の妻の危惧、そこに今の翔の態度を重ね合わせると、これをこのまま放置しておく訳にはいかないと思えた。放っておけば現状は進行していき、やがては取り返しのつかない事態に至るに違いない。

まず事実関係を把握するのが先だった。明日になったら名古屋工業に行ってみよう。現場や従業員の雰囲気を見れば、何かがわかるかも知れない。

5

真夜中、ブルーハーツをかけながら、継男が森田同値できれいに説明した非可換トーラスの分類問題をもう一度引き写してみた。その端正な美しさに、改めて感嘆する。完璧で凛《りん》とし、あざやかだった。

取り憑《つ》かれてしまい、何度も計算の足跡をたどる。繰り返し作業しながら、C^*代数は変形された、あるいは量子化された空間を表しているのではないかと思いついた。では変形量子の構成について突っ込んでみたらどうだろう。

駆り立てられるような気分で、すぐさま取りかかる。自分ではないものが命令を出しているかのようだった。耳元でブルーハーツが叫び立てる。C^*代数の中で、稚拙な歌詞が暴《あば》れまわった。

その二つが対極にある事に気づく。整然と紛然。なぜ継男は、それらを自分の中に共存させる事ができるのだろう。細部まで決め込まれている精密で秩序立った数学と、論理をめちゃくちゃに踏みにじるような衝動的な爆発性がお互いを侵略せず、一つの脳裏に収まっているのは謎というしかなかった。

それが気になり、変形量子についてひとまず棚上げする。この共存状態は、数学的に処理できるのではないか。目の前に展開している事象全体を相乗積ととらえてみたらどうだろう。相乗積なら因数、つまりそれを構成する要素に分解できる。

ぶちまけるような音や言葉の中から、いくつかの鍵を拾い上げた。それは形を変えては繰り返し出てくる共通項であり、数学的に言えば共通因数だった。因数分解をすれば、何か見えてくるだろうか。

この場合、どういう方程式が適正なのだろう。まず継男の現状を相乗積とする。継男の頭の中の共存は、謎であるからＸと定義する。ここにブルーハーツの共通項が働きかけており、その状態はＸ×ブルーハーツの共通項＝継男の現状、で表されるだろう。

Ｘを求めるためには、移項するだけでいい。つまり継男の現状をブルーハーツの共通項で割れば、Ｘの正体である共存の謎が何であるかが出てくるはずだった。

ブルーハーツの全曲を聞き、現れる頻度の高い言葉やフレーズを書き上げて、共通する内容を抽出する。洗練されていない言葉選びは無視する事にし、主だったところを列挙すると、欺瞞《ぎまん》に満ちた社会への侮蔑、破壊衝動、現状からの解放、反社会的行動へのあこがれ、片隅にしか居場所を与えられていない自分への皮肉、孤独、他人の評価に傷つけられても自己を失うまいとする必死なひたむきさ、素朴で優しい真面目さ、生きる事への不安に起因する強がり、などだった。

それらを共通因数と考え、全部を足してカッコでくくり、Ａとする。

作業をしながら一つわかった事があった。一見ヤンキー風に見える彼らは、意外にも人生に本気で向き合い、いくつかの真実をつかんでいるのだった。ボーカリストがしきりに舌を出したり奇異なポーズを取るのは、本音をさらしている自分に照れたり、社会をバカにしたりするためなのだろう。

次に継男の現状を書き出す。数学に避難していた小中高時代と、優秀で注目されていた大学合格まで。ついていけなくなった大学時代。適合できなかった実社会。本当の自分を認められないという怒り、父の死と母の哀願《あいがん》による帰省後、世間の目と噂を恐れての閉じこもり。それらをＢとした。

ＢをＡで割る。継男の現状を、ブルーハーツの歌詞で照らし、分解した。

出てきた答は、共感と激励だった。がなり立てるその歌は聞く者を容認し、励ましているのだった。継男はうまくいかず情けない自分、だが頑張ってきた自分への肯定をブルーハーツから受け取り、応援されて力を得ている。それで自己を投げ捨てずにすみ、好きな数学に没頭できるのだった。

ブルーハーツを支持していたクラスメイトたちに思いをはせる。彼らもやはり励まされているのだろうか。様々な事情を抱え、継男同様のつらい毎日を送っているのかも知れない。二学期になって顔を合わせたら、今までより優しくできそうな気がした。

夜が明けていき、障子の向こうがほのぼのと明るくなってくる。ワイヤレスイヤフォンを耳から外し、机に置いた。大きく息を吐《は》きながら思う。翠の年齢を考えれば、そう遠くない将来、継男の今の生活には終焉《しゅうえん》が訪れるだろう。否応《いやおう》なく、一人で生きねばならなくなる。それは取りも直さず、世間に出て働かなければならないという事だった。できるのだろうか。

継男の現状は他人事ではないと感じた気持ちが戻ってくる。どうにも心もとない未来の自分に、手を貸したかった。どうすればいいのだろう。

継男が世の中に受け入れられるとすれば、それは、おそらく数学的能力によってだ。世間に評価されれば、継男自身も反発はしないだろうから、能力だけで就けるような仕事、学歴を問われず個人作業をメインとするような職業、それさえあればうまくいくのではないか。

打って付けなのは塾の講師だと気づくのに、時間はかからなかった。継男が京大に合格した秀才である事は、村の皆が知っている。受験数学で問われるのは主に計算力や、短時間で正しい道筋を見つける力だったが、一度受験勉強を経験しているのだから教えられるだろう。

継男にとって、自分の人生がうまく運んでいた頃を思い出させる受験生との接触は、快いもののはずだ。塾生たちの成績を上げれば、塾の評判が高くなり、皆が継男に一目置くようになる。それは継男がため込んでいる怒りや恨みを消失させていくのではないか。

ただ、この村には塾がない。必要とされていないのだろうか。村長の原に事情を聞いてみようとし、時間を見る。少々早かったが、高齢者ならとっくに起きているだろう。

「おはようございます、上杉です」

スマートフォンの向こうから、原の穏やかな返事が聞こえてきた。

「突然ですが、この村には学習塾がありませんよね。なぜですか」

少し間が空き、やがて諦めたような声がした。

「そりゃ、塾を開けるような人物がおらんでなぁ。進学する子供たちは皆、飯田市内の塾まで通っとるんだに。時間がかかって可哀想ずら」

需要はあるらしい。

「今、うちの村にゃ県立の農業高校があるんだが、これが人口減で入学者数が減る一方でなぁ。統廃合が検討されとる。高校の廃止は、村にゃダメージが大きいで、何とか存続させたいちゅうのが村議会の総意ずら。県外からの入学者を募集するとか色んな案が出とるとこで、この間は、高校の入学者をV字回復させたちゅう鳥取県にも視察に行ってきた。そん時に聞いた打開策の一つに、町営の学習塾を開設した、ちゅうのがあってなぁ、うちの村でも塾をやりゃあいいんじゃないか、そういう意見が出て、皆が同意しとる」

議会の賛同も得られているのなら、渡りに船といったところだった。

「だが、教えられる人材が見つからんでなぁ。たまにおっても皆、飯田市の大手塾に取られちまうに」

思わずニンマリする。

「わかりました。朝早くに、すみませんでした」

まず継男をその気にさせる事だった。いつ、どんな言葉で持ちかけようかと考えながら電話を切り、先ほど棚上げした変形量子の構成問題に戻る。

こちらは、なかなかまとまらなかった。あっという間に朝食時間が迫ってきて、やむなく腰を上げる。切りのいい所まで進めないのは残念だった。継男に話して意見を聞こうと思い、書いた計算用紙を畳んでポケットに入れる。どんな答が返ってくるだろう。あれこれと想像すると、胸が躍った。

部屋を出て三和土への階段を降りる。靴棚から自分の靴を出していると、表で車のエンジン音が聞こえた。稲垣が出勤するらしい。挨拶ついでに様子を見ようと思い、急いで玄関戸に走り寄ったが、開けた時にはもう庭から出ていくところだった。孝枝が、浮かぬ顔で見送っている。

「お早うございます。どうかしましたか」

孝枝は、取ってつけたような笑みを浮かべた。

「こんところ工場で退職希望者が相次いどってな。今もその連絡で、あわてて出かけたとこな。これで、もう四人目だでなぁ」

昨日の翔の表情が思い出される。この一連の騒ぎと退職希望者は、関係があるのだろうか。

「技術を持っとる工員に次々退職されたら、この先どうなるんずら」

困り果てたような顔で、車の出て行った門を見つめる。

「心配でなぁ」

励ましたくて、孝枝の持っているダリアの花に目を留めた。

「庭の花ですか、きれいですね」

孝枝は、自分の顔の前にダリアを差し上げる。濃いピンク色をし、生き生きとした花弁は不ぞろいで、いかにも野趣に富んでいた。

「畑にあるんだに。まぁとてつもなくいいって訳じゃありゃせんが、一生懸命咲いとるで、今日は飾ってやろうと思ってなぁ」

自分の庭や畑に咲いている花を朝、切りに行き、一日部屋に飾るという生活は、たいそう豊かで美しく思えた。ふと彩の事を考える。病気見舞いに、花でも届けようか。玄関先に置いて帰れば、顔を合わせずにすむ。

「この辺に、花屋ってありますか」

孝枝は、さもおかしそうに笑った。

「ほんなもの、ないに決まっとるら。花ならどこの家にも植わっとるでなぁ。誰もわざわざ買わんずら。花がほしいのかな」

友達に届けたいと答えると、孝枝は再びダリアに目をやった。

「これじゃあ、あんまり雑だでなぁ、もらった方が気の毒だで。もっと違う花の方がいいら」

考え込んでいて、急に目を輝かせる。

「そういや、下屋の翠さのとこに立派なヒマワリがあるに」

黄色い渦巻きのようだった花群が、脳裏に広がった。ヒマワリは好きではない。花自体はともかく、太陽の方を向くという習性が権力に諂《おもね》っているようで嫌だった。だが部屋に飾れば、陽射しのように彩を照らしてくれるだろう。

「あれなら喜ばれるら。分けてくれるように電話して話しとくが、どうずらな」

礼を言い、電話を頼む、朝食後に訪ねた時に、もらってくればちょうどよかった。

「よろしくお願いします。じゃ食事に行ってきます」

家を出ながら、樹々の間に薄い靄の漂っている畑や山を見まわす。この村で塾が立ち上がり、継男が数学講師を務める事を想像してみた。それが軌道に乗れば、継男の心も落ち着くに違いない。夜には寝て、朝には起き、庭の花を切って部屋に飾るような穏やかで何気ない生活に喜びを見つけられるようにもなっていくだろう。

では自分はどうなのか。今まで考えてもみなかった道を模索してみる。この村に住んで、継男と一緒に講師をする。ふいに浮かんだ考えを、その先へと発展させた。継男の能力は、飛び抜けている。仕事の合間に二人でリーマン予想の証明に邁進《まいしん》できるだろう。あるいは別の、興味深い命題を継男が持ち出してくるかも知れない。それはゾクゾクするほど刺激的で、楽しい毎日だった。彼となら一緒にやってもいい。子供は苦手だったが、望や歩くらいなら、まぁなんとか許容範囲内だろう。

新しい世界が次々と開けていき、３Ｄ映画でも見ているような気分になる。自分が決意しさえすれば、そういう人生を歩む事もできるのだ。その自由さに笑みがこぼれた。

空を仰ぐ。ああ自由だ、自分はどこを目指してもいい。もちろん何事もなかったように家に帰って受験生活に戻る事も、数学者や物理学者を目指す事もできる。最高に気持ちがいいと思いながら笑った。

その声が心を揺する。継男は、提案に応じるだろうか。

そう考えると、自由という空間のあちらこちらに罅《ひび》が入り始めるような気がした。黒々と広がるその亀裂からブルーハーツの歌詞がにじみ出てくる。

「見えない自由がほしくて、見えない銃を撃ちまくる」

昨夜、歌詞の要素を抽出した時には、それを現状からの解放という項の中に含めた。だが自由への渇仰という項を立て、その中に現状からの解放を入れた方が適正だったのかも知れない。

継男は、和典同様、数学が母親からの避難所だったと言っていた。自由への欲求は強かっただろうし、その歌詞に共感していたはずだ。だから京大を退学後も、この村に戻らなかったのだ。現状では他に術がなく母と同居しているものの、新しく職に就くとなったら、この村を避けるに決まっていた。

構想が崩れていく。せっかくの名案の残骸《ざんがい》を見つめながら、またも空を仰いだ。海のような青さに染まりながら歩く。

6

公民館の朝食に来ていたのは、藤沢と細田だけだった。二人とも昨夜の風祭りの踊り練習が相当気に入ったらしく、その話題でひとしきり盛り上がった。

「俺、来年も来るかも」

「いっそ、ここに住んだら、どや」

「悪くないけどさ、ここで十代二十代の女子の姿って全然見てないぜ。いるんだろうか。女の子がいなくちゃ嫌だ。年に一度の祭りには代えられん」

「女っていやぁ、彩ちゃん、どないしてるやろ。具合、かなり悪いんかなぁ」

「見舞い行ってみようか」

二人が行くならヒマワリを持っていってもらおうと思いつく。自分が行って、黙って玄関に置いてくるより自然だった。

「僕の滞在先の隣の家に、きれいなヒマワリがあるんです。これからもらいに行ってきますから、手土産代わりに持っていってください」

細田が、肉に埋もれた目を丸くする。

「おまえ、行かへんの」

頷くと、その目がさらに丸くなった。

「俺たちが持ってって、おまえからって言うのんか」

言う必要はないだろう。彩が喜んでくれれば、それでいい。

「ただ渡すだけで、いいですから」

藤沢が、肘で細田を小突いた。

「気を使えよ。二人の間には、何かあるんだ。そうだろ」

まぁそういう事にしておこうと思いながら、急いで朝食を終える。

「すぐ戻りますから」

公民館を出て、走って小野家に向かった。圧倒的な黄色を放っていたヒマワリが目に浮かぶ。きっと彩を慰めてくれるだろう。

「ごめんください」

声をかけながら門扉のない門を入り、玄関の引き戸を開ける。三和土に面した次ノ間のガラス障子が開いており、畳の上にヒマワリが置かれていた。三、四十センチ丈《たけ》に切りそろえられた数本が新聞紙に包まれ、輪ゴムで留めてある。それが三束ほど並んでいた。孝枝の電話を受けて、用意しておいてくれたらしい。

「おはようございます、上杉ですが」

奥に向かって声を張り上げると、翠が転がりそうなほどあせった様子で姿を見せた。

「孝枝さから聞いとるに。まとめといたでな」

急いで服の裾をさばき、上がり端にかしこまる。

「どうぞ、持って帰っておくんな」

礼を言い、ポケットから計算用紙を出した。

「今日、継男さんと会って話す約束をしているんですが、僕はこのヒマワリをいただいて、公民館まで行ってきます。すぐ戻りますので、これを継男さんに渡しておいてもらえますか」

自分が公民館を往復する間に、継男がどんなアイディアをひねり出すか、楽しみだった。

「意見を聞きたいとお伝えください」

ところが翠は両手を膝に置いたまま、受け取ろうとしない。いつまで経ってもそのままで、出した手のやり場に困った。翠のつぶやきが聞こえる。

「継男は、あんたにゃ会わんに」

一瞬、何を言われているのかわからなかった。まじまじと翠を見下ろす。本人が会うと言っているものを、なぜ母親が断るのか。まるで理解できなかった。

「継男は寝とるでなぁ、会わん。帰っとくんな」

そういえば、いつも昼間は寝ていると言っていた。翠が急いで飛び出してきたのは、大声で継男が起きてしまうのを防ごうとしてか。起こすと不機嫌にでもなるのだろうか。

「僕が起こしましょうか」

親としても、昼間起きている息子の方が望ましいに違いない。

「継男さんが約束したんですから、起こしても怒らないと思います」

こちらを仰いでいた翠の顔が、一気に赤らんだ。

「会わんと言ったら会わん。お帰りなもし」

そう言うなりヒマワリの束をまとめて引き寄せ、勢いよく立ち上がって和典の胸に押し付けた。

「帰ってくれんか。もう来んでくれ」

鷲の爪《つめ》のように節くれた指が胸に当たる。そのまま服をつかみ上げられ、底知れない穴にでも引きずり込まれそうだった。底知れない穴、それは花の間からこちらを見すえている翠の目の中心にあった。心の奥の方にひそむそれが、目からのぞいている。

必死な思いが瞬く穴だった。今にも逃げ出しそうで、同時にこちらにむしゃぶり付いてきそうでもある。資料館に飾られていた絵が思い出された。たくさんの女や子供たちが、こんな目をして逃げ惑っていた。胸が冷たくなっていく。

「儂ぁらに、構わんでくんな」

押し出されるように退出し、玄関の外に出た。大きな息を突きながら計算用紙をポケットにしまい、自分が抱えているヒマワリを見る。切ってから時間が経っているせいか、花弁が全部、内側に丸まり、中心部にある種の上にかぶさっていた。大事な種子をしっかりと守っているかのようなその花弁に、胸を突かれる。自分が生み出したものを握りしめ、離すまいとしているかに見えた。

太陽の動きに従うヒマワリと、国の方針に盲従して満州に行った翠の姿が脳裏で重なる。ヒマワリが種子を抱えるように、翠は継男を抱き込んでいるのではないか。そう感じた瞬間、今まで継男から聞いていた話が一気に反転した。

優秀で京都大学に合格したものの自分の価値を見失って退学、就職するもなじめずに転職、父の死による帰省、その後の閉じこもり。継男はそれらを自分の選択のように話していたが、その道は、実は翠が引いたものではないのか。継男は誘導され、それを歩かされたのではないか。そして引きこもりという穴に落とされた。

翠は満州で両親や兄弟、親戚を失い、結婚後も夫と不仲だった。そんな中で生まれた継男は、翠にとって血を分けたただ一人の肉親であり、自分を裏切らない者、自分の孤独を癒《いや》す存在だっただろう。

幼《おさな》い頃から息子の成績をほめ上げ、自尊心を肥大させる事は、母親になら簡単にできる。その結果、継男は他人や社会とうまくやれない人間になった。翠にはそれでよかったのだ。むしろその方が好ましい。なぜなら大事なのは、自分のそばにいてくれる事だからだ。

大学入学のために継男がこの家を離れた時、翠はその感を強くしただろう。何とか手元に引き戻そうとし、夫の死を口実にそれを実行した。外を出歩けば噂になると吹き込み、継男の自尊心を利用して外界から遮断、二人だけの世界を築く。たとえ継男から何と呼ばれようと、どう扱われようと、自分が一人になる事に比べれば耐えられる。

凄まじいまでの孤独への恐れは、満州での体験によるものなのだろう。息も絶えるような孤の深淵をのぞきこんだのに違いない。この家に上がり込んだ昨日、翠が見せたおびえが思い出された。あれは自分と継男の世界に侵入する者への恐怖だったのだ。二人の密着した関係を壊される事に怖気立《おぞけだ》っていたのだろう。

囲い込まれた継男は、拳を振りかざしてブルーハーツを熱唱している。まさに自由がほしくて、だが現状から抜け出す道を見つけられず、見えない銃を撃ちまくっているのだった。その弾は継男の人生に撃ち込まれ、彼自身を傷つけている。自分を台無しにすることを、継男は翠への報復と考えているのかも知れなかった。

昼日中《ひるひなか》、ヒマワリが咲き誇る庭の奥の部屋で寝込む継男の枕元に座り、その頭をなでている翠の姿が目に浮かぶ。これは空想だろうか、それとも現実か。医者の父が嘆いているのを聞いた事がある、高齢者のほとんどが眠れないと訴え、睡眠薬を求めると。

白昼、継男は寝ているのか、それとも社会参加をさせまいとする翠に寝かされているのか。ヒマワリを抱いたまま走り出し、山際医院に向かった。

「すみません、小野家の翠さんに頼まれたんですが」

受付の小窓を開き、中の看護師だけに聞こえるようにささやく。

「いつもいただいている睡眠薬を、どこかに置き忘れてしまったそうで」

翠が処方されているかどうかわからなかったが、看護師の反応を見ればはっきりするだろう。

「今日の分がないそうです。もらってきてくれと頼まれたんですが」

看護師は眉根を寄せた。

「またかな」

立ち上がり、そばの棚からカルテを出して視線を走らせる。

「間違えて捨てちまったとか、今の量じゃ眠れんで増やしてくれとか、しょっちゅうだでなぁ。先生もそろそろ気をつけんといかんちゅうとるに。ちょっと待っとってや、聞いてくるで」

席を離れ、奥に入っていった。処方量より多くが必要なのは、使うのが一人ではないからだろう。自分と継男の二人分なのだ。

腕に抱えたヒマワリを見下ろす。花弁におおわれている種子の表面に、存在を抹殺されている継男の顔を重ねた。これは犯罪だ。蓄積された継男の怒りや恨みの中には、翠に起因するものも多かった。そこに最後の一滴が落ちれば、溜《た》め込《こ》まれたすべてが外に向かって噴出する。昨日、漠然と感じていた不安が、いっそう色を深めて胸に広がった。

何とかしなければ。だが継男の前には翠が立ちふさがっていた。直接話したくても会わせてもらえず、メールアドレスもわからない。スマートフォンやパソコンを持っているかどうかすら、はっきりしなかった。

連絡を取る方法を模索する。最初の時のように、稲垣家の垣根から小野家の庭に手紙を落とすのはどうだ。万が一、翠に見つかっても、その目をすり抜けられるように数式だけを書く。考えがまとまっていない変形量子化の構成について、今できるところまで展開させてみようか。その数式を目にすれば継男は無視できないだろうし、書いたのが誰かもわかるはずだ。必ず向こうからコンタクトしてくる。

奥に入っていった看護師が戻ってこない前に急いで医院を出た。玄関先で、ひどくあわてた様子の老人とすれ違う。背中にしゃがれた声が響いた。

「先生、おるけ。えらい事だに。寺田の息子が今さっき、儂の目の前で、田切に身投げしてなぁ」

思わず振り返る。

「まぁびっくらこいたで。ちょうどいいっちゅっちゃぁいかんが、消防団の金田さが通りかかったもんで、すぐ飛び込んでもらってなぁ。引き上げて人工呼吸しとるに。頭を打っとるちゅう話でなぁ」

昨夜の翔を思い出す。このまま放置しておけば取り返しのつかない事態に至るのではないかと危惧しながら、まだ行動に移せずにいた。

「早く来とくんな」

現実の流れの早さと、それに追いつけない自分の鈍重さに眩暈《めまい》を感じる。

7

急いで稲垣の耳に入れておいた方がいい。飛び出していく山際医師と案内する老人の姿を見ながら、スマートフォンで名古屋工業に電話をかけた。このすべては、稲垣を含む三人の確執から始まっているのだ。

「僕は、学生村に来ている上杉と言います。稲垣さんをお願いします」

のんびりした答が返ってきた。

「工場長なら、今日はまだ出勤しとらんに」

退職希望者の自宅に行ったままなのだろうか。この電話で行く先を聞き、警戒されながらあれこれやり取りをしているよりは、稲垣家に戻って孝枝に尋ねた方が早そうだった。孝枝から、会社に聞いてもらってもいい。目と鼻の先にある公民館に飛び込み、談笑していた藤沢と細田の前にヒマワリを置く。

「おまえ、どないしたん。顔色悪いで」

細田の問いに片手を上げただけで、稲垣家に走った。門を入ると、庭に稲垣の車があるのが目に入る。戻っているらしかった。よかったと思いながら玄関の戸を開ける。三和土から屋内に上がる階段に、孝枝が座り込んでいた。口を開こうとすると、素早く唇の前に人差し指を立てる。

「工場に行こうとしとったら、ＡＭジャパンの駒井さんがみえてなぁ。今、二人で話しとるとこだで」

孝枝のささやきに重ねるように、座敷の方から駒井の声が聞こえてきた。

「わかりました、諦めます。でも最後に聞かせてください。以前に工場に伺った時、当時の工場長だった今村さんは確かに、弊社の提案に乗り気になれないようでした。でもあなたは、とても積極的だったじゃないですか。それなのにご自分が工場長になったとたんに、なぜ態度を変えたのか。本社からの圧力という事はないですよね。この話は、まだもれていないはずですから」

稲垣の返事は、聞こえてこなかった。黙り込んでいるのか、それとも小声で何か答えているのか。孝枝と顔を見合わせていると、やがて稲垣の声がした。

「孝枝、お帰りだぞ」

孝枝があわてて立ち上がり、三和土の突き当たりにある台所に入っていく。そこから足音が廊下を渡り、座敷の方に移動していった。

「まぁ何のお構いもできんと」

襖の開く音がする。

「お邪魔しました」

声に続いて三和土に面している黒い格子戸が開き、駒井が姿を見せた。納得できないといった表情で短い階段を下りてくる。後についてきた孝枝は階段の上でかしこまり、床に指をついて丁《てい》寧《ねい》なおじぎをした。

「ほんじゃぁ、どうぞお気をつけてお帰りなもし」

靴をはいた駒井が玄関の外に消える。それを待って、階段を駆け上がった。

「稲垣さん」

座敷から出ようとしていた稲垣の前に立ちふさがる。

「寺田翔さんは、工場で何の仕事をしているんですか」

稲垣は、面食らったようだった。

「厚板加工の現場主任と、品質保証担当者を兼ねとるに」

それが主犯呼ばわりされ、かつ自殺をはかるところにまで追い込まれたのだから、何かが起こっているのは厚板加工の現場なのだ。

「翔がどうかしたのかな」

稲垣のポケットでスマートフォンが鳴り出す。取り出して話し始めるとすぐ、その表情が強張った。二つの目が空をさまよう。翔についての情報が入ったのだろう。

「わかった。すぐ行く」

電話を切ったものの、立ちつくしたまま動かない。頬は微妙に震え、目には思いつめた光が瞬いていた。体を取り巻く空気が緊張していき、次は稲垣が身投げを図るのではないかと思えるほど切羽詰まった雰囲気が漂い始める。思わず声をかけた。

「あなたと今村さんと吉川さんが諍《いさか》いをしているのを耳にしました。教えてください、何があったんですか。翔さんがこんな事になったのは、それが原因ですよね」

稲垣は大きな息をつく。自分自身を吐き出すかのような溜め息だった。緊張が一気に解け、頬がゆるんで笑っているかに見える。

「どうも、ここらで限界ずらなぁ。退職者も相次いどるし、入水《じゅすい》者まで出るようじゃ、これ以上もつはずもないに。儂にとっても、重すぎる荷だったずら」

きつく目をつぶり、しばし微動もしなかったが、やがてきっぱりと顔を上げた。

「孝枝、出かけてくる」

階段の上にいた孝枝が、あわてて戻ってくる。稲垣の気配が普通でないと感じたらしく、不安げだった。

「出かけるって、改まって何を言っとるずら。どこ行くんな」

稲垣は、わずかに笑う。

「山際先生んとこに寄って翔の様子を見てな、そんから工場に行って書類を持って、名古屋の本社に行く。今日は帰れんかもしれん」

孝枝の顔に、紅葉でもまき散らすように動揺が広がった。

「なんでずら。説明しとくんな。なぁおまいさん、頼むで話しとくんな、頼むで」

稲垣は孝枝から目を転じ、こちらを見る。

「工場長になるまで、儂は知らんかったんだがな、名古屋工業は、二十数年前から厚板加工品の検査データを改竄《かいざん》しとった」

　昨夜、翔が今村から浴びせられていた言葉の意味がようやくわかる。現場主任かつ品質保証担当者としての責任を突き付けられていたのだ。

「国際競争のせいで低コスト、短納期の要求が厳しくってなぁ、それに応えにゃライバル社に仕事を取られる、そんで日本工業規格の強度に達しない製品でも作り直しとる時間がなくなって、データを改竄して出庫したのが始まりだったそうだに。それが常態化したんな。歴代の工場長の間で、申し送り事項として今まで引き継がれてきたちゅう話だった。儂が異を唱えると、前工場長の今村さが激怒してなぁ。今さらどうもならん、事が発覚すれば名古屋工業は危機に直面する、隠蔽《いんぺい》しとくしかないちゅうてな。何度話し合っても、同じ態度だった」

　それがあの夜の言い争いだったのだ。

「信金の吉川さも、どえらい剣幕で、自分んとこは体力がない、名古屋工業が潰れれば貸し倒れになりかねん、そうなったらうちだけじゃ収まらん、地域経済が崩壊する、ちゅうてなぁ」

　ＡＭジャパンの話に乗れなかったのも、融資を受け入れて実態が表《おもて》沙汰《ざた》になるのを恐れたからだろう。

「二人とも口をそろえて、事を明らかにして得をするものは誰もおらん、寝た子を起こすような真似はするなの一点張りで、どうでも引かんかったに。厚物の現場の連中は、もう皆知っとって、諦めとる者もおったが、後ろ暗い職場で働きたくないちゅって辞めてくもんもおってなぁ。翔は命令されてやっととっただけだが、まじめな性格だに、責任者として思いつめたんずら」

事が公になれば、つい最近まで工場長の地位にあった今村の職責は、重大だった。それを回避するために翔を脅して口をふさごうとしたものの、翔は逆に、耐えられなくなってしまったのだろう。

「儂がもっと早く不正の是正を打ち出すべきだったんだが、うちの下請けや孫請け、その家族の顔まで知っとるでなぁ、色々考え合わせると容易に踏み切れんかった。今村さや吉川さの言葉に心が動いた事も、なかった訳じゃない。けども今、ようやっと決心がついた。起こっちゃならん事の上に成り立っとったもんは、やっぱり止めるしかないずら」

玄関の戸が勢いよく開く。

「ただいま」

望と歩の声が、同時に響いた。

「ＮＨＫの巡回ラジオ体操は、大した事なかったずら。ただの体操だったに」

「けど飯田市から市長が来とった。うちの村まで市長を来させるＮＨＫは、超すげぇ」

稲垣は、玄関に向かう。

「はれ、お父ちゃ、出かけるんけ」

「夏休み中に虫集めに行くっちゅう約束、いつになるずら」

稲垣の声がした。

「そのうちだなぁ。今日は、たぶん帰れんに」

二人は、ブーブーと不満を訴える。孝枝がこちらを見た。

「本社に行ったら、どういう話になるずらなぁ」

二つの目に、心細そうな光が揺れる。

「名古屋工業は、潰れるんかな」

その確率は高いかも知れなかった。稲垣自身は、工場長着任からまだ日が浅い。さほど追及されないだろうが、会社自体は安泰とはいかないに決まっていた。こういう形で潰れれば、親会社が社員を引き受けるはずもない。

「儂ぁら、どうすりゃいいんずら」

孝枝の目から逃げるように座敷を出た。この会社には何かある、そう考えていたにもかかわらず、結局何もできなかった。自分の無力さが胸に空洞を穿《うが》つ。稲垣家はこれからどうなるのだろう。家庭は壊れてしまうのか。

開け放されていた板戸の間から三和土を見下ろす。稲垣は玄関の戸口近くにおり、望と歩の頭をなでていた。やってきた孝枝が、少し離れた所に立ちつくす。心もとなげな風情は、幽霊のようだった。

「帰ったら、一緒に虫取りに行くで」

「ほんとか」

「約束ずらな」

稲垣は頷きながら、こちらを振り仰いだ。

「上杉さん も、来んかな」

その顔は、冷たい清水で洗ったかのようだった。透明な雫《しずく》がしたたり落ち、輝いているかに見える。今まで目にしてきた稲垣の表情の中で、一番すっきりしていた。

「勉強の邪魔になっちゃいかんずらが、そうでなかったら一緒に行かまい」

稲垣は、おそらく楽になったのだ。犠牲を払う覚悟を固めた事で、背負わされた重圧から解き放たれた。その解放感と決意が顔を彩《いろど》っているのだった。

「はい、連れて行ってください」

稲垣は微笑み、孝枝に視線を移す。

「秋蒔き種をそろえといてくれんかな。帰ってきたら、畑を作るでな」

職を失っても、ここに住んでいれば食べていけるだろう。食べていけさえすれば、生きていける。家庭は壊れたりしない。考えてみれば、壊れてしまうのは命のないもの、死んでいるものだけなのだ。生命のないすべてのものは、いつか壊れる。だが生きているものは、たとえ形が変わっても、決して壊れない。家族が生きていれば、家庭はきっと存続していくだろう。

第四章　最後の一滴

1

計算用紙をポケットから出す。すっかり皺《しわ》がついていた。書き直そうとしていて、新しい展開を思いつく。それを書き加えたものの、うまくなじまなかった。違う種類の植物を接ぎ木したかのようなわざとらしさが気に入らない。しかし浮かんだアイディアを捨て切れなかった。これが正しい道筋であるような気がする。この方向で何とか前に進めないだろうか。

今までに論文として発表されている様々な定理を武器のように使い、あれこれと試してみる。だが満足のいく結果が出てこなかった。手探りで闇の中を歩いているような気分になってくる。だんだんと集中力が無くなり、台所からテレビの音が聞こえてきた。時計を見れば、十一時を過ぎている。いつになく遅くまで起きているのは誰だろう。

部屋を出て、台所に足を向けた。明かりはついておらず、液晶画面が放つ長方形の光の中に、孝枝が黒い影になって浮かんでいる。深夜の報道番組を見ていた。稲垣の事がニュースとして流れているのではないかと、気が気ではないのだろう。

「何か、報道されていますか」

声をかけると、うっすらと笑って首を横に振った。

「出とらんなぁ。どの局でも、ちらっとも言っとらんで。まだ本社の中で、もめとるとこかも知れんなぁ」

リモコンを持ち上げ、テレビに向ける。その画面の中を、見た事のある横顔が通り過ぎた。浮かんでいる文字には、柏木容疑者とある。思わず息を詰めたとたん、画面が消えた。

「今の、見せてください」

癇声《かんごえ》になり、驚いた孝枝が急いでスイッチを入れる。

「どうかしたのかな」

映像は、もう別のものになっていた。

「ああ何でもありません。すみませんでした」

気にしている様子の孝枝に就寝の挨拶をし、台所を出る。部屋に戻り、急いでネット検索をかけた。出てきた画像は、やはりあの柏木で、容疑は強制性交等罪だった。

報道によれば、一年前から自分の住むマンションに若い女性を連れ込み、睡眠薬を入れたアルコールやコーヒーを飲ませて犯行に及んでいたという事で、二十三区内に自宅があるにもかかわらず、医師の親が予備校近くにマンションを買い与えており、同時に逮捕された友人と共に犯行を繰り返していたようだった。被害を受けた女性は、十数人と見られている。

藤沢が言っていた、駐在所前に停まっていた複数の警察車両というのは、おそらくこの件に関しての捜査だったのだろう。事件現場は都内だから、飯田市にある本署だけでなく警視庁からも捜査員が来ていたのに違いない。滞在していた柏木に任意同行を求め、事情を聴いていて今日になって逮捕したというところか。

彩を狙っていると言っていた柏木の、すわった目を思い出す。すでに善悪の境を踏み越えていたからこそ、盗聴盗撮にも迷いがなかったのだろう。

あの時、彩の対応はいささか厳しすぎるのではないかと思った。だがあのくらい強く出ていなかったら、ずるずると巻き込まれ、被害者の列に名前を連ねていたかも知れない。自分の甘さ、未熟さを突き付けられる思いだった。

計算用紙が広がっている机を見下ろす。力不足は、彩の事ばかりではない。翔や稲垣と関わり、不審な点や雲行きの怪しさに気づいていながら何もできず、リーマン予想の証明も、こうして壁に突き当たっている。自分には、いい所が何もないように思えてきた。

今までずっと、数学でしか評価された事がない。だがこのままでは、数学ですら評価されなくなるだろう。それは継男につながる道だった。

体を投げ出すように椅子に腰かけ、続きに取りかかる。何としてもここを切り抜けようと必死な思いで立ち向かった。様々な方向に数式を展開し、頭に浮かぶあらゆる武器を総動員し、可能性を探って前に進もうとする。

だが、どうにもこうにも進めなかった。どのようにしてみても突き抜けられない。用紙をつかみ上げ、噴水のように部屋中にまき散らす、ちきしょう。
畳の上にばらまかれているのは自分の可能性であり、夢だった。力のない自分自身でもある。その空疎さ、くだらなさに笑い出しそうになった。すぐにも涙に変わりそうな笑いを噛みしめる。

耳にかすかな音が流れ込み、机上に散乱していた用紙が足元に舞い落ちてきた。用紙の堆積の下から顔をのぞかせているスマートフォンが震えている。取り上げてみると非通知だった。出るかどうか迷いながら、半ば捨て鉢な気持ちで画面をタップする。勢いのある声が鼓膜を揺すった。

「ねぇ、ニュース、見たよね」

彩だった。

「びっくりしたよ、自分の知り合いから犯罪者が出るなんて。想像もしてなかった」

びっくりしたのはこちらだと言いそうになる。電話がかかってくるとは思ってもみなかった。

「でも、やりそうって感じはしないじゃなかった。しつこかったもん」

ここに来てから、番号の交換はしていない。だが昔の登録はそのままになっており、その番号でかけてくれれば彩とわかったはずだった。

「非通知だったから、出るの迷った」

そう言うと、彩は不満げな声になる。

「親に言われてるんだ、非通知設定にしときなさいって。番号通知にしとくと、親しくない相手でも、うっかりそのままかけちゃう事があるから。友達にかける時は設定変更するんだけど、今ちょっと興奮してたから、思わずかけちゃったの」

　確かに、顔見知りが逮捕されるというのは滅多にない事だった。

「あの、ね」

　そう言いながら、それまでの調子を一転させる。

「ヒマワリ、ありがと」

　藤沢たちが伝えたのだろう。律儀に言う必要もなかったのにと思い、苦笑していると、彩は様子をうかがうような声になった。

「上杉君、何かあったの、声暗いよ」

　落ち込んでいる理由を説明する気にはなれない。だが自分の判断の間違いについては、謝っておきたかった。

「盗聴盗撮器を見つけた時の事だけどさ、ゆるい見方してて悪かったよ。ごめんな」

　電話の向こうが静まり返る。こちらもそれ以上話す事がなく、黙り込むしかなかった。やがて、かすかな溜め息が耳に触れる。

「あのねぇ、こういう時は」

　笑いを含んだ声だった。

「盗聴盗撮器見つけてやったの俺だろ、妙な事に巻き込まれずにすんで感謝しろよ、くらい言ってもいいと思うよ。それなのに謝ってるって、トコトン完璧志向だよね。いつも自己主張しないのは、冷めてて、他人からも自分自身からも距離取ってるからだろうけど、減点主義で、自分に足りてない部分ばっかに目がいってるって事もあるよね」

まぁその傾向があるのは否定しない。だが減点は反省の源、そして進歩の母だった。減点なくして進歩はありえない。

「そのうちに心が折れちゃうんじゃないかって心配になるよ。放っておけない感じ。昔もそうだったけど」

言葉が途切れる。しばらくして聞こえたのは、強い意志を感じさせる声だった。

「今も、やっぱり気になる」

話が、どことなく妙な方向に向かっているような気がする。これからどういう展開になるのか予想がつかなかった。落ち着かない気分で耳を澄ませる。

「最近気づいたんだけどね、私、面倒くさい事が好きなタイプみたい。簡単にチャッチャとすませられる事より困難を伴う事の方が、やりがいがあるって思ってしまうんだ。昔、上杉君と付き合ったのも、たぶんそう」

思わず口走った。

「つまり俺って、面倒なヤツなのか」

返ってきたのは、至極まじめな声だった。

「そうだよ、かなりね」

他人の目に映っていた自分像を初めて知る。彩と付き合っていた中学の頃は、洗練されたスマートさとカッコよさを目指していたはずだった。それがそんな風に見られていたとは。自尊心がボロボロと崩れていく気分だった。

「だから私、惹かれたんだ。あ、それだけじゃないけどね」

　崩壊の惨状に、わずかな光が差し込む。それだけではないという部分をもっと詳しく聞きたかったが、頼み込むのはあまりにも情けなかった。歯牙《しが》にもかけない風を装い、口を閉ざす。

「あのさぁ、一昨日会った時からずうっとそれとなく匂わせてんのに、なんで気づかないの、もう」

　放り投げるような口調になった。

「はっきり言わないと、まるっきり察してくれないんだね。わかった。この際だから言っとく。私、相変わらず上杉君の事、好きだから」

　一筋だった光が、一気に強くなった。真夏の明るさにまで拡大していく。

「盗聴盗撮器、見つけてくれてありがとね」

　恥ずかしいほど気分が上向いた。自分の単純さに頬が赤らむ。ちょっとマイナス評価を受けただけであぁまで落ち込み、ちょっと好意を見せられただけでここまで回復できる事が我ながら不可解だった。どんな定理、どんな方程式を持ち出しても説明できそうもない。

「あの時は、ドラマティックな展開を期待してたからさ、つまり私が狙われた事に激怒して、怒《ど》鳴《な》り込《こ》みに行ってくれるんじゃないかって思ってたんだ。それなのに何ら動かず、あっさりと入麺食えって言われて、かなりムッとした。でも頭が冷えてから考えたら、私なんかが全然気づかない所にちゃんとチェック入れてて、やっぱ頼りになるって思ったよ。超カッコいいなって」

すっかり傷の癒《い》えた自尊心を抱えて、微笑む。

「あのね、私、風祭り見てから帰ろうって思ってるの。もう明日だしね。今日、ふれあい館前の広場を通ったら、櫓《やぐら》を造ってるとこだった。本盆、盂蘭盆《うらぼん》ってあるみたいだけど、本盆しか踊らない踊りもあるんだって。よかったら一緒に行かない」

断る理由はなかった。

「いいよ」

現実は何も変わっていない。翔や稲垣に関して無力だった自分も、リーマン予想の証明に手こずっている自分も、そのままだった。だが努力をしようという気持ちになっていた。たとえ力が微弱でも腐らず、立ち止まらず、地道に進んでいこう。いつかきっと目的にたどり着けるだろう。

2

量子化された空間の構成について、可能な限り数式に落とし込む。コピー用紙にそれを書き付け、全部をまとめて垣根から下の庭に投げた。数式の中には、スマートフォンの番号を混ぜてある。翠には区別がつかないだろうが、継男が見れば不要な数字が入っているとわかるだろう。あとは、電話がかかってくるのを待つだけだった。一時間と経たずにスマートフォンが鳴り出す。

「なんで、こんなとこでつまずいてんだ」

呆気にとられたような声だった。それを説明するのは自分の至らなさを言い立てるようなもので、できればパスしたいと思いながら答えずにいた。継男も、追及してもあまり意味がないと思ったらしく、あっさり話を移す。

「変形量子化の構成についてなら、簡単に説明した関連論文があるぜ。英語、大丈夫か」

数学の論文なら、多くは数式だろう。何とかなると答える。

「じゃ掘り出しとくから、来なよ」

翠に追い返されたと言おうとし、思い留まった。二人の関係を荒立てたくない。

「翠さんは、どうしているんですか」

継男は、余計なお世話だと言わんばかりだった。

「知らねーよ、関係ねーし。夕飯にゃ酒飲んでるし、食後に睡眠導入剤も飲むから、もう爆睡中だろ」

電話を切り、部屋を飛び出す。小野家の玄関を入り、階段を上って次ノ間に踏み込んだ。とたん右手から明かりが漏れているのに気づく。ぎくりとして立ち止まり、気配をうかがった。翠が起きているのだろうか、それとも明かりがついているだけか。家の空気は静まり返っていて物音はしない。そっと足を進め、継男の部屋の襖に手をかけた。

「発見できましたか」

畳に山をなしている紙や物の間から継男が振り返り、炬燵の上に視線を投げる。

「出しといた、そこ」

見れば、ダブルクリップで綴じたＡ４のコピー用紙が載っていた。

「大学近くの本屋で買ったソフトカバーがあったと思ったんだが、データベースから引っ張ったのしかなかった」

用紙の端に、ＡＭＳと手書きされている。アメリカ数学会のウェブライブラリーのようだった。

「最初の方だ」

ページをめくり、該当場所を見つける。読んでいくうちに引き込まれ、その場にしゃがみこんだ。それほど長いものではなかったが、一度読んだだけでは理解できず、何度か読み返す。結構な時間をかけて全貌《ぜんぼう》を把握したものの、雲をつかんでいるかのようで落ち着かなかった。スマートフォンを出し、実際に計算してみる。二、三度繰り返してようやく脳裏に定着させ、納得した。ニヤニヤしていた継男が、したり顔でこちらを見る。

「簡単だろ」

わかってしまえば確かにシンプルで、拍子抜《ひょうしぬ》けするほどだった。だが自力では、どうしてもここに到達できなかったのだ。自分に幻滅する。しかも肝心のリーマン予想の証明には、利用できそうもなかった。

「俺、数学に向いてないかも」

継男が声を上げて笑い、肩を叩いた。

「まだ高二だろ。あと八年はいける」

根拠がわからず見つめ返す。継男は目を背けた。横顔に、じれったそうな影が広がる。

「数学者の寿命は、他の学者に比べて短い。いくら才能を持っていても、ピークは二十五ぐらい、その後はレベルの高い研究ができなくなるというのが数学界の常識だ。二十五までに自説を確立しとかないと、ダメなんだ」

空中に向けられたその眼差が見すえているのは、自分の年齢なのだろう。くやしげでも、哀しげでもあった。流れ過ぎる時間に埋もれ、何の成果もなく歳を重ねていけば、八年後には自分も同じような思いに駆られるのに違いない。もう取り返しのつかない事を後悔し、その思いを胸に刻んで生きていかねばならないのは、想像を絶する苦痛だろう。気の毒で、かける言葉がなかった。

「で、さ」

継男が、気分を変えようとするかのように脚を組みなおす。

「これからどういう方向に進むつもりなんだ」

見通しは、まるでついていなかった。

「相変わらず非可換幾何学でいくわけか」

数理工学部では、部員たちがF_1上の幾何学のテクニックを利用して証明にこぎつけようとしている。同じ道を取りたくなかったし、いったん非可換幾何学で進み出したのだから、限界まで突き詰めたかった。

「そのつもりです。方針は、全然立ってませんけど」

継男は、しかたなさそうな笑みを浮かべる。

「じゃ新しい突破口を開けないと」

言われるまでもなかった。だが何も思いつかない。

「お手上げ状態です」

両手を上げて見せる。継男は無《ぶ》精髭《しょうひげ》の生えた顎を摘まんで考えていて、ふっとつぶやいた。

「ホモロジー代数を攻略したら、武器にできるかもな」

彗星《すいせい》がいきなり爆発するのを目にしたような気分になる。その着想の非凡さ、的確さ、混迷を切り開くスマートさに体が震えた。ここに天才がいる。その力に触れられる喜びで喉が熱くなり、心が浮き立った。

「何だ、反対なのか」

あわてて否定しようとした瞬間、かすかな物音が耳に届く。続いて声がした。

「継男、来とくんな」

翠だった。

「うるせー、くそババア」

継男は舌打ちし、そのまま話を続けようとする。

「継男、継男」

襖の向こうから聞こえてくる声は、濃い闇をまとい、この世のものではないような気配を漂わせていた。わなないて波打ち、満州の原野に忘れられた魂の嘆きのような暗い響きを引きずっている。

「継男」

継男は苛立ち、怒鳴り声を上げた。

「うるせーつうんだよ。用事があるなら、こっちに来い」

だが翠は姿を見せず、ただ声だけが届く。

「頼むで来とくんな、継男、継男」

二人のやり取りに介入しない方がいいとは思いつつ、次第に心配になった。

「行ってみた方がよくないですか」

継男はやっていられないといったように鼻に皺を寄せる。

「いつもの事だ。いかにも大変そうに言いやがるんだよ。どうって事ない。ただ同情してほしいだけなんだ。ミエミエなんだよ、クソが」

声は、か細くなっていき、やがて途絶える。

「ようやく諦めやがったか」

継男は鼻であしらったが、和典はどうにも落ち着かなかった。立ち上がろうとして畳に片手をつく。

「僕、様子を見てきます」

それで継男も放っておけなくなったらしく、不愉快そうな顔で渋々《しぶしぶ》腰を上げた。

「おまえはいい、ここにいろ」

部屋を出ていく継男を見送り、どうすべきか迷っていると、やがて大声が聞こえてきた。

「ああ汚《きた》ねぇ、漏らしやがったな。おい、さっさと立って便所に行けよ」

継男が乱暴を働きそうな気配を感じ、急いで二人のいる部屋に駆け付ける。

「ほら、立てったら」

翠は脇《わき》の下《した》を持ち上げられながら、布団の上にしゃがみこんだままだった。顔は土色で表情に乏《とぼ》しい。

「無理に動かさない方がいいと思います」

そばに寄り、首筋に手を当ててみた。脈はあるが、強張った体は異様な感じがする。目は開いているものの、呼びかけても返事はしなかった。

「医者に来てもらうか、あるいは救急車を呼んだらどうですか」

継男は驚いたように後ずさる。

「ヤバいのか」

断定するだけの知識はなく、たぶん、と答えた。継男の驚きは、あせりに変わる。

「嘘だろ」

嘘だと思いたいのだろう。

「ほんとなら、何とかしろよ」

肩に力を入れ、両手を拳に握り、足踏みでもするかのように畳を踏みしだいた。

「おい何とかしろ。何とかしろって言ってんだよ、早く」

急《せ》き立《た》てられ、ズボンの後ろポケットに差し込んであったスマートフォンに手を伸ばす。

「主治医は、山際先生でしたよね。呼びますから番号を教えてください」

継男は首を横に振った。

「だめだ。医者が家にきたら、俺がいる事がバレちまうだろ。救急車だ、それしかない。おまえ、呼んでくれ。そんで、くそババアを玄関に運んでおくんだ。俺は、いない人間だ。部屋に入ってるからな」

そそくさと引き上げていく。その後ろ姿を見ながら消防署に電話をかけた。母親を気《き》遣《づか》う気配がないのは、愛情を持っていないからか。あれほど悪しざまに言っていたのだから、それも充分考えられた。

「はい消防署です。火事ですか、救急車ですか」

電話に出た署員に事情を話し、場所を告げる。二十分はかかると言われた。到着を待つ間に、翠を布団ごと玄関に移す。体温が奪われないように、上掛けをしっかりと体の脇に巻き込んだ。

「すぐ病院に行きます。ちょっと待っててくださいね」

襟布に埋もれた翠の目が、かすかに頷く。いく重もの皺の間で、一筋の真剣な光が瞬いていた。犯罪まがいの手段で息子を囲い込んでいたのかも知れない翠だったが、今はこうして他人に、素直に自分の命を預けている。されるがままのその様子は胸が痛くなるほどいたいけで、手を握って励まさずにいられなかった。

「大丈夫ですよ。主治医の山際先生にも連絡しておきますからね」

瞬間、頭を吹き飛ばしそうなほど大きな音が鳴り響く。ブルーハーツだった。継男がボリュームを上げたらしい。こんな時によく聞く気になれるものだと腹が立った。姿を見せたくないなら、せめて救急車が来るまで翠のそばに付き添うべきだ。

「すぐ戻りますから」

翠に言い置き、継男の部屋に向かう。襖を開けると、ブルーハーツが流れ出してきた。怒鳴り声を上げようとし、室内の光景に言葉を失う。

あまりにも滑稽《こっけい》で笑い出しそうにもなり、また同時に情けなく、涙がにじみそうにもなった。部屋の中で継男は、冷蔵庫にしがみ付いていたのだった。歯の根も合わないほど震えながら固く目をつぶっている。ブルーハーツに背中をなでられ、かろうじて息をしているかに見えた。

声をかける事ができない。身も世もないその戦《おのの》き方を目の前にし、今まで思い込んでいた二人の関係が新しい光で照らし出されるのを感じていた。

継男は、しかたなく帰ってきたと言った。しかし本当は、翠からの誘いを待っていたのではないか。家に帰れば養ってもらえ、嫌な人間関係で苦労する事もない。社会とうまくいっていなかったからこそ、翠の誘いに乗ったのではないのか。それを隠すために虚勢を張り、翠を罵倒《ばとう》し続けてきた。だが決して出ていこうとはしない。そんな継男を心の支えとし、翠は孤独から逃れてきた。

お互いに依存し合い、屈折した欲求に応じ合って現在に至ったのだ。その関係は、折り込まれたパイ生地《きじ》のようだった。引き離せないほど密着し、とろけるように甘い。

翠が死ねば、その家事労働と年金で賄《まかな》われている継男の生活は破綻《はたん》するだろう。継男は、自分がそれを乗り越える術を持っていない事を知っている。翠の死は、そのまま継男の人生の崩壊なのだ。継男が銃を撃ちまくっていたのは、状況を変えられない自分の無力さに対してだったのかも知れない。

「小野さん、いますか、小野さん」

玄関から聞こえる声に応え、急いで飛び出していく。救急隊員の二人が翠を車に運び込み、その間に別の隊員が電話をかけながら書類を書き込んでいた。

「今、搬送先を確認しています。病院では保険証が必要になりますが、すぐ用意できるようならお持ちください。病人は高齢のようですが、主治医は誰ですか。延命治療が必要になった場合、どうしますか」

山際医師の名前を伝えてから継男の部屋に戻る。襖を開けずに声をかけた。

「保険証の場所、わかりますか。それから延命治療はどうするか、と聞かれてるんですが」

震え声が返ってきた。

「保険証は、くそババアの部屋の桐の箪笥《たんす》の上置きにあるんじゃねーか。大事なもんは全部、そこにしまってるからな。探してみ。延命治療はやってくれ。できるだけ生かしとくんだ」

翠の部屋に戻り、箪笥の上置きを開ける。様々なものが雑然と並んでいた。根付けのついた印鑑入れや通帳、年金手帳、卓上カレンダー、Ｂ６の簡易アルバム、熨斗袋《のしぶくろ》、その間にあった後期高齢者医療被保険者証を見つける。引き出すと、隣に置かれていた何かが付いて出てきて、足元に落ちた。拾い上げる。古い葉書だった。

黄ばんで所々薄くなった文章の中に、満州という文字がある。裏返せば、切手が二枚、はがされた跡があった。焼けつくような驚きが胸を走る。

開館準備を手伝っていた翠なら、持ち出すことは簡単だっただろう。何も盗まれていないと証言したのも翠だった。いまだもって誰も、それを疑っていない。犯罪があった事すら悟らせないのは、正に完全犯罪だった。

3

病院に着き、救急車から降りると、あたりはもう明るくなっていた。病室の廊下で、その古い葉書に目を通す。差出人は満州在住の沢渡恒、宛先は長瀬村の沢渡和義《かずよし》だった。

「和義伯父様、広子《ひろこ》伯母様、お変わりありませんか。私は元気で、家族や親戚の皆々様と共に満州の開拓に励んでおります、ご安心下さい。お正月は双六《すごろく》をして過ごし、故郷を思い出しました。こちらに来て伊那谷村の平栗翠さんという方と知り合い、友達になっています。ご存じの通り私の左頬には痣《あざ》があるので皆が陰口《かげぐち》をたたくのですが、翠さんはとても優しくしてくれ、私たちは親友です。お送りくださったという干《ほ》し柿《がき》はまだ届きません。父から、兄様によろしく伝えてくれと言われました。それでは、お体をお大切にお暮らし下さい」

大した事は書かれていない。翠が、盗んでまでこれを隠したという事実を知らなければ、すっと読み流してしまう内容だった。だがここには、翠を窃盗に走らせるだけの何かが隠されているのだ。

書いてある情報を整理してみる。葉書を出したのは、沢渡恒。沢渡家の和義という男性の弟の娘に当たる。兄の和義は長瀬村に残っており、満州に行ったのは弟一家と親戚一同なのだ。おそらく和義は嫡男で、沢渡家の跡取りなのだろう。つまり先日死んだ若い当主の先祖ということになる。沢渡恒は頬に痣を持っており、翠と友人関係にあった。和義が送った干し柿は届いていない。

この葉書からわかる事は、それがすべてだった。この中のどこを、翠は危険視したのか。沢渡恒は確か翠と同い年であり、その名前を出した時、翠は異常な反応を見せていた。理由は、この葉書を隠した事と同根だろうか。

満州に渡った沢渡一族、もしくは関係者の中で帰還した人間がいれば、何かわかるだろうと思いつく。伊那谷村では翠しか帰ってこなかったと聞いたが、長瀬村には生還者がいたかも知れない。

資料館の寺田に尋ねるために、患者や付き添い者のいない廊下の隅まで歩いて電話をかけた。まだ時間的に早く、来ているかどうか危ぶみながら呼び出し音に耳を傾ける。間もなくそれが途切れ、音色を変えて再び響き出した。

「はい、寺田だがな」

声の後ろから、テレビの音や女性の会話が聞こえてくる。寺田の家に転送されたらしかった。とっさに翔の顔を思い出し、喉に空気の泡でも詰まったような気分になる。容態はどうなのだろう。

「すみません、上杉です」

その後に続ける言葉に迷っていると、電話機が誰かの笑い声を拾った。子供の楽しげな叫びも上がる。どうやら不幸な事にはなっていないようで、喉がほぐれた。

「翔さんは、いかがですか」

小さな吐息が聞こえてくる。

「おかげ様で大した事なくてなぁ。ＭＲＩも撮ったが異常なし、経過観察ちゅう話になって、もう帰って来とるに。まったく肝を冷やしたずら」

体中が一気に和らいだ。これで稲垣の精神的負担も少しは軽減するだろうと思い、うれしかった。

「我が子ながらしょうもねぇ坊さでなぁ、皆の衆に心配かけて申し訳ねぇと思っとるに。ところで朝も早ぅからなんずら」

心置きなく本題を口にする。

「開拓団に参加した長瀬村の沢渡一家がその後、どうなったのか、ご存じですか」

あきれたような笑い声が耳に流れこんだ。

「そんな話ずらか。おまえさも熱心だなぁ。沢渡どころか花桃郷全体の中で生きて戻ったのは、翠さだけだに。ソ連が侵攻してきた時に花桃郷は解団したちゅう話でな、その後、長瀬村の方は、各自が自分の判断で逃げ、伊那谷村の方は村長の平栗倉太郎さが全員を召集して、集団自決に踏み切ったずら。翠さが生きて帰ってこれたのは、全くの奇跡だに」

礼を言って電話を切り、先ほどの長椅子《ながいす》に戻る。再び葉書と向き合った。何度も読み直すものの、これを盗むに至った翠の事情は推察できない。だが確かにこの文面の中にそれがひそんでいるはずなのだ。自分を落ち着かせながら、じっくりと丹念に一字一字読み返す。

そのうちに筆跡に引っかかった。伯父の和義の《和》という文字の書き方が独特で、ノ木偏の払いは、右側だけがずいぶん下に書かれており、まるで読点のよう、旁《つくり》の《口》も、四角の右側の縦線が下方の横線からはみ出していた。筆で書いた文字に似ており、こういう《和》をどこかで見たような気がする。どこでだったろう。

考えを巡らせていて、やがて思い当たった。資料館の出入り口ホールに掲げられていた帰国者の自筆メッセージの中、平和への言葉をつづっていた翠の《和》の字が、確かにこれだった。よく見れば、平仮名の丸い部分を書く際、途中で力を入れる癖があるらしく、そこが若干太くなっている所も一致している。

背筋がしびれるような思いで、葉書を見つめた。これを書いたのは、おそらく翠なのだ。何のために恒の名前で、その本家に便りを出したのか。自分の優しさを、沢渡家の人々に吹聴《ふいちょう》しようとしてか。

恒から情報を得ていれば、書けないものではない。だが満州から葉書を出すには金がかかるだろう。資料館に展示されていた向こうでの生活や経済状態は、子供にそんな遊びを許すほど余裕のあるものではなかった。

恒から、書くように頼まれたのか。いや翠は十四歳で満州に渡っており、恒も同い年だった。二人ともそれ以前に基礎教育を終えているはずで、恒に字が書けなかったとは考えられない。プライベートな手紙であり、自分で書けるものを人に頼むとも思えなかった。

では、どうして翠は恒を名乗った葉書を書いたのか。一見、謎だが、そう見えるのはここに現れていない事実が存在しているからだろう。すべてを説明できるに違いない真実があり、それが何らかの理由で隠蔽されているのだ。

見つけ出す事は可能か。数字の中にひそむルールを探り当てて方程式を作る時のような緊張を感じながら、今まで集めてきた情報を全部、記憶の底から呼び出してみる。羽音のように細かなうなりを上げて脳内を飛び回るそれらに注意を払いつつ、葉書に書かれている言葉を吟味した。

行事、伝言、始めや結びの挨拶、連絡事項の干し柿については、無関係と見て外す。翠の紹介も、それ自体に奇異な所はない。引っかかるのは、恒の左頬に痣があるという記述だった。

翠の頬にも火傷《やけど》の跡がある。しかも恒と同じ左側だった。孝枝は満州での被災と言っていたが、本当にそうだろうか。

また寺田の話では、ソ連侵攻時に花桃郷は解団し、長瀬村は各自が逃れ、伊那谷村は村長の意向で集団自決したという事だった。翠は自分の父親が主導した集団自決から、どうやって逃れたのだろう。

村人を満州に送り出すならまず自分一家からと考えたほど責任感の強い倉太郎が、集団自決に当たって自分の娘を生かしておくだろうか。村人をうながすためにも、まず自分の家族に手をかけてみせたのではないか。そうだとすれば、翠が生き延びられたのは不自然だった。

生き延びる確率が高かったのは、各々が逃げた長瀬村の人々だろう。その中には恒もいる。翠が死に、恒が生きて帰ってくる可能性の方が圧倒的に大きかったはずだ。それが逆になっているのは矛盾といえるのではないか。

疑問と不自然な事実、そして矛盾、それらの中から一つの考えが生まれ出る。恐ろしいほどの速さで成長し、今までの見方をくつがえして想像もしていなかった形に凝縮した。

翠は葉書で恒を名乗ったのではなく、自分自身が入れ替わったのではないか。つまり死んだのは翠、生き残ったのは恒。その恒が翠という名前を使って帰ってきた。その後、翠として生きていくために、都合の悪い恒時代の自分を消そうとした。火傷を作って痣を隠し、公開される事になった葉書を盗んで筆跡の暴露を防ぐ。隠されていた真実とは、二人の入れ替わりだったのではないか。

恒が書いたあの葉書の筆跡が、帰国した翠のものであるという事は、恒が翠である証拠だった。これが方程式なら、素晴らしくきれいに成立している。

では、その目的は。恒が恒のまま帰ってこなかったのはどうしてだ。何かまずい事でもあったのか。

記憶の中を手探りし、もしかして資産かも知れないと見当をつける。満州に行くに当たっては、皆が家や畑を売り払っており、帰ってきても暮らしていけないのが実情だった。それで満州乞食なる言葉も生まれたのだ。恒の家も同様だっただろう。しかし平栗倉太郎は資産をそのままにして出かけている。恒がそれを知っていれば、翠を名乗って帰れば暮らす事ができるとわかったはずだ。生きる道は、それしかなかったのかも知れない。

だがそれを、恒はいったいいつ決意したのだろう。また翠の服はどうやって手に入れたのか。集団自決の現場の死体からはぎ取ったのか。その光景を想像すると、なんともやりきれない気がした。

疑問は、まだある。二人の顔を見た事のある人々の目を、どうやってごまかしたのか。平栗の関係者については、翠の両親、親戚を始めとして全員が満州に行っており、戻ってきていない。村に残っていたのは、そう近しい人々ではなかっただろう。満州に渡り六年も経った後の帰国であり、しかも顔に大きな傷となれば、元の人相とも比べにくかったはずだ。翠の名前を縫い取った服を着ていた事も先入観を与える要因だったに違いない。多少不審に思っても、遠い関係なら関わりにならない道を選ぶだろう。

ただ沢渡の本家には、後継者一家が残っている。姪《めい》が別名で帰ってくれば、さすがに気が付くはずだった。沈黙している理由は何か。

翠が、弔事を始めとして何かと沢渡家に足を運んでいる事を思い出す。村で噂になっているほどだった。そこからさかのぼれば、両者は良好な関係だったのだ。沢渡家は恒が翠として生きるのを認めていたという事になる。なぜだ。

あれこれと考えをめぐらせていて、当時の世相に行きついた。翠が帰ってきた終戦直後は、食糧難だったと歴史の時間に習った。沢渡家が、養う人間を増やしたくないと考えたとしても当然だろう。本家に転がり込まれるより、平栗の資産で自活してもらった方が都合がよかった。それで暗黙の了解となったという事か。

誰かの、はっきりとした肯定がほしくなる。じっとしていられず立ち上がった。再び廊下の端まで行き、まず原に電話をかける。

「上杉ですが、小野翠さんが倒れて、今、病院にいます」

息を呑む気配が伝わってきた。

「まだ内密にしておいてください。本人の希望で沢渡家に連絡を取りたいんですが、電話番号をご存じですか」

番号を入手し、手順を考えながら沢渡家にかける。

「学生村で、伊那谷村の稲垣家にお世話になっている上杉と言います。小野翠さんの事でお話ししたいんですが」

事情を呑み込めないといったような返事が聞こえてきた。

「はぁ、ちょっと待っとっておくんなんしょ」

家の奥に向かって何やら話している様子で、しばらくして老人の声がした。

「何の事だな」

半ば不可解、半ば警戒するような口調だった。沢渡家の当主は、先日亡くなっている。電話のろう。

「翠さんが倒れました。今、僕が付き添って病院にいます。内緒の頼み事があると翠さんから言われて、お宅に電話をかけました。翠さんは、もし自分が死んだら沢渡家に戻れるかどうかを気にしています」

息をつめて返答を待つ。

「ひどく悪いのけ。今際《いまわ》の頼みって事け」

突然の事態に戸惑っている様子で、渋るような声だった。

「万が一の時にゃ沢渡の墓に入りたい、ちゅっとるのかな」

向こうの反応に乗じ、踏み込んでみる。

「はい。もう長い間、自分の実家に戻りたいと思っていたとか」

溜め息が空気を揺すった。

「まぁ翠さが沢渡の人間であることは確かだで、無理もなかろうがなぁ。沢渡としても、翠さからは色んな援助をしてもらっとるし」

片手を握り締める。確証はつかんだ。今まで想像でしかなかった事に、沢渡家が裏打ちをしたのだった。

「けんども、この場で即答はできんなぁ。儂の一存じゃ決め切れんで」

こちらの番号を教え、通話を終える。大きな息をつきながら達成感を噛みしめた。病室の前に戻り、長椅子に腰を下ろして再び葉書を見る。隠されていた真実を突き止め、すべてを明らかにできた事に満足していた。

「ほう、稲垣さんとこにおる青少年」

顔を上げれば、杖を突いた山際が廊下を歩いてくるところだった。病院から連絡を受けたのだろう。

「おまえ様、手に持っとるのは、なんな」

この村に来た翌日、山際に抱いた疑問が思い出された。帝大卒の医師が縁もゆかりもないというここまでやってきて開業したのだ。何かがあったに違いない。

「えらい古そうなもんだなぁ。葉書ずらか」

目には、窺《うかが》うような光があった。

「誰かから、もらったのけ」

山際は、長く翠の主治医だった。入れ替わりに気づいていただろうか。

「これはですね」

自分が持っている葉書を見下ろし、この状況で山際と出会ったのは天の啓示だろうと考える。

勇み足ならば引き返せる範囲、とぼけられる程度に探りを入れてみようか。恒と書かれた部分を山際の目の前に突き出してみる。

「満州から翠さんが出した葉書みたいなんですけど」

4

山際の顔に動揺が広がる。二人の入れ替わりを知っているどころか、関与しているのかも知れないと感じさせるほど激しいものだった。踏み込むように、その目の中を見すえる。

「翠さんというよりは、沢渡恒さんですよね」

山際は、皺に埋もれた喉仏《のどぼとけ》を大きく動かした。小さな体がおののき、強張った足は均衡を失って今にも転倒しそうになる。あわてて手を伸ばし、支えて長椅子に座らせた。翠と同様に、枯れ樹のような軽い体だった。それが椅子の上に収まるのを確認してから、すぐそばの自動販売機に足を向ける。緑茶を買い、キャップを切って目の前に差し出した。

「どうぞ」

山際は大きな息をつく。長い時間の底から湧き上がってくるような吐息だった。緑茶を受け取り、口をつける。

「こりゃ降参するしかないなぁ」

半ば冗談、半ば本気を感じさせる声でつぶやき、視線を落とした。

「そこまで知られとっちゃ、話すしかなかろう」

ペットボトルを長椅子に置き、両手を広げて両膝をつかむ。それを支点のようにして居住まいを正した。これから始まるのは、そうして話さなければならないような内容らしい。こちらも背筋を伸ばした。

「満州で会ってな」

　山際は満州にいたのだ。開拓者だったという事か。

「終戦後、キリスト教の司教らが中心になって、満州に置き去りにされとる人々を救出する運動を起こした。医師になったばかりだった儂も、その一員だったんな。衛生兵に化けて満州に渡って医療行為をしとった。そこで自殺しようとした恒を助けてな」

　耳から流れ込む声が、脳裏に満州の原野を広げる。資料館に展示されていた終戦直後の満州の写真の中に、まだ二十歳そこそこだった恒と、新米医師の山際を並べてみた。

「平栗翠と名前の入った服を着とった。伊那谷村で集団自決が決まった前夜、翠が別れを言いにやってきて、せめてきれいな服で死にたいと言うんで、持っていた自分の新しい服と取り換えてやったちゅう話だった。長瀬村の方は各自が逃げたが、その最中に家族も親戚も惨《むご》たらしい殺され方をしたようで、国に帰っても家も土地もない、希望もない、死ぬしかない。そう言い張るのをなだめ、話しとるうちに、恒が、平栗翠としてなら生きる術があると言い出したに。翠本人はもう死んどるし、故郷には家と身上《しんしょう》が残っとるちゅう話でな。問題は、恒の顔の痣だった。それを焼いてくれ、痣だけでなく顔の造作がわからんくなるくらい広範囲に、と頼まれて、儂は躊躇《ちゅうちょ》した。恒はえらい剣幕で怒って、焼いてくれないなら自殺すると迫ってなぁ。それで薬品を使って焼いたに。自殺されるよりましだと思って手を下したずら。儂はクリスチャンで、自殺は大罪だったでなぁ」

山際に突き付けられた選択肢に思いをはせる。その深刻さに息が詰まった。

「傷の治療をしてから、引揚船の着く葫蘆島《ころとう》まで送って別れたずら。ほんでも自分が一人の人間の運命を変えた事が気になってたまらんかった。その後日本に戻って結婚し、病院に職も得たが、一日として忘れた事はなかったに。恒はどうなったのか、自分がつけた傷が原因で不幸になったんじゃないか。そう考えては悶々《もんもん》とする毎日でな」

恒の頬を焼いた火は、山際の心をも焼いたのだろう。火傷のような罪の意識は、贖罪《しょくざい》を求めて疼《うず》き続けていたのに違いない。

「それから二十数年経って日中国交正常化ちゅう事になった折に、全国紙が満蒙開拓団の記事を載せたんな。そこに翠の名前があるのを見つけて、もうたまらんくなった。妻に打ち明け、理解を得て、ここにやってきて医院を開いたずら。元々、地域医療に尽くしたいと思っとったし、恒が気がかりでなぁ。もっとも本人は、儂を見てギョッとしたようだった。秘密を知っとる儂が、いつ何を言い出すか不安だったんずら。いつも警戒するような目でにらんどったに」

もし翠が山際に心を開き、継男の存在も含めて色々と相談していたら、今日のような不幸に落ちる事もなかったのかも知れない。それができなかったのは性格か、あるいは満州での孤独な逃避行が心に傷を作っていたせいか。

「それで儂も知らんふりをしとったが、助けを求められたら、いつでも手を貸すつもりでおった。そのためにここに来たんだでなぁ。だが恒は近づいてこんかった。近隣に医者は儂一人だったで、具合が悪くなりゃ儂のとこに来るしかなかったずらが、診察の時もその事についちゃ、ひと言も触れんかったでなぁ」

口をつぐんで山際は、またも大きな息をつく。自分の思いの奥深くに沈み込み、それを呑み込むようにしてこちらを見た。

「儂の方が年上だで、先に逝くと思っとったんだが予想外だなぁ。まぁ恒は、長年の飲酒がたたって全身に動脈硬化を起こしとる。どっかの血管が一ヵ所でも切れりゃ、もう終わりちゅう状態ずらに、いくら言っても酒を止めんでなぁ。強いせいでアルコールを甘く見とるに。大丈夫だにちゅって、笑うばっかでなぁ」

沢渡家の人々は、大酒を飲むと聞いていた。その血にひそむ酒癖《さけぐせ》こそ、翠が確かに沢渡の家の人間である証《あかし》なのだろう。

「今までよくもったもんずら。ところでおまえ様、恒の事をどうして知ったな。まさか本人が話した訳じゃあるまいに。沢渡の誰かから聞いたのけ。いや、それもないずらな。沢渡は名門だが、戦後はずだい身代が傾いて、翠さから色々と融通してもらっとったでな。翠さの身上を食い潰しちまったようなもんだに。家の恥は、よう言わんわ」

今まで混沌《こんとん》の中に放置されていたあらゆるものがはっきりとした輪郭を取り、あるべき所にきちんと収まっていくのを感じる。静謐が風のように吹き渡るその世界は、整然とした数学の座標軸に似ていた。気持ちが落ち着き、微笑みが漏れる。

「まぁいずれにせよ、高校生にしちゃ大したもんずら。おまえ様、将来は何を目指しとるな」

目指すものとは、目標とする職業の事だろうか。

「まだ決まってません。数学が好きなので、それ関係かとは思ってますけど」

山際の顔に喜色が広がっていく。

「儂も、数学は好きだに。そうさな、どえらい好きちゅってもいい。医師を志したのは牧区の司教様から、これからの時代の役に立つのは医師だと勧められたからだが、もし平和な時代だったら間違いなく数学科に進んどった」

山際が浮かべている喜びが飛び火し、心に燃え移ってくる。数学について語り合えそうな人間に出会え、うれしかった。

「だが医師になって後悔はしとらん」

意外な言葉に戸惑う。戦争のせいで好きな道に進めず、無念ではないのだろうか。

「これはこれでいい、いいずらなぁ」

柔和な声が耳をうるおす。目の前が開けていくような気分で、人間には様々な道があるのだと思った。たとえ好きな道に進まなくても、人生に満足する事はできる。

「小野翠さんの付き添いの方」

声と共に、若い医師が廊下に姿を見せた。

「おるかな」

山際は指さばきの悪い手で、着ていた服のポケットから封筒をつかみ出す。

「儂が主治医の山際ずら。これが電話で話した本人の延命治療拒否の自筆書。儂が預っとったでな」

医師は封筒を開き、目を通してほっとしたような表情になった。

「いやぁ困っとったんですに。家族が延命処置を希望しとるって救急隊が言うもんで、本人に聞いたら、希望なんかせんちゅうし。家族の了解を取ろうにも、家には誰もおらんちゅうし。看護師に電話させても、確かに誰も出んでなぁ」

継男は、いない人間になっている。誰よりもそれを知っている本人が電話に出るはずもなかった。

「けんど、これではっきりしましたに。後で、言った言わんの騒ぎになると、困りますでなぁ」

山際は立ち上がろうとし、もたついた。手を貸したかったが、座らせる時と違い、どこをどう支えればいいのかわからない。迷っているうちに本人が自分で体を立て直した。姿勢を改めながら両手を杖の頭にかけ、安定させて医師を見上げる。

「本人に面会できるずらか」

医師は軽く頷いた。

「会わせる人がおるなら、今のうちに会わしとくのがいいかと思いますに。今夜までは持たんかも知れんでなぁ」

翠は死ぬのだ。ふいに突き付けられたそれが、静かだった胸に鐘のように響く。低く、鈍《にぶ》いその余韻を噛みしめながら、病室に入っていく山際の後ろに続いた。

「翠さ、大丈夫か」

光のあふれる白い部屋だった。窓辺に置かれたベッドの中で、翠がこちらに顔を向ける。誰が来たのかわからないらしく、白髪の乱れる頭を枕《まくら》に埋めたまま、ただ無心にこちらを見つめた。

「儂だに」

近寄った山際をとらえた目に、涙が浮かぶ。

「ああ先生、先生、来とくれたのか」

しわがれた声で言いながら、吐き出すように泣き出した。

「ほんに今まですまんかった。儂ぁ、恐ろしかったんな。先生が村の衆に言いふらすんじゃないか、儂を脅すんじゃないかと思ってなぁ」

山際は、その手を握り締める。

「いいに、いいに。そんな事ぁ構わん。気にするなよ」

翠は固く目をつぶった。顔中を皺だらけにしているその様子は、何かを堪《こら》えているようでも、また何かのために力を振り絞っているようでもあった。

「先生、儂ぁ」

ゆっくりと目を開け、山際を見上げる。

「死ぬ前に、どうしても話しとかにゃならん事があるんな、聞いとくんな」

ラッセルの混じった息は乱れ、声は聞き取りにくい。それでも必死に言葉を紡ごうとする様子を見て、こちらも聞きもらすまいと神経を集中した。

「先生がまだここに来る前だがなぁ、満州乞食が殺されたんな」

それについては聞いている。学生村の関係者の話では、この村で起こった唯一つの大事件という事だった。

「ありゃ儂ぁがやったでなぁ。満州で誰も彼も殺されて、残ったのは儂ぁだけだったはずだに、二つ歳上《としうえ》だった従兄が生きとったんな。ソ連侵攻前に徴兵で軍にとられとったのが、シベリアから帰ってきてなぁ。自分が生まれた長瀬村には顔を出せんと、こっそりこの伊那谷村に居ついて乞食をしとった。ほんで偶然、儂ぁを見つけて、恒、恒って名前を呼びながら近寄ってきたんな。痩せこけて骸骨同然の姿でなあ。儂ぁ夢中で、そばにあった石で殴りつけた。死ぬまで殴ったに。ここで本当の事がわかったら、何もかも終わりだと思ってな。そん時は必死だったんで気づかなんだが、後でよくよく思い出してみたら、近づいてきた従兄は笑顔だったに。儂ぁを見つけて、うれしかったんずらなぁ。懐かしい一心だったのかも知れん。それなのに殺しちまってなぁ。おとなしい兄さで、まだ二十二だった。儂ぁに優しくしてくれた事もあったに、儂ぁ殺しちまってなぁ」

声が、涙で途切れる。

「いつかは言わにゃと思っとった。ほいでも、どうしても言えんでなぁ」

山際は片手で翠の手を握り、もう一方の手でその頭をなでた。同志の手を握るようでもあり、子供の頭をなでるようでもあった。

「翠さ、それはなぁ、もう許されとるに。わかるか。翠さがずっと後悔し、七十年を超えて心で血の涙を流してきた事で贖《あがな》われたに。自分でまだ足りんと思っとるんなら、儂が半分担ってやるずら。おまえさの今の人生にゃ、儂も手を貸しとるでなぁ」

翠はわずかに頬をゆるめる。

「先生、ありがたいに。これで安心して冥土《めいど》に行けるずら。親にも兄弟にも従兄にも、翠さにも会える。皆にやっと会えるでなぁ。ほんにうれしい。これでようやく楽になれるずら」

薄い笑みが痛々しく、目をそむける。そんな思いを抱えて長い年月を生きてきたのかと思うと、気の毒だった。十代半ばで自分の意思でもなく満州に連れていかれ、そこで押されたむごい刻印から生涯、逃れられなかったのだ。

どれほど思い通りにいかない人生でも、死ぬまでは生きなければならない。そんな中で唯一、自分の意のままに動かせた我が子を離すまいと必死になったのは、無理もない事だったのかも知れなかった。

「先生に自害を止められ、説得されてから、儂ぁ、むしゃぶりつくようにして生きてきたに。なんでもかんでも生きとらんといかんと思った。周りの皆が死んで、儂も死ぬのが当たり前だった時に、それに抗《あらが》って生きとれば、運命に勝ったって事になるずら。先に冥土に行った衆に出会ったら、儂ぁ、それを自慢してやろうと思ってなぁ」

わずかに笑い声を立てた翠に、山際も笑い返す。

「そりゃいい、大いに自慢するがいいに。ところで、その冥途への土産だがなぁ、会っときたい人は、おるけ」

山際に聞かれ、翠は室内に視線をさまよわせた。

「そうだなぁ、最後に一遍、継男の顔を見ときたいなぁ。継男は小野の家におるんだに。帰って来とるんな。なぁ先生、村ん衆にはわからんように、呼んできておくれんかなぁ」

山際が頷くのを確認し、ポケットからスマートフォンを出す。小野家に電話を入れたが、やはり誰も出ず、留守番電話にもならずに呼び出し音が響くばかりだった。状況を伝える事もできない。

「家に行って、呼んできます」

駆け出した背中を、山際の声が追ってきた。

「これ、スマホの番号を教えてけ。儂の電話も登録しとけよ」

5

ここに来る時は救急車で、外の状況が全くわからなかった。いざ病院から出てみると、自分がどこにいるのか、どうすれば伊那谷村まで戻れるのか、見当もつかない。スマートフォンの機能を駆使して現在地を知り、交通情報をつかもうとしていると、ＩＤカードを下げた病院の職員が駆け寄ってきた。

「山際先生が自分の車を使えと言っとります。儂が運転しますに」

一緒に駐車場まで走り、車に乗り込んで送ってもらう。

「ありがとうございました」

小野家の前で飛び降りた。

「ここで待ってますんで。先生からは、何も聞かんと運転だけしとれ、と言われとります。いつも非常時にお世話になっとりますんで」

職員の声を背中で聞きながら、玄関から踏み込む。ここを出る時に鳴り響いていたブルーハーツはもう聞こえなかった。

継男の部屋の襖を開ける。いつもの乱雑さが、そのままの状態で静まり返っていた。継男の姿はない。踵を返し、家の中を見て回る。どこにもいなかった。縁側から庭に降り、敷地内をグルッと一周するものの、やはり見つけられない。継男がここから出るはずはなかった。それにもかかわらず、いない。

立ちつくしてあたりを見回す。主のいない家は抜け殻のようだった。ここに入った時からかすかに感じていた何かの臭いが風に乗り、強くなってくる。それをたどると、物置きに行きついた。板戸が少し開いている。

戸の間から入り込んだ陽射しが、床に残る染みを照らしていた。表面が虹《にじ》のように七色の光彩を放っている。鼻を近づければ、揮発油の刺激臭が喉を突いた。ガソリンが抜き取られるという事件と、先ほど冷蔵庫にすがりついていた継男の姿が重なる。あの時流れていた歌詞が切れ切れに思い出された。

「すべてを焼き尽くすほどの爆弾が出番を待ってるぜ」

鼓動が高くなっていく。先ほど継男を見た時には、生活の崩壊を予感しておびえているのだと思った。だがあの震えは、ひょっとして羽化だったのではないか。抜け殻のような家を見回す。

虫が全身を震わせて脱皮し舞い立つように、継男はここから飛び立っていったのではないか。

「何かきっかけさえあれば、今度こそやってみせる」

最後の一滴が落ちれば、溜め込まれた敵意が社会に向かって噴き出すとわかっていた。自分を被害者だと考え、いつ来るともしれないその時に近づいていく継男を、落ちそうな橋を渡っている人間同様に危うく感じていた。その最後の一滴が、翠の危篤という形でついに落ちたのだ。継男はブルーハーツに励まされ、漫然と現状の崩壊を待つよりは、自分を支配してきた翠や、評価しなかった社会や人々に復讐《ふくしゅう》して注目を浴び、存在証明を果たす道を選んだのだろう。今まで溜め込んだ憎悪とガソリンをぶちまける日がついにやって来たと考えたのだ。

「何か理由がなければ、正義の味方にゃなれない」

いや逆に、それを待ち望んでいたのか。それがなければ、永遠にこの状況を脱する事ができない。否応なく現状を破壊して背中を押してくれる一滴を待っていたのかも知れなかった。

どこに行った、何を燃やすつもりだ。注目を浴びる事が目的なら、日本中、あるいは海外までも映像が流れるような派手な舞台が必要だろう。継男は、ここに戻ってきてから外に出ていない。部屋にテレビやパソコンはなく、翠との間に親子らしい会話があって村の情報を得ていたとも思えなかった。あの部屋の中だけが全世界だったのだ。派手に何かを燃やしたくても何がどこにあるのかわからないはずで、選ぶなら自分が大学に行く前に知っていた場所か建物に違いなかった。

テレビで報道され続けていたオーストラリアの大火を思い出す。あそこまでの火災を日本で起こすのは難しそうだったが、この村の山林なら継男も当然、知っているだろうし、有名な山で、人的被害が多くなればマスコミも動くに違いなかった。

　スマートフォンで住宅地図を呼び出し、該当しそうな山を探す。名前の書かれていない所が多く、見当がつかなかった。村長の原に電話をかけてみる。笑いの混じった答が返ってきた。

「このあたりの山は、どれも里山だでな。これっちゅう名前はないし、有名でもないに。名のある山となると東の赤石山脈か、西の木《き》曾《そ》山脈《さんみゃく》の中のどっかの岳ずらなぁ」

　岳と呼ばれるような山の奥で火事を起こしても、人的被害は少ないだろうし、注目もされないだろう。

「名前がついとるので一番近いのは風越山《かざこしやま》、標高千五百三十五だがなぁ、それでもバスで一時間近くかかるに」

　ガソリンを運ばねばならないのだから、人と乗り合わせるバスは避けるだろう。歩いて行ける場所に違いない。該当する山がないなら、人が多く集まる施設か、あるいは企業の社屋か。

「ここから歩いて行けて、四、五十年前からある建物や、会社を教えてください」

　原は心当たりがなかったのか、数え上げるのに時間がかかったのか、それともこちらの意図が読めず戸惑ったのか、しばらく黙り込んだ。何も聞こえてこない時間がもどかしく、苛立たしい。可能ならば事情を打ち明け、一緒に捜してもらいたいところだった。

　だが話せば、内緒にしたいと頼んだ翠の意向に反するし、ガソリン窃盗の件も露見する。誰も知らないうちに本人を見つけ出し、説得して犯行を止めると同時に翠の枕元に連れていきたかった。ガソリン窃盗の罪については、その後、本人が自分で判断すればいい。

「最近は」

ようやく返事が聞こえた。

「国道沿いに大型ショッピングモールができたでなぁ、そこまで歩いて行こうと思や行けん事はないが、四、五十年前となると、古刹《こさつ》の寺々かなぁ。昔このあたりは朝廷の荘園《しょうえん》で、今は長野市に移転した善光寺の本尊が毎月里帰りしてくる元善光寺を始めとして名刹《めいさつ》が多いに。会社の方は、こりゃもう一社だけずら。名古屋工業だに」

礼を言って電話を切る。有名な寺なら文化財焼失としてテレビや新聞で報道されるだろうし、名古屋工業の本社は大手鉄鋼会社で、知名度も高い。どちらも標的になりそうだった。

再び住宅地図を出し、スクロールしながらこのあたりに点在する寺の位置を見る。数の多さに驚いた。これを一人で見て回り継男を捜していたら手遅れになるだろう。効率的な方法はないか。そう考えたとたん、胸で火花が飛び散るような気がした。

翠は、満蒙開拓団歴史資料館の開館準備に携わっている。継男がその様子を垣間見《かいまみ》たり、家を訪れた関係者との話を小耳に挟み、資料館について知っている可能性は大きかった。満蒙開拓は戦中の国策の一つで全国規模であり、多くの人間の関心を引きやすい。第二次大戦がからんでいる事から、世界の耳目も集められるだろう。開館直前のあれを燃やせば、インパクトは大きい。

そこから上がる火の手が見えるような気分で、小野家を飛び出す。寺や名古屋工業より、資料館の方がありえそうに思えた。待っていた車に乗り込み、音を立ててシートベルトを引き出す。

「急いで満蒙開拓団歴史資料館に行ってもらえますか」

絶対、そこにいるはずだと思いながら意気込んで目的地に向かう。見つけたら、どうやって止めよう。今までこれほど深く一人の人間とかかわった経験がなく、接し方がわからなかった。

現状に絶望し未来にも希望を持てず、追い詰められた人間の決意を、どうすればくつがえせるのか。やはりブルーハーツか。励ましソングを一緒に歌うのか。継男と二人で頭を振っている自分を考えてみる。げんなりするような光景だったが、それで継男を止められるならやらざるをえない、やってもいい。

いや元をただせば、これは母親との共依存の呪縛《じゅばく》をどうすればぶっちぎれるかという問題なのだ。必要なのは自己肯定感を上げさせて情緒を安定させ、一人でも充分やっていけると思わせる事かも知れない。じゃ具体的にどうやる。

翠の死が近い事を伝えるのか。継男の羽化が真っ当な進化型ならば、翠の死は完全な解放をもたらすはずで、興奮が冷めれば復讐などという破滅行為は断念し、自立の道を探り出すだろう。だが、どこかでねじ曲がった変則的な羽化ならば復讐に固執するだろうし、今後の動きは予測できない。翠の死が迫っているとわかれば、いっそう追いつめられる可能性もあった。

危険は避けた方がいい。翠に触れないとすれば、他にどんな止め方があるだろう。何を言えば、どういう言葉を積み重ねれば説得できるのか。

継男の非凡な能力を尊敬していた。あこがれてもいる。それを生かせる道を歩いてほしかった。くだらない事件を起こして犯罪者になり、自分の人生を自ら破壊するような真似をしてもらいたくない。苛立ちながら答を探した。

それが見つからないうちに、車が資料館に着く。建物は高台に立っており、ぐるりと見回せば、あたりを一望できた。車から降り、敷地内を移動しながら眼下の畑や田圃《たんぼ》に目を配る。誰の姿もなかった。だが、ここにいるはずなのだ。ガソリンを持って、どこかにひそんでいるに違いない。

「すみません、中に誰かいるか見てきてもらえますか」

職員に頼み、自分は資料館の背後にある雑木林に向かった。樹々はまばらで、人がひそんでいればひと目でわかるような寂しい疎林だった。念のためにそれが途切れる所まで歩き、その向こうの崖をのぞき込んで誰もいない事を確認する。

では、どこにいるのか。周りにいないとなれば建物の中だった。資料館の脇の小道を引き返しながら、壁一枚へだてた向こうで、息をひそめている継男の姿を思い浮かべる。その緊張が伝わってくるような気がした。何と声をかければいいのか。どうすれば説得できるのだろう。

「見てきましたがなぁ」

車のそばに戻っていた職員が、こちらを振り返った。

「中には、誰もおりませんに」

そんなはずはないと言いそうになる。

「裏口で開館準備をしとった係員に確認しました。誰も来とらんそうで、実際、中を見せてくれましたが、その通りでしたに」

自信を根こそぎ突き崩される思いだった。資料館を見上げる。これ以上にアピール力のある場所が他にあるだろうか。ここがベストだと継男に教えてやりたい気すらした。

「どっか別の所に、行きますかな」

職員の声で、我に返る。こうして立ちつくしている間にも、どこで火が上がるか知れたものではなかった。ここでないとすると、先ほどあげた候補地を一つ一つ点検していくしかない。だが、そんな事をしている余裕があるのか。それより事情を公にし、村中に捜索をかけた方がいいのではないか。

確かに、それが一番早かった。盗難ガソリンを持っていると話せば、警察も動くだろう。しかし翠の気持ちを踏みにじる事になり、たとえ放火が未然に防げても、継男の人生を傷つける。できれば避けたかった。それとも背に腹は代えられないと考えるべきか。気持ちが乱れ、どちらとも決められない。

「ほんでもその前に、山際先生にちょっと言っといた方がいいと思いますに。きっと心配しとるでなぁ」

その瞬間に思いついた。山際には、翠が継男の存在を教えている。山際としては、翠の今際《いまわのきわ》に間に合わせたいだろう。協力を頼めば断るはずがない。

「僕が、電話します」

スマートフォンを出し、先ほど登録した山際の番号にかけようとしていると、着信音が鳴り出した。画面表示は立花彩になっている。無視しておいて後でかけ直そうとも思ったが、今、速攻で済ませてしまった方がよさそうだった。後の約束をしても、今後どうなるかわからない。

「はい」

受話口から、息を呑む気配と共におずおずとした声が流れ出た。

「上杉君、声、超恐いけど」

早く終わらせたい一心であせり、思った以上にきつい口調になる。

「いいから、用件、何」

しばしの沈黙の後、しかたなさそうな溜め息が聞こえた。

「えっと風祭りの事なんだけど、浴衣着ていくのかなって思って。そうなら揃《そろ》えたいし」

あまりの気楽さに業が煮える。事情を知らないのだから無理もないと自分をなだめつつ、早々に答えて話を切り上げようと口を開きかけた。それより先に彩の声が耳に触れる。

「さっき下見に行ったら、もう櫓が完成してたよ。十メートルもあるんだって」

強い風に、いきなり顔を煽《あお》られたような気がした。祭りは室町時代からと聞いている。この時期には毎年、櫓が組まれてきたのだろうし、継男も幼い頃からそれを見てきたはずだった。翠に連れられて行った事もあるだろう。毎年の思い出がまつわっているそれを焼失させ、人生の最後とする可能性は大いにあった。国の重要無形民俗文化財となれば観光客も全国から集まってくるだろうし、当然、テレビや新聞でも報道される。注目度としては抜群だった。

「家から出るな」

危険だから、と言いかけてやめる。そんな事を口にしようものなら、彩の性格上、真実を全部話すまで食いついてくるに決まっていた。

「話があるからそっちに行く。家で待ってて」

電話を切り、そばに立っていた職員に目を向ける。

「すみません、故郷ふれあい館までお願いします」

車に乗り込んでから山際に電話をかけた。

「おう」

ワンコールで出る。

「今、かけようと思っとったとこだ。そっちはどうなっとるな」

山際からの電話なら、翠の事以外になかった。重篤な状態なのかも知れない。気持ちが角立ち、あせりがいっそう強くなった。

「家にいないんです。行き先はおそらく、このあたりで有名な寺か、名古屋工業、風祭りの行われる広場あたりです。手分けして捜してもらえませんか」

捜索者にどう伝えるかは、山際の判断に任せればいい。本当の事を言う必要があると考えれば、翠に了解を取るだろう。手遅れにならないよう一刻も早い発見を目指すはずで、ガソリンの件を話して、それに拍車をかける必要もなさそうだった。

「年齢は五十がらみ。身長は百六十五前後、体重は七十キロ前後。服装は、着替えていないとすれば短パンにTシャツです。僕はふれあい館の広場に向かいます。何かありましたら連絡します」

山際はうなるような声で応じてから、急いで付け加えた。

「翠さの方は、持ち直したでな」

思わず目を見張る。

「本人は、過剰に訴える質だでなぁ。しかも高齢だし、初めての若い医者じゃ見立てを間違うのも無理ないに。あの様子なら、ここ一週間はもつずら。まぁそんでも早く会わせるに越したことはない。気張ってくんな」

6

肩の荷は軽減した。だが急いで継男を発見しなければならない事に変わりはない。最悪、ガソリンをまくところまではセーフだろう。火をつける前なら、何とかなる。だがつけたら最後、継男の人生はそれまでとは大きく変わってしまうのだった。思い留まってくれるよう願いながら、ふれあい館の前で車を降りる。

広場には高い櫓が完成しており、その周りを作業着の業者や、そろいの法被《はっぴ》を着た人々が取り囲んでいた。玄関は紅白の幕で飾られ、手に盆を下げた老女が出入りしている。横付けされていたトラックが動き出そうとして音を立て、デジカメを持った観光客も集まり始めていた。継男の姿はない。

どこにいる、ふれあい館の中か。いやガソリンを持って入っていくのは、目立ち過ぎるだろう。この広場回りも、これだけ人目があると、うかつには近寄れない。

電柱に貼られた祭りのポスターに目をやる。踊りが始まるのは今日の真夜中、打ち上げ花火が合図だった。最大の被害を出そうと思えば、決行はその時だろう。それまでどこかに隠れているつもりなのだ。

「あ、上杉さん」

聞き覚えのある声が降ってくる。

「こっち、こっち」

見回せば、トラックの荷台に積まれた機材の間から、望と歩がピースサインを出していた。

「こらっ、そこ、危ないに」

ヘルメットをかぶった作業員に見つかり、追い散らされる。二人は相次いでトラックから飛び降り、こちらに走ってきた。

「でっかい物を造る仕事って、カッコいいよなぁ」

「俺、掘る方が好きだ」

うれしそうに櫓を見上げる二人の頬に、燃え盛る炎が映る様子を思い描く。主柱や横木、添え木が金の火を噴《ふ》き上《あ》げ、火粉をまき散らし、轟音を発して夜を赤々と染め上げていった。

先ほど彩に家から出るなと言ったが、それは望たちにも孝枝にも、原にも、今村やその妻にも、寺田親子にも、あの中村仲次郎にも、藤沢や細田にも、名前を知らなかったり覚えていなかったりする学生村の運営委員や山際医院の看護師たち、その患者、畦道に立っていた老人たち、つまりこの村の全員に言わなければならない事なのだと気が付いた。火が放たれれば、破滅するのは継男だけではない。今ここに立ち、あるいはこれからここに来るすべての人々の心や人生が傷つき、損《そこ》なわれるのだ。

これまで感じた事もないような強い気持ちが胸にきざす。血に入り混じり、体中を駆けめぐった。どうしても防がなければならない。腕力にはまるで自信がなかったが、最終的には継男と殴り合ってでも、もし打ち倒されたら、しがみ付いてでも止めるつもりになっていた。

スマートフォンを出し、住宅地図のアプリを開ける。小野家からこの広場に通じる道を検索した。村の中を歩いたり、うろつき回ったりするとは考えられない。車や人の通らない道を選んでここまで来て、どこかにひそんで決行時間が来るのを待っているのだ。

誰からも忘れられているような、古そうな道が一本見つかる。山の中を通っており、曲がりくねっていて細い。周りは畑で人家はなく、小さな神社が一社あるばかりだった。小野家から歩けば、四、五十分でふれあい広場に着く。この道なら人目に触れずにガソリンを運ぶ事もできた。

広場を横切り、ふれあい館のほぼ真向かいにある畑と畑の間の坂道に踏み込む。両側に生えている草で道は半ばふさがれていた。しだいに急な爪先《つまさき》上がりになり、右に曲がっている。あたりには高木が生い茂り、その間を低木が埋めて苦しいほど緑の香りを放っていた。すぐ近くの樹で鳥が騒ぎ、次々と飛び立っていく。

上り詰めると、いく分広く平坦《へいたん》な道に出た。右側は崖で谷に続いており、左側は山肌、冷ややかな空気は秋の気配を含んでいる。スマートフォンの位置情報を見ながら進んだ。角が削れて丸くなった石の道標が立っており、かろうじて二つの字が読める。何とか街道だった。かつてはよく使われていた道なのだろう。

注意深く周囲を見回しながら歩く。右手の崖の途中に小さな滝があり、飛沫が飛び散る岩のそばに石組みで囲まれた宝塔が立っていた。その陰から突然、何かが飛び出す。一瞬、白い毛並みを見せ、反対側の茂みに消えていった。サルかリス、あるいはムササビか。人の姿は全くない。

道端に、最近設置されたらしい看板が見えた。通り過ぎながら目を走らせれば、煙草の火についての注意書きで、花桃街道と書かれている。花桃は満蒙開拓団の名前でもあった。異郷の地で故郷を思い出し、懐かしめるようにと命名したのだろう。ひょっとしてこの街道を通って満州に向かったのかも知れない。

足を速めながら見上げれば、茂る樹々が太陽をおおい隠し、谷はいっそう深く薄暗い。その空気を呼吸しながら人の気配のない街道を一人で急いでいると、満州で倒れた人々の魂が谷の底から霧のように這い上がってくる気がした。

翠が手にかけたという従兄が思い出される。戦争を生き延びたものの捕虜となり、シベリアに抑留され、強制労働を耐え抜いて何とか故郷に戻ったものの、自宅もなく快く迎えてくれる人もなく、満州乞食と呼ばれ、やっと出会えた翠に殺されるという運命をたどらなければならなかったのだ。たった二十二年の人生を不幸のうちに終えたその境遇に同情した。

瞬間、強い風が吹き上げ、あおられて転がりそうになる。谷の斜面に足を突っ込みながら、あわてて体を立て直した。顔も知らない翠の従兄や、満州で悲惨な末路をたどったという人々が修羅の中から手を伸ばし、差し招いているように感じる。自分を鼓舞し、振り切るように走った。

どのくらいの距離を来たのか見当がつかず、現在地の手がかりになりそうなものを探す。道脇に古びた看板が見えてきた。「親王の谷」とある。原によれば、このあたりは朝廷の荘園だったそうだから都の戦乱の折など天皇の皇子が避難したり、滞在したりしたのだろう。

検索をかけると、「親王の谷」は、全行程の中間点より小野家に近かった。急に不安になる。決行時間まで隠れる所としては、広場付近が妥当だろう。だがここまで人の姿も、身をひそめれるような物陰《ものかげ》も建物も見当たらなかった。これ以上先に行けばますます、広場から遠くなる。もしかして見落としたのか。

いく分あせり、戻ろうかと迷いながらも決めきれずに進む。この先も見つからず小野家に着いてしまうようなら、間違いなく見落としたのだ。いやひょっとして継男は、家に戻っているのかも知れない。何らかの理由で計画を断念する可能性は、ゼロではなかった。

腕時計に目をやり、風祭りの始まりまでまだ余裕があるのを確認する。取りあえず小野家まで行ってみよう。継男がいなかったら引き返しながら捜せばいい。

うねる道の角をいくつか曲がり、あと十二、三分も歩けば小野家という所に差しかかる。道の片側に黒い鳥居のある小さな神社が見えた。前を通り過ぎながら社屋の方に目をやる。石畳の参道の右手に手水舎《ちょうずや》、奥に拝殿があり、その高床の縁の下に赤いポリタンクが置いてあった。立ちすくむ。

ここにいるのだろうか。だが広場からは遠すぎる。潜伏場所としてここを選択したのだとしたら、信じられないほど間抜けだった。継男でなく、近所の誰かが置いたのだろうか。

境内《けいだい》に入り、真っすぐ拝殿まで行ってポリタンクに手をかける。キャップを回すなり、ガソリンの臭いが鼻を突いた。今は、ポリタンクでガソリンを買う事はできない。非合法な手段で手に入れたものに違いなかった。ここにいるのだ、ついに見つけた。

拝殿の階段に向かいかけ、足を止める。先にポリタンクを処分しておいた方がよくないか。引き返し、それを持ち上げると、八割方入っており十キロを超える重みがあった。

もれないようにキャップをしっかり締め直し、道の端まで移動させる。シャツを脱ぎ、その全体を丁寧に拭《ぬぐ》って指紋をふき取った。足で蹴り、崖に突き落とす。数メートルほど転がり、剝き出しになった樹の根元に引っかかった。

見下ろして大きな息をつく。凶器が処分でき、今まで抱えていた切迫感はかなり薄らいでいた。それにしても、なぜ縁の下に放置したのか。もし自分だったら見つかる危険を考えて隠しただろう。この場所を選んだ事自体も腑に落ちない。

足音を忍ばせ、拝殿への階段を上る。もうガソリンはなく、考えていた最悪の事態は避けられる事になったが、着火装置は持っているはずだった。放火の危険、そして放火犯になる恐れは依然としてある。その気持ちをなだめ、断念させなければならなかった。

7

木の引き戸に手をかけ、そっと開く。中には前方後円墳を横から見たような塊《かたまり》があり、それがゆっくりと動いて起き上がった。戸から差し込んだ光を浴びながら、こちらを向く。

「なんだ、おまえか」

継男だった。

「暑いな」

この世の誰からも見放されたために、この世のすべてを見放そうとしている目だった。

「暑くてたまらん」

今日はそれほどでもないと言いかけて、継男の顔の火照《ほて》りと滴《したた》り落《お》ちる汗に気付く。異常なほどの発汗だった。考えてみれば長年、太陽の下を歩いていないのだ。自然光を直接見る事すらなかったはずで、消耗度が半端《はんぱ》ではないのだろう。

「もう動けん」

ここにいたのも、ガソリンを縁の下に放置したのも、これ以上歩けなくなったからに違いない。自宅からここまで来るだけの筋肉をキープできていたのは、日頃のブルーハーツ踊りのおかげだろう。ガソリンが抜き取られたのが村の中で小野家の近辺だけだったという話にも合点がいった。殴り合いになっても勝てそうだと思えてくる。

ほっとしつつ、神の配慮に感謝した。神というより、もっと別の何かだろうか。花桃街道を歩いていた時、這《は》い寄《よ》ってきた気配を思い出す。あれが空中を走って継男に憑《と》りつき、その歩みを止めてくれたのかも知れない。

「それにしても、おまえ、なんで、こんなとこに来たんだ」

再び寝ころんだ継男のそばにしゃがみ、視線の高さを同じにするために隣に横になった。まずは継男に話させようと謀る。

「あなたこそ、どうしてこんな所にいるんですか」

継男は、向こうを向いた。

「まぁいいじゃないか。それより、くそババアはどうした」

翠が会いたがっている事は、耳に入れざるをえない。だが継男を追い込む危険性のある部分は避けたかった。

「継男さんに会いたいと言っています。それで僕が家に迎えにいったんですが、いなかったので捜し回ってここまできたところなんです。継男さんはどうして、ここに」

話をうながしながら様子をうかがう。継男は、鼻から忌々しげな息を吐いた。

「俺は会わんぞ」

答を微妙にずらし、自分の言いたい事だけを口にする。

「あんなくそババアに会ってたまるか」

今までの支配関係から考えれば、当然かも知れなかった。頷くと、継男は勢いづき、言葉に力を込める。

「医者には、とにかく管をつないどけって言っといてくれ。まぁ歳が歳だ。いくらやっても時間の問題だろうが、一日でも長く生きさせとけば、その分、年金が入るからな」

　心からそう思っているのだろうか。それとも強がりか。

「ざまぁ見ろってんだ。あいつは長く、俺を支配してきた。それがどんなに辛《つら》かったか、おまえならわかるだろ」

　確かに気持ちはわかる。だが素直に同意できなかった。

「あいつは自分の事しか考えてなくて、人形を操るみたいに俺を思いのままにしてきた。俺の人生は、あいつに台無しにされたんだ」

　継男は、自分の責任から目をそらせている。不幸な状況にあった母親が必死になって確保しただろう年金に頼って生活し、圧倒的に依存しているというのに、それを省みもせず求めてばかりいる様子は、幼児のように未熟だった。

　翠は実際、自己愛や我が強いのだろう。だが戦争に耐え、ひたすらに生きてきたその人生は、息子から認められ、労《ねぎら》われてもいいはずだった。継男がもし理解を示し、翠を受け入れて安心させていたら、孤独から発したに違いないその強烈な支配欲は和らぐ可能性もあったのではないか。

　そういう努力をせず、不平を並べているだけの継男の精神は、稚拙としか言いようがなかった。継男が展開した数式は素晴らしかったが、その母体である継男の心には見るべき所がない。

不満と不愉快さで腹が立ってきた。

「俺の人生を返せと言いたい」

継男は起き上がり、片脚を抱えるようにして胡坐を組む。こちらも急いで起き上がり、向かい合った。

「今さら何を言っても遅すぎるのはわかってる。取り返しがつかん。俺は社会の落伍者《らくごしゃ》だ。くそババアが死んだら、それで終わりなんだ。俺はもうダメだ」

脚の上に力なく両腕を乗せ、舌打ちする。

「だが、終わる前に復讐してやる。俺を見放し、はじき出した社会に絶望を味わわせてやるんだ。俺にもそのくらいはできるって事を見せてやる。派手に祭りの櫓を燃やして村の連中を驚かせ、嘆かせ、自分もカッコよく焼け死ぬか、あるいは死刑になって、くそババアを犯罪者の母にしてやるつもりだったんだ。それなのに、くっそ、広場まで歩けん。不本意だが、このちんけな神社で妥協する。燃やして自殺するから、おまえはもう出ていけ」

行き詰まり、すべてを投げ捨てる事しか思いつかないのだった。

「縁の下にあったガソリンは、僕が処分しました」

継男の目の色が変わる。全身に怒りが走り、たちまちそれに塗《まみ》れていった。充満する怒気をはらんだ体は、今にも爆発しそうなガラス瓶《びん》のように震え出す。

「きさま、俺に恨みでもあるのか」

あれほど数学ができ、圧巻のセンスとアイディアを持っているのに、絶望的なほど拙《つたな》かった。

その幼稚さがすべてを滅茶苦茶《めちゃくちゃ》にしようとしている事にすら気付いていない。痛ましくて涙が出た。

なぜ子供のままなのか、それは自分が評価される世界だけで生きてきたからだ。得意な事をしているのが楽しくて、嫌な事は避け、様々な価値観を持つ人々と接して生じる摩擦に対処してこなかった。それに耐えられる力を自分の中に育まなかったのだ。そのために幅が広がらず、生物として歳を重ねている自分を支える事ができない。

それはここに来る前、理数工学部の部員たちの説得に背を向けていた和典自身であり、同時に、あのままなら行きついてしまったに違いない姿でもあった。

「おまえ、泣いてんのか」

継男は中腰になり、顔を近づけて目をのぞき込んでくる。こちらからも継男の目の中がよく見えた。瞳孔《どうこう》が縮み上がっているのがわかる。自分が決めた終焉を畏怖しているのだった。

「なんで泣いてんだ。泣くこたぁないじゃないか」

継男に戻ってきてほしかった。今まで通りの引きこもりでもいい。翠が死んで年金が途絶えても、村の福祉課に相談すれば何かいい策を一緒に考えてくれるだろう。さらに望めるものなら、働いて自立してほしい。

数学の力があるのだし、数学塾の講師なら生徒からも尊敬され、自尊心を傷つけられる事もない、きっと継続して働けるだろう。その力が数学界に新風を起こしたり、世界の数学者を瞠目《どうもく》させるところを見てみたい。

「継男さんが世の中に評価される日が来るはずです」

この気持ちが伝われと願いながら、継男と向かい合う。

「塾で講師をしたらどうですか。生徒は皆、あなたに敬意を払うでしょう。もし数学オタクがいれば、心酔するはずです。この村でなくても、首都圏ならたくさんの塾があって、才能はいつも不足気味です」

継男は、得体の知れない生き物に出会ったかのような顔になった。呆気にとられた様子でしばし黙っていたが、やがて我に返ったらしく首を横に振る。

「とんちきめ」

忌《い》まわしいものから遠ざかるように体を引いた。

「素《す》っ頓狂《とんきょう》な御《ご》託《たく》並べてんじゃねーよ。とにかく出ていけ。ガソリンがなくても木造なら簡単に燃える。これ以上俺の邪魔をするな」

拳に力を込めて威嚇する。先ほどまで恐れを浮かべていた眼差はそれをすっかり呑み込み、静まり始めていた。硬くなった表情は死んでしまった人間に似ている。もうどんなものにも感化されまいと決めたようだった。ブルーハーツの歌詞と同様、心を閉じてしまったらしい。

「ここから一歩も通さない、理屈も法律も通さない」

何を呼びかけても、もう届かないのだろうと思えた。

「わかりました」

言うべき事は、すべて言った。それでだめなら、これ以上どうしようもない。継男の人生は継男のものなのだ。自分で決める権利がある。

「出ていきます」

この場は、いったん退こう。ガソリンがないのだから、火をつけても一気に燃え落ちはしないだろうし、本人が即死する事もないはずだ。外で様子を見ていて、状況に応じて動けばいい。

「今までありがとうございました」

頭を下げ、出入り口に向かう。背中で継男の声がした。

「これで最後だから、この間言ったホモロジー代数のヒントを出しといてやろう」

振り向くと、上向けた片手の指を動かして筆記具を催促している。手元に何もなく、スマートフォンのメモ帳のページを出した。

「取りあえず、おまえができたとこまで書いてみな」

言われた通りに書き込み、その画面を差し出す。続きを教えてくれるものと期待していたが、継男はあっさり首を横に振った。

「俺に、そいつの操作ができるとでも思うのか」

しかたなく手元に引き戻す。

「じゃ言葉で言ってください。記録しますから」

継男は、画面をのぞき込んだ。その口から一気に数式が流れ出す。もたつきもせず先へ先へと進み、時として打ち込んでいる和典の指の動きより速かった。あざやかなその展開に、改めて感心する。数式の変化や多様さから目を離せなかった。意識がそこに吸い取られていき、それだけしか見えなくなってくる。自分には発想できない進み方に、心を引きずり込まれた。

所々で継男は口を引き結び、考え込む。だがまたすぐ先に進んだ。使っているのは現代数学の様々な理論だった。それらで問題に切り込み、処理していく。理解できる所もあり、意外な展開に息を呑む所もあった。まるでわからない部分も少なくない。

「ほら、ここ」

指差された数式に見入る。

「ここまで、わかるか。わからんとこがあったら言え。どこだ」

それらを指で指し示すと、数の多さに継男は嫌な顔をした。

「おまえ、てんでダメだな。力不足もいいとこだ」

頭を垂れて聞き入るしかない。

「そんなんじゃ非可換幾何学は、とても無理だ」

一瞬、何を言われているのか理解できなかった。

「その脳ミソを取り換えん限り、何十年やってても無駄だ。絶対、攻略できんぞ。ま、諦めるんだな」

自分の無能さを指摘されているのだとようやくわかる。直後、それを受け入れられない頭の中で混乱が起こり、気持ちが乱れた。呼吸まで荒くなっていく。

これまで考えていたのは、非可換幾何学をマスターし、それを武器に使ってリーマン予想の証明をするという方法だった。非可換幾何学は、ツールに過ぎない。ところが今、そのツールのレベルにすらたどり着けないと宣告されたのだった。これではリーマン予想の証明など及びもつかない。

今頃、部活のキャンプでは部員たちがF_1上の幾何学を学び、そこからリーマン予想の証明につなげる方法を模索しているだろう。この夏が終わって笑うのは、あっちなのか。

息を詰めてわからない部分に見入り、スクロールしながら何とかわかろうと必死になった。だがいくら見つめても、理解できない。うめき声が出た。この村に来たのは、非可換幾何学をマスターするためだった。それなのに足元にも寄れないばかりか、能力が足りないという理由で攻略は不可能と決めつけられたのだ。うめかずにいられない。内臓を吐き出すようにうめく。

「おい、大丈夫か」

先の見えない道に入り込み、あるいはその地中に深く埋もれてしまい、抜け出す事すらできそうもなかった。

「ダメです」

胸に虚《うろ》が広がっていく。今まで感じた事がないほどみじめだった。

「マジで、底」

継男の笑い声がした。

「おまえ、ほんと情けないな」

どこか楽しげで、浮き立つような声だった。こちらが立ち上がれないほど打ちひしがれているというのに、実に愉快そうに笑う。恨めしく思いながらにらむと、それまで継男の顔の奥に広がっていた喜びが表面にあふれ出してきた。目に生き生きとした光が瞬き、ますますうれしそうに見える。

「だらしねー奴だ」

身を乗り出し、スマートフォンの画面の数式をつついた。

「じゃ取りあえずこれは置いといて、ヴェイユ予想でもやってみろ」

思わず声がもれる。ヴェイユ予想というのは、文字通り、ヴェイユが予想した数学の定理だった。一九七四年に解決されたが、このためにスキームやエタール・コホモロジーなど現代数論におけるいくつかの観念が作られたといわれている。

「あれを理解すれば、現代数学の理論装置を使いこなせるようになる」

言われてみれば、確かにその通りだった。それだけが現状を打破する道だと初めて気がつく。

「ヴェイユ予想をこなして武器を身に付ければいいんだ。先に進める」

目の前に差し出された希望に、是も非もなく飛びついた。

「はい、やります」

二つ返事が軽々しく聞こえたらしく、継男は渋い顔になる。

「意欲だけでできるほど甘くないぞ。今のおまえじゃ、おそらくニッチもサッチもいかんだろう。よし、ヒントを出してやる。ああ、ここじゃ紙がないな。家に戻ろう」

立ち上がり、何事もなかったかのように戸口に向かう。啞然《あぜん》とし、言葉もなくその後ろ姿を見つめた。

「どうした」

継男が振り返る。どことなく極まりが悪そうな表情だった。

「俺が教えてやると言ってるのに、文句でもあるのか。嫌なら来るな」

言い捨てて出ていった。あわてて追いかける。階段を下りながらポケットから赤い物を取り出し、投げ捨てるのが見えた。深い草むらを揺らせ、その下に沈んだ赤さに走り寄る。草をかき分けて根元を捜せば、使い捨ての赤いライターが落ちていた。胸で喜びが躍り上がり、体中を走り回る。継男は計画を断念したのだ。

「文句なんか全然ありません」

大声を上げながら継男を追いかけ、肩を並べる。思い出せば、最初は継男の自己肯定感を上げようと考えていたのだ。だが具体的な方法を思いつかなかった。

明らかに力不足の高校生を前にして、継男は自分の存在意義を感じたのかも知れない。非可換幾何学にすらたどり着けない無能さが他人を鼓舞したのだと考えると、複雑な気がしないでもなかった。だが大惨事にならずにすんだのだから、まぁいいとしようか。

「おまえ、なにニヤニヤしてんだ。気持ち悪いんだよ」

小突かれながら歩く。ポケットで呼び出し音が鳴り始め、出してみると山際からだった。

「そっちの様子はどうずらなぁ。こっちは、まだ見つからんに。ほんでも翠さの方は、メキメキ回復しとる。数値もいいし、点滴を終えて、ひと眠りして起きたら、饅頭が食いたいと言い出してな。一二三屋《ひふみや》のじゃないとダメだちゅうんで、儂が今、買いに出とるとこだ」

信じられないほどの生命力だった。言葉が見つからない。

「あれじゃ当分、死なんな。たまげた女だ。おそらく百を超えて生きるずらなぁ」

半ば驚嘆、半ば呆れたような声を聞き、継男が見つかったので連れていくと話す。

「そりゃぁよかった。ほんじゃ車を回すでなぁ」

小野家に着けてくれるように頼み、電話を終えた。

「山際医師からでした。翠さんは回復したそうです」

継男は電池の切れたＡＩロボットさながら、その場にしゃがみこんだ。両膝を叩き、くやしそうに声を振りしぼる。

「くっそババア、死なんのか」

笑い出したくなりながら、腕をつかんで立ち上がらせた。

「とにかく病院に行きましょう」

継男は遮二無二《しゃにむに》その手を振りほどく。

「俺は行かん。行ってたまるか。おまえ、行きたいなら一人で行け」

山際には今、連れていくと話したばかりだった。ちょっと考え、策を用いる事にする。

「山際医師は元々、数学科志望だったようですよ。色んな事情があって、そっちに進めなかったみたいですが」

継男は、気を引かれたようだった。

「へぇ知らんかったな。帝大を出たって話は聞いとったが」

遠くを見はるかすような目付きになり、低い声でつぶやく。

「そりゃ生きてりゃ、思い通りにいかん事だってあるさ」

言葉が途絶えるのを待ち、挑発した。

「僕としては興味があります。帝大医学部卒と、京大理学部中退が数学で勝負したら、どちらが勝つのか」

継男は、せせら笑う。

「俺は負けん。三十年を超えて数学をやってきたんだぞ。それで負けたら、いいとこがないだろうが」

この村に来た時には、和典も自分自身をそう分析していた。

「じゃ勝負に行きましょう」

継男の腕を再びつかみ、顔をのぞき込む。

「自信がなければ、逃げるしかありませんが」

注視していると、継男は腹立たしげに吐《は》き捨《す》てた。

「よし、やってやらぁ」

こちらの体を突き放すようにして歩き出し、一瞬振り返る。

「くそババアに面会にいく訳じゃねーからな」

大山鳴動し、元に収まったのだろうか。いや一度起こった事は、起こらなかった昔には決して戻らない。この世は、三次元プラス時間の経過で成り立っているのだ。数学者ミンコフスキーを持ち出すまでもなく、時間と空間は結び付けられている。時間の流れがある以上、前と同じ事象は再現されないのだった。外界という新たな空間に踏み出して今の自分の位置を認識したはずの継男と、再び死に直面した翠の関係も、今までとは違ったものになっていくだろう。

終章　風祭り

1

迎えにきた車の中で、原と沢渡家に電話をかける。原は既に病院を調べて駆けつけており、山際や翠とも会って話をしたようだった。

「翠さは、資料館の開館を楽しみにしとるでなぁ。それを見ずに死ぬようなことはないずら」

沢渡家の方は、墓に入れるか入れないかの結論を当面、先送りにできたことに、胸をなで下ろしていた。

「そんでもまぁ遅かれ早かれ考えにゃならんでなぁ。行方知れずだっちゅう息子が戻ってきて、墓の事も含めて面倒をみてくれるといいんだが」

おそらくそうなるだろう。

「さっきから、どこに電話してんだ」

隣の座席に座っていた継男が、うるさいと言わんばかりの目でこちらをにらむ。

「ヴェイユ予想は、いつから始めるんだ。今夜か」

その声に重ねるように、花火の音が響いた。窓から外を見れば、空に煙が漂っている。祭りの開催を予告する雷を上げたらしい。継男が舌打ちした。

「ああ今夜は祭りだ。空気が騒がしくて落ち着かんから、明日からだな」

病院に着く。何のかんのと言い張る継男を翠の病室に追い込み、そこにいた山際に後を頼んだ。稲垣や名古屋工業がその後どうなっているのか気がかりで、急いで戻ろうとして病院を出る。前のバス停に、ちょうど始発のバスが停まっていた。

運転手に尋ねると、伊那谷村を通るという。指差された車壁の路線図に、「山際医院前」とあるのを確認して乗り込んだ。

ここに来て初めて乗るバスは、電車よりずっと混《こ》んでいた。観光客らしき団体の姿もある。うねる道を走り、陽が傾きかける頃、稲垣家の下方の広い道路に出た。やがて「山際医院前」で停まる。そこから坂道を走り上がり、稲垣家に駆け込んだ。

「お母ちゃ、支度《したく》せんのかな。行かんのけ」

望の声が聞こえ、それに歩が続く。

「行かまい。支度せにゃ」

玄関戸を開けると、蛍光灯の点いた三和土に、紺の浴衣を着た二人が立っていた。孝枝の姿はない。

「ああ上杉さん、お帰り。これから祭りだでな」

「踊りは真夜中ずらが、夜店はもうとっくに出とるで」

声には力が入っていたが、顔はどことなく心細そうで、三和土の突き当たりにある台所の方をチラチラうかがっている。

「孝枝さんは、どこ」

二人は、手にしていた団扇《うちわ》をそろって台所に向けた。

「テレビにかじりついとるんな」

「いつもは、ほとんど無視しとるになぁ」

名古屋工業のニュースを見ようとしているのだろう。稲垣から連絡がなく、どんな情報もまだ入ってきていないのだ。一緒に見ようとして足を向けかけた時、背後で車の停まる音がした。

「あ、お父ちゃだ」

相次いで飛び出していく二人の後ろに続き、戸口をくぐる。シルバーグレーのセダンから稲垣が姿を見せるところだった。あたりは暗くなってきており、表情ははっきりしない。孝枝が転がるように家から出てきた。

「おまいさん、どうなったな」

稲垣は、まつわりつく望と歩を適当にあやしながら先に立って家に入っていく。皆がそれを追いかけた。

「どうもこうも」

明かりの下に立った稲垣は、どことなく上の空だった。

「キツネにつままれたようでなぁ」

意味がわからず、孝枝と顔を見合わせる。稲垣は板戸の下の階段に片手を突き、倒れ込むように腰を下ろした。

「名古屋工業は、このままだ。今までと同様、製造を続ける。この不祥事の公表や開示はせん。それが本社の決定ずら」

聞き返したくなるような内容だった。確かにキツネに化かされたとでも思いたくなる。

「そんでテレビにゃ出んかったんだなぁ」

孝枝は、いく分猫背になっている背筋を反《そ》り返《かえ》らせ、ほっとしたような息をついた。

「まぁありがたいちゅやぁ、ありがたいけども、面妖《めんよう》ちゅや面妖だに。そもそも何でそうなったんな」

稲垣は皮肉な笑みを浮かべる。

「それが、今年の春に流行《はや》った感染症が、またぶり返しとるせいでなぁ」

その顔に、少しずつ生気が戻ってきていた。

「本社じゃここんとこ製造工場を次々と、コストの安いアジアに移しとった。そのアジアでまた感染症が広がり出して、場所によっちゃ街や空港が封鎖されて流通が止まっとるんな。部品も製品も入ってこんし、収束の見通しも立っとらん。そいで日本国内で生産せざるを得なくなって、うちの技術が必要になっとるらしい。コストが高くても国内生産を切らす事はできんちゅう意見も春から出とったようで、ここでうちを潰す訳にゃいかんとの結論になった。これから細かい調査をして処分を決めるずらが、とにかく存続は決定したに。いやぁ本社の門をくぐる時にゃ、どえらい覚悟を固めとったんだが、あっさりこんな流れになるとは予想もしとらんかった。ほんにキツネにつままれた心地だに」

孝枝が、万歳《ばんざい》でも叫ぶかのように声を張り上げた。

「ノゾ、アユ、さぁ祭りに行くに」

2

一緒に行こうと誘われたが、今日は朝からずっと緊張しており、しばらく一人でぼんやりしたかった。

「後で、追いかけます」

稲垣もひと休みしたそうだったが、望と歩にせがまれて拒《こば》み切《き》れず、四人で出かける事になる。

「ほな、儂ぁ、急いで着替えてくるでな。待っとっておくんな」

孝枝が姿を消している間に、稲垣に伝えた。

「花桃街道にある神社の崖に、ポリタンクが落ちているのを見かけました。灯油かガソリンでも入っていたら危ないですよね」

稲垣は、軽く頷く。

「駐在に届けときゃ処理してくれるずら。儂が電話しとくに」

浴衣に着替えた孝枝が姿を見せ、四人がそろった。

「ほいじゃあな、あっちで会いまい」

見送ってから部屋に入り、スマートフォンを机に置いて畳に寝転ぶ。両手を枕にし、天井を仰いだ。これで何もかも終わったのだった。ただ肝心の非可換幾何学だけが残っていたが、それも継男のおかげで道が見えてきている。真っすぐに進んでいけば、必ずマスターできるだろう。心に余裕が生まれていた。

継男と翠の関係を思い、そこに自分と母を重ねてみる。今まで考えた事がなかったが、母のあの強烈な支配欲は何からきているのだろう。帰ったら探ってみようか。距離を取るしか対処方法がないと諦めていたが、もしかして意外な道が開けるかも知れない。

いつの間にか寝入り、大きな花火の音で気が付いた。目を開ければあたりは真っ暗で、一瞬、自分がどこで何をしているのかわからなかった。遠くから人のさんざめきや、拡声器を通した案内の声が響いてくる。しばらく聞いていて、ようやく現実に戻った。

起き上がり部屋の明かりをつけると、柱時計が指している時刻はもう真夜中に近かった。とたんに、彩に言った自分の言葉を思い出す。

「やべっ」

あわてて家を飛び出し、夜の中を吉川家に走った。こんな時間まで待たせたあげく、見たいと言っていた祭りの開始に遅れたら、どれほど怒られるか知れたものではない。とにかく謝るしかなかった。先に電話を入れておこうと思いつき、ポケットを探る。あせるあまり、スマートフォンを忘れてきていた。

夜道は、果てしなく続いている。澄んだ空気が広げる闇は深く、現実ではない世界にまでつながっているかのようだった。このまま走っていけば、ごく自然に異次元に入っていってしまいそうに思えてくる。

「はれ、上杉さ」

響いた声に、走りながら目を向けた。私道らしい右手の坂道から、浴衣姿の女性たちが下りてくる。手に持っている祭《まつ》り提灯《ぢょうちん》の明かりが、吉川の妻の顔を照らしていた。

「もしかして、儂ぁの家に行くとこずらか。彩ちゃんなら、とっくに出かけたに」

肩で息をしながら足を止める。

「さっき大学生らしい男衆が二人、誘いにきてなぁ」

きっと藤沢と細田だろう。

「浴衣を持っとらんちゅうで、うちにあるのを着せたずら。三人とも、よう似合っとったに」

祭りの開始に間に合ったとすれば、彩の怒りも半減しているに違いない。多少ほっとした。

「そうですか、ありがとうございました」

吉川の妻は軽く頭を下げ、先に行った女性たちを追いかける。その背中を見ながら、これからどうしたものかと考えた。頭上で大きな花火が開き、音と共に華やかな火粉が滝のように零れ落ちてくる。それを仰ぎ見、賑《にぎ》わいを含んだ夏の風に吹かれていると、何となく心が浮き立ってきた。ふれあい広場に足を向ける。

脇の小道から合流する人の数が次第に多くなり、広場近くまで来た時には、たいそうな人出になっていた。すでに祭りは始まっており、広場に入る道路は見物人で埋め尽くされていて先に進めない。

あたりを見回し、継男を捜すために上った細い坂道に目を留めた。そこに踏み込み、広場を見下ろせる樹のそばまで上っていく。

櫓は、火の入った多数の提灯で飾られていた。光の塔さながらきらめきを放ち、群青色の闇の中に集う人々を照らしている。雲間から姿を現した満月も、今夜は顔色なしだった。太鼓も笛もなく、ただ謡と音頭の声だけが上がる空間で、皆が流暢に舞い踊る。やってきたばかりの人々が次々とその輪に流れ込み、膨れ上がるばかりだった。ざわめきや子供のはしゃぎ声があたりに満ち、こだましてキラキラと輝く。

踊り手の中には神主らしき白装束の男性がおり、また山伏も数人交じっていた。ふれあい館に置かれていたリーフレットの説明通り、宗教色の強い踊りなのだろう。頭に包帯をまいた寺田翔の姿もある。稲垣家の一同もおり、山際もいた。どうやら翠の容態は悪くないらしい。中村仲次郎もいる。祭り提灯の明かりを映したその頬は、夢見るように明るかった。きっと会いたかった多くの人に会っているのだろう。どこかに沢渡家の人々もいるに違いないと思いながら見渡していて、不器用に踊っている藤沢と細田に気づく。二人の後ろに彩がいた。

後頭部にまとめ上げた髪の下で、おくれ毛がそよいで細い首にまつわっている。儚げで、かわいらしかった。なよやかに動く背中を、黄色の帯の後ろに差した団扇がおおい、吉川の妻が言っていた通り、確かに似合っている。

目を細め、見つめ入った。幼稚園の頃、きれいな石を持っていた事を思い出す。縞模様《しまもよう》が入った楕円形《だえんけい》の瑪瑙《めのう》で、父と化石を掘りに行った時に見つけたのだった。あまりにも大事で、大切過ぎて、うまく管理できなかった。持ち歩いているとどこかで落としそうで、家に置くと泥棒が入ったり火事になったりして無くしそうで、いつも心配で落ち着けなかった。いっそ早く無くなってしまえば、これほど気をもまなくても済むとすら思ったものだった。それに疲れ、きれいだと言ってくれた友人にやってしまった。自分は今も、大切だと感じるものに対してそんなふうに振るまうのだろうか。園児と同じか。

「はれ、来とったんかな」

声をかけられ顔を向ければ、浴衣姿の原が花桃街道の方から降りてくるところだった。

「今日も、公民館の食事にゃ来とらんようだったが」

朝から何も食べていない事に、初めて気がつく。

「すみません、問題児で」

原は、乾いた笑い声を立てた。

「こっちの事は構わんがなぁ、そう飯を抜いとっちゃ今よりもっと、ようせしくなっちまうに」

手に持っていた風呂敷包みを木の枝に置き、中から重箱を出す。蓋を開けると、味噌《みそ》の中に幅の広い串《くし》がたくさん並んでいた。所々から白い餅《もち》がのぞいている。

「五平餅ちゅってな、経木に餅をつけて、胡桃《くるみ》味噌《みそ》を塗って焼くんだに。うちで作ったんだが、食べてみるかな」

礼を言い、一本を取り上げた。甘い味噌や香ばしい胡桃の香りが鼻を通り抜けていく。

「今、満蒙開拓団出発記念碑に、進ぜてきたとこずら。皆の衆がこの街道を通って、満州に出て行ったでなぁ」

先ほど歩いた時には、記念碑に気づかなかった。明日にでも行ってみようと考えながら五平餅を頬張る。素朴で癖のない美味しさだった。もう一本もらえるだろうか。重箱に視線を走らせると、原が風呂敷ごとこちらに差し出した。

「全部いいでな、食ってくんな」

喜々として受け取る。朱塗りの重箱の蓋に、夜の空が映っていた。海のようなその広がりの中に、波に似た雲が浮かんでいる。眼下の闇の中では、提灯に照らされた人々が静かに踊り続けていた。足元の草むらから、虫の声が響いてくる。

「はれ」

涼やかで透明なその音が、夜の底を優しく揺すった。

「もう秋の気配だなぁ」

夏が過ぎていく。いや自分の方が夏の中をくぐり抜け、その先に進んでいこうとしているのかも知れなかった。

「見つけた」

鋭い声が脇腹《わきばら》を突く。

「私、怒ってるんだけど」

見下ろせば、彩が小道を駆け上がってきていた。赤い鼻緒の下駄《げた》をつっかけた素足の指先は、ほとんど土に埋もれている。

「言い訳でもあるんなら、いちお聞くけどね」

半減しているとは思えない怒り方だった。覚悟を決め、いささか緊張しながら口を開く。

「えっと、まずそっちの言いたい事を全部、言えよ。それが終わったら、まとめて謝るから。そんで今後の事について話したい」

彩は一瞬、表情を失った。その顔に徐々に笑みが広がり、やったと言わんばかりの勝利感があふれ出す。

「じゃ、まず約束を忘れるほど何に夢中になってたのか、詳しく聞かせて。その後で、今後の事もね」

長い夜になりそうだった。

《完》

謝辞

執筆にあたりご指導くださり、取材にも同行してくださった

東京工業大学理学院教授　加藤文元さま

に、心からの感謝を捧げます。ありがとうございました。

藤本ひとみの単行本リスト

ミステリー・歴史ミステリー小説

『密室を開ける手　KZ Upper File』講談社
『失楽園のイヴ　KZ Upper File』講談社
『青い真珠は知っている　KZ Deep File』講談社
『桜坂は罪をかかえる　KZ Deep File』講談社
『いつの日か伝説になる　KZ Deep File』講談社
『断層の森で見る夢は　KZ Deep File』講談社
『モンスター・シークレット』文藝春秋
『見知らぬ遊戯——鑑定医シャルル』集英社
『歓びの娘——鑑定医シャルル』集英社
『快楽の伏流——鑑定医シャルル』集英社
『令嬢たちの世にも恐ろしい物語』集英社
『大修院長ジュスティーヌ』文藝春秋
『貴腐　みだらな迷宮』文藝春秋
『聖ヨゼフの惨劇』講談社
『聖アントニウスの殺人』講談社

日本歴史小説

『火桜が根　幕末女志士　多勢子』中央公論新社
『会津孤剣　幕末京都守護職始末』中央公論新社
『壬生烈風　幕末京都守護職始末』中央公論新社
『士道残照　幕末京都守護職始末』中央公論新社
『幕末銃姫伝　京の風　会津の花』中央公論新社
『維新銃姫伝　会津の桜　京都の紅葉』中央公論新社

西洋歴史小説

『侯爵サド』文藝春秋
『侯爵サド夫人』文藝春秋
『バスティーユの陰謀』文藝春秋
『ハプスブルクの宝剣』［上・下］文藝春秋
『令嬢テレジアと華麗なる愛人たち』集英社
『マリー・アントワネットの恋人』集英社
『皇后ジョゼフィーヌの恋』集英社
『ブルボンの封印』［上・下］集英社
『ダ・ヴィンチの愛人』集英社
『ノストラダムスと王妃』［上・下］集英社
『暗殺者ロレンザッチョ』新潮社
『コキュ伯爵夫人の艶事』新潮社
『エルメス伯爵夫人の恋』新潮社

『聖女ジャンヌと娼婦ジャンヌ』新潮社
『マリー・アントワネットの遺言』朝日新聞出版
『ナポレオン千一夜物語』潮出版社
『聖戦ヴァンデ』［上・下］潮出版社
『皇帝ナポレオン』［上・下］角川書店
『王妃マリー・アントワネット　青春の光と影』角川書店
『王妃マリー・アントワネット　華やかな悲劇』角川書店
『三銃士』講談社
『新・三銃士　ダルタニャンとミラディ』講談社
『皇妃エリザベート』講談社
『アンジェリク　緋色の旗』講談社

恋愛小説

『いい女』中央公論新社
『離婚美人』中央公論新社
『華麗なるオデパン』文藝春秋
『恋愛王国オデパン』文藝春秋
『快楽革命オデパン』文藝春秋
『鎌倉の秘めごと』文藝春秋
『恋する力』文藝春秋
『シャネル　ＣＨＡＮＥＬ』講談社
『離婚まで』集英社
『綺羅星』角川書店
『マリリン・モンローという女』角川書店

ユーモア小説

『隣りの若草さん』白泉社

エッセイ

『マリー・アントワネットの生涯』中央公論新社
『マリー・アントワネットの娘』中央公論新社
『天使と呼ばれた悪女』中央公論新社
『ジャンヌ・ダルクの生涯』中央公論新社
『華麗なる古都と古城を訪ねて』中央公論新社
『パンドラの娘』講談社
『時にはロマンティク』講談社
『ナポレオンに選ばれた男たち』新潮社
『皇帝を惑わせた女たち』角川書店
『ナポレオンに学ぶ成功のための20の仕事力』日経ＢＰ社

新書

『人はなぜ裏切るのか　ナポレオン帝国の組織心理学』朝日新聞出版

藤本ひとみ（ふじもと　ひとみ）

長野県生まれ。
西洋史への深い造詣と綿密な取材に基づく歴史小説で脚光を浴びる。
フランス政府観光局親善大使を務め、現在ＡＦ（フランス観光開発機構）名誉委員。パリに本部を置くフランス・ナポレオン史研究学会の日本人初会員。
著書に、『皇妃エリザベート』『シャネル』『アンジェリク　緋色の旗』『ハプスブルクの宝剣』『皇帝ナポレオン』『幕末銃姫伝』『失楽園のイヴ』『密室を開ける手』など多数。

本書は書き下ろしです。

JASRAC 出 2008071-307

数学者《すうがくしゃ》の夏《なつ》

二〇二〇年九月 七 日　第一刷発行
二〇二三年二月二〇日　第七刷発行

著　者　藤本《ふじもと》ひとみ
発行者　鈴木章一
発行所　株式会社講談社　（〒一一二―八〇〇一）
東京都文京区音羽二―一二―二一
電話　編集　〇三（五三九五）三五〇六
販売　〇三（五三九五）五八一七
業務　〇三（五三九五）三六一五

印刷所　株式会社ＫＰＳプロダクツ
製本所　株式会社若林製本工場
本文データ制作　講談社デジタル製作
N.D.C.913　311p　22cm　ISBN978-4-06-520848-9

この物語はフィクションです。実在の人物、団体名等とは関係ありません。

KODANSHA